Philothérapie

DU MÊME AUTEUR

L'Or et la Cendre, Ramsay, 1997.

Petite métaphysique du meurtre, PUF, 1998.

La Répudiée, Albin Michel, 2000 ; Le Livre de Poche, 2002.

Qumran, Albin Michel, 2001 ; Le Livre de Poche, 1998.

Le Trésor du temple, Albin Michel, 2001 ; Le Livre de Poche, 2003.

Mon père, Albin Michel, 2002 ; Le Livre de Poche, 2004.

Clandestin, Albin Michel, 2003.

La Dernière Tribu, Albin Michel, 2004.

Un heureux événement, Albin Michel, 2006 ; Le Livre de Poche, 2007.

Le Corset invisible, avec C. Bongrand, Albin Michel, 2007.

Le Livre des passeurs, avec A. Abécassis, Robert Laffont, 2007.

Mère et fille, un roman, Albin Michel, 2008 ; Le Livre de Poche, 2010.

Sépharade, Albin Michel, 2009 ; Le Livre de Poche, 2011.

Une affaire conjugale, Albin Michel, 2010 ; Le Livre de Poche, 2012.

Et te voici permise à tout homme, Albin Michel, 2011 ; Le Livre de Poche, 2013.

Le Palimpseste d'Archimède, Albin Michel, 2013 ; Le Livre de Poche, 2014.

Un secret du docteur Freud, Flammarion, 2014 ; Le Livre de Poche, 2015.

Alyah, Albin Michel, 2015 ; Le Livre de Poche, 2017.

L'Ombre du Golem, avec B. Lacombe, Flammarion, 2017.

Le Maître du Talmud, Albin Michel, 2018.

ÉLIETTE ABÉCASSIS

Philothérapie

ROMAN

J'AI LU

Leçon 1

Philosopher, c'est aimer

Le texto est un art délicat. Il faut savoir tout dire en quelques mots, mais pas trop. Juste assez pour donner envie de poursuivre. Il y a des textos qui savent faire bondir les cœurs, échauffer les esprits, exciter un désir. Il en est qui font mal, et d'autres qui déclenchent des larmes. Une relation entière peut basculer sur un seul message. Un amour peut commencer par SMS, lorsque, par facilité, on s'écrit enfin tout ce que l'on n'osait pas se dire. Certaines personnes, qui s'étaient connues avant l'ère du texto, ne s'étaient jamais déclarées, par pudeur, par délicatesse ou par timidité. Et tout d'un coup, leur relation a évolué, sur un « *Merci pour ce charmant déjeuner* », suivi de « *Et si on se revoyait bientôt ?* », « *Quand ?* » puis « *Ce soir ?* », impossible à dire, à écrire, mais si simple par texto.

Il s'agit de trouver le mot juste, et comme dans un couloir sombre avancer, à tâtons, en attendant de voir ce que l'autre répond. Et soudain, de message en message, les mots s'égrènent, les idées s'enchaînent et on peut tout simplement s'avouer que l'on s'aime. Certains dîners un peu tendus, qui parlent de tout et de rien, sans oser aller plus loin, furent suivis d'un « *Tu étais très en forme ce soir* », puis d'un « *Et toi, particulièrement belle* », ou bien, « *Et si on se tutoyait ?* »... « *Et si on se revoyait ?* » Il y eut des « *Dînons ensemble jeudi* ? », dont la réponse fut « *Jeudi, je suis à Londres* », et qui se conclurent par un implicite : « *Dînons à Londres* » ? Il est des textos qui sont des événements en soi.

Par texto, on peut tout faire, tout dire, tout est permis, même si tout est retenu et gravé dans la toile. On peut rompre, même si ce n'est pas très élégant, on peut renouer une relation interrompue, on peut exposer ses sentiments, ses désirs, ses peurs, ses craintes, ses espoirs. Certains textos s'ouvrent comme une fleur, la main tremblante, le cœur palpitant, d'autres s'avancent, tels des guerriers au combat, certains se font attendre et désirer, d'autres surviennent un peu trop vite, d'autres encore n'arrivent jamais.

Chacun a ses habitudes, ceux qui répondent immédiatement, les accros du portable, de plus en plus nombreux, ceux qui marquent un temps pour ne pas paraître dépendants, les stratèges du texto, les manipulateurs du SMS, et ceux, plus rares, qui posent leur téléphone quelque part et ne découvrent les messages que deux ou trois heures plus tard. Sous le texte, le sous-texte dévoile des informations importantes, comme la position sociale, l'éducation, la vivacité d'esprit, la drôlerie, la finesse et l'orthographe : certains ne maîtrisent toujours pas l'impératif, et collent un « s » à « *Demande-lui* », d'autres ont oublié les conjugaisons, les « Omar m'a tuer », ceux qui confondent le futur avec le conditionnel, ceux qui écrivent si vite qu'ils laissent l'inconscient du portable choisir pour eux : « *Je suis à côtelette* », « *Je t'embrase* », « *Je vous prie de m'exciser* »... Il est possible de faire une herméneutique du SMS, gloser à loisir sur la ponctuation d'un « *À bientôt...* » qui n'a rien à voir avec « *À bientôt.* » Bientôt, cela veut dire dans un proche avenir ou dans un lointain futur ? Est-ce engageant ou ambivalent ? Une promesse ou une fin de non-recevoir ? Tant de textos ont sonné la fin d'un couple. Les SMS qui tuent, lorsque l'on découvre par hasard ou par curiosité une autre relation entretenue par des échanges équivoques. Certains font trembler, sèment la panique, ouvrent la porte sur la vie cachée de l'autre. Par un message, on peut dire qu'on aime, et on peut dire qu'on n'aime plus.

Or, ce jour-là, Juliette venait de recevoir un SMS de Gabriel sur son portable, « *L'absence est une présence obsédante.* » Elle se demanda si elle allait lui répondre tout de suite, ou si elle devait le faire attendre, pour ne pas paraître accrochée à son portable, ou encore pour éviter de lui redonner de l'espoir. Cela faisait déjà six mois qu'ils s'étaient séparés et elle se sentait flotter entre le sentiment de liberté et celui de la perte de sens qu'elle avait ressenti avant de le quitter. Un immense vide l'habitait. Elle ne voyait plus de direction. Elle ne savait plus où elle allait. À trente-cinq ans, elle avait eu suffisamment d'expériences amoureuses pour connaître l'inaltérable schéma.

Les premiers temps étaient extraordinaires. On s'aimait, on s'appelait toutes les cinq minutes, on se désirait, on s'envoyait mille SMS, on ne se quittait plus, on était faits l'un pour l'autre, on s'étonnait de tant de bonheur et de coïncidences, on se ressemblait, on se rassemblait, on se trouvait des quantités de points en commun, on ressentait une attraction physique intense, on vivait une passion sexuelle folle où l'on se donnait comme jamais, on se sentait vivre, on célébrait l'amour à travers l'être aimé et l'existence à travers l'amour. Entre le manque et la plénitude, on se cherchait pour s'unir, on était porté par une sainte joie qui se voyait sur les visages et rendait le quotidien merveilleux. Bref : on avait trouvé le sens de la vie.

La phase suivante se caractérisait par un léger flottement, par quelques crises ponctuelles, puis le retour au réel, suivi de la fin de la cristallisation, par laquelle on commençait à entrevoir les défauts de l'autre, et l'on était parfois agacé, vexé, on se sentait incompris, ou franchement fâché, une première brèche s'ouvrait dans l'édifice, qui devenait une béance, on se demandait si on avait bien fait de quitter le précédent, on avait des regrets, des regrets bientôt suivis de projections, on se surprenait à imaginer un autre amour, avant la dernière phase, celle de la désillusion, la peine, la tristesse et le drame, qui menait inexorablement à la découverte d'un SMS douteux ou justement d'un message qui ne laissait aucun doute sur l'aventure extraconjugale fabuleuse qu'était en train de vivre l'autre. Phase conclue par la rupture.

Juliette aurait pu s'en contenter, passer ainsi d'histoire en histoire, jusqu'au moment où il se produisit un changement étrange, un événement intérieur qui dura plusieurs mois durant lesquels elle ressentit une angoisse insidieuse, due à l'observation du temps qui passe, de rides qui se creusent, des tissus qui se relâchent et de l'absence de mari et d'enfant. Quel était le sens de sa vie ? Que lui était-il permis d'espérer ? Qu'allait-elle devenir seule, perdue, dans Paris ? Elle voyait les premières traces du temps sur son visage, et aussi les cheveux blancs, qu'il fallait cacher par des shampoings colorants, de plus en plus souvent. Elle sentait bien qu'elle vieillissait, et le travail seul ne suffisait pas à donner une direction à son existence. Dans sa recherche effrénée de l'amour, elle avait vécu dans l'espoir qu'elle devait trouver « l'homme de sa vie », celui avec qui elle allait avoir des enfants et être heureuse, mais elle sentait bien, à travers toutes ses aventures, que cette perspective s'éloignait, qu'il devenait de plus en plus difficile de rencontrer quelqu'un, et qu'elle se retrouvait seule, sans personne. Au travail, elle avait l'habitude de concevoir des projets qu'elle exposait à son équipe. Elle voyageait dans le monde entier, lançait les événements réalisés pour l'entreprise de cosmétiques dans laquelle

elle travaillait depuis bientôt quatre ans. Elle pouvait passer sa vie ainsi, entre le travail et les voyages, sans homme, sans amour, sans famille, mais il lui était impossible de s'y résoudre. Si seulement son existence pouvait se présenter sur une présentation PowerPoint en dix diapositives.

Elle décida finalement de laisser passer quelques heures avant de répondre à Gabriel. Elle ouvrit son ordinateur, saisit le mot de passe, et regarda sa boîte mails dans laquelle apparaissaient une quantité de spams, de messages professionnels, et encore un long mail de son ex, qui lui disait qu'il l'aimait, qu'il pensait à elle, et qu'il l'attendait. Il désirait qu'elle revienne, il était prêt à tout pour cela. Depuis qu'elle l'avait quitté, il avait le sentiment de se perdre, de sombrer dans un gouffre, un abîme insondable. Il se sentait mal à l'aise, il ne parvenait plus à dormir. Il lisait beaucoup, sur l'amour, la rupture, l'individuation, il avait même vu un psychanalyste, ironie du sort, lui qui passait sa vie à soigner les maladies de l'âme, puisqu'il était psychiatre.

Juliette quitta sa boîte mails, se connecta à Skype et composa le numéro de son interlocuteur. C'est alors qu'elle vit apparaître sa propre image. C'était un samedi, elle était encore en jogging après sa course, ni coiffée ni maquillée. Un chignon flou et désordonné relevait ses cheveux mi-longs, auburn virant sur l'orange, sa bouche aux lèvres charnues était nue, sans rouge à lèvres, et, sous ses grands yeux bruns, des cernes sombres témoignaient de longues nuits sans sommeil passées devant son ordinateur, à converser avec des jeunes gens rencontrés sur des sites. Autour de ses yeux, des ridules, certes encore fines, mais qui menaçaient de se creuser. Au milieu de son front, la ride du lion, qu'elle tenta de défroisser en haussant les sourcils. Au travail, elle était très soignée. Elle ne pouvait pas faire autrement. Elle se devait d'être toujours parfaitement vêtue, avec un brushing pour discipliner ses cheveux, les ongles faits et un maquillage élégant. Il fallait qu'elle soit également drôle, de bonne humeur et enjouée. De même lorsqu'elle partait en voyage pour ses missions. À la maison, elle avait sa petite valise prête avec ses affaires déjà pliées, sa trousse de toilette, ses pilules de mélatonine contre le décalage horaire et quelques livres. Des romans d'amour, souvent, et des œuvres philosophiques. Au bac, elle avait eu une excellente note, et elle avait fait un double cursus à la Sorbonne en communication et en philosophie.

Mais là, sur l'image, avec ses cheveux orange, et son air du dimanche, ses cernes sans anticernes, elle se faisait peur. En plus, le studio dans lequel elle habitait sous les toits, aux poutres apparentes et au haut plafond, se trouvait dans un désordre invraisemblable, avec sa valise éventrée, remplie d'affaires sales depuis son retour de voyage deux jours auparavant, son azalée qui flétrissait car il lui fallait de l'eau presque tous les jours, son lit défait, et les restes du repas de la veille. Son placard était grand ouvert, les vitres aussi grises que le temps, le coin-cuisine, tout en Inox, semblait être le seul endroit présentable de la maison, mais elle n'allait pas rester coincée là-bas pendant toute la durée de l'entretien, ce serait franchement bizarre. Elle déconnecta alors l'image et mit le logiciel en mode audio.

Quelques sonneries plus tard, elle entendit une voix, qui lui souhaita la bienvenue sur le site Philoskype.com, un site de thérapie par la philosophie, dont l'objet était de guérir les maux de l'âme grâce à un dialogue avec un professeur qui enseignait la discipline. Son interlocuteur était également en mode audio, si bien qu'elle n'entendait que sa voix. Une voix chaleureuse, grave, masculine, légèrement déviée par l'électronique, comme si elle passait par un filtre.

— Bonjour, Juliette.

— Bonjour, professeur Constant, répondit-elle.

Jean-Luc Constant, avait-elle lu sur le site, était normalien et agrégé de philosophie. Elle n'en savait pas davantage. Il n'avait pas téléchargé sa photo : ce n'était pas un site de rencontre, après tout. Quel âge ? Quel style ? Quel type d'homme ? Voilà le philosophe-thérapeute qui allait la guérir de ses maux et lui permettre de retrouver, « sinon le sens de la vie, du moins le fil de sa vie ». Il la pousserait à « devenir sujet, c'est-à-dire à être en pleine conscience d'elle-même face à sa liberté et sa responsabilité ». Il allait la guider par le questionnement afin de l'aider à résoudre son problème, sans offrir de réponse, mais dans l'exercice de la pensée, afin d'être « libre, au sens kantien, c'est-à-dire libre de choisir ». C'est en tout cas ce qui était annoncé sur Philoskype.com.

— Puis-je vous demander pour quelle raison vous avez décidé de suivre cette philothérapie et ce que vous en attendez ? Est-ce pour des raisons professionnelles, personnelles, existentielles ?

— Cela va vous paraître naïf ou idiot…

— Rien ne me paraît naïf ou idiot, sinon les certitudes et les idées fixes.

— Voilà… je crois que je suis malade, professeur.

— Quel genre de maladie pensez-vous avoir ?

— Je suis malade de l'amour. À chaque fois, c'est la même chose. Je vis des histoires dans lesquelles je m'enivre, je me perds et je me noie. J'en ressors de plus en plus lessivée, désespérée, avec l'impression que je ne trouverai jamais l'homme de ma vie, ni de mari, ni même de géniteur. Voyez-vous, professeur, j'en ai marre des aventures qui se terminent toujours de la même façon. Je voudrais guérir. Me libérer de l'amour pour commencer enfin à vivre, débarrassée à tout jamais de cette illusion mensongère.

— Vous venez de vivre une rupture sentimentale ? Une déception ? Une déroute amoureuse ? Un SMS trouvé sur un portable et tout est dépeuplé ?

— J'ai eu beaucoup de surprises de ce type, c'est vrai, et tellement de SMS trouvés sur des portables que je me suis juré que je ne regarderais plus jamais le téléphone d'un homme avec qui je suis. J'ai même peur de consulter le mien, et de me surprendre moi-même. Je ne veux plus croire en l'amour. Je ne veux plus me laisser berner par cette supercherie. Je ne veux plus vivre d'histoire qui me porte très haut et m'entraîne très bas. Je ne veux plus attendre un message sur un portable. Et regarder mes mails trente fois par jour, sans que rien ne vienne. Passer des nuits fabuleuses et, le lendemain, plus aucune nouvelle ! Faire des rencontres fulgurantes, recevoir des baisers vertigineux, des textos excitants, et ne plus entendre parler de la personne pendant huit jours. Vivre à chaque aventure la fin de l'idéal. Parce que le problème, c'est que j'y crois. Je pars, je m'envole, j'imagine, je m'empoisonne sans le savoir ! Je suis accro à l'amour. Et je m'aperçois que je ne peux pas vivre sans. En plus, à mon âge, il est urgent que j'aie un enfant. Cela doit vous paraître confus, professeur ?

— Nous sommes là pour clarifier les choses. Décrivez-moi précisément votre état d'esprit. Il est important que je puisse savoir où vous en êtes, afin de trouver, sinon une réponse, du moins des idées pour vous guider dans votre philothérapie.

— Pour tout dire, professeur, je ne sais plus très bien où j'en suis. Je travaille beaucoup, mais je ne vois pas où je vais. Chaque matin, je me lève, je prends un Vélib', je me rends au bureau, je traite des tonnes de dossiers... et puis je rentre le soir et je me couche, en me disant que l'existence humaine n'a pas plus de sens que ça, et que je suis à côté de ma vie. Vous comprenez ce sentiment ?

— Bien sûr. Votre vie est un éternel recommencement. Vous êtes comme Sisyphe qui pousse sa pierre au sommet de la montagne, avant qu'elle ne tombe, et qu'il ne se remette à la gravir. Dans la mythologie, ce sentiment d'absurdité est le résultat d'une punition des dieux. On rapporte en effet que Sisyphe chercha à défier Thanatos, le dieu de la Mort. C'est pour le punir qu'il fut contraint d'exécuter toujours la même tâche. Albert Camus interprète cette histoire comme étant le symbole de l'existence humaine. Naître, vivre, mourir, et ainsi de suite, sans savoir pourquoi ni où nous allons. Confrontés simplement à l'absurde et l'absence de sens. Refaire toujours le même geste, pousser une roche jusqu'au sommet de la montagne d'où elle retombe : voilà le symbole même de la vie. D'après Homère, Sisyphe était un homme sage et prudent, mais il avait commis un crime terrible envers les dieux en voulant être immortel. Or, si la mort n'existait pas, que ferions-nous de notre vie ?

— C'est une question théorique... Cela ne peut pas être.

— Détrompez-vous ! Cette question est d'actualité. Aujourd'hui, une philosophie ancrée dans une idéologie puissante défend l'idée de faire reculer la mort : il s'agit du transhumanisme. Nous sommes dans une époque mythique qui défie à nouveau les dieux par la science. À l'aide des technologies NBIC, c'est-à-dire la nanotechnologie, la biotechnologie, l'informatique et les sciences cognitives, certains savants tentent de rendre l'homme immortel, afin de sauver l'humanité, disent-ils. Ils souhaitent éliminer le vieillissement, la maladie et la mort et augmenter l'homme dans toutes ses capacités, par la sélection génétique. Cette utopie – ou cette dystopie – eugéniste a déjà commencé, via la médecine. Les transhumanistes sont en train d'inventer une nouvelle humanité fondée sur le virtuel, le prédictif et le calcul des risques, une humanité post-humaine de gens choisis pour leur supériorité génétique. Des transhumains.

— Cela signifie-t-il que nous allons éternellement pousser la même pierre, comme Sisyphe ?

— Que feriez-vous, Juliette, si vous étiez immortelle ?

— Je finirais par me suicider !

— Parfaite réponse ! Une vie sans la mort ne serait pas une vie. La mort fait donc bien partie de la vie, elle est en quelque sorte son moteur. Elle est ce par quoi chacun se néantise, et, confronté à sa propre finitude, décide de se révolter et de lui donner une direction. Avec la question de la mort, nous sommes au cœur du problème philosophique de la vie. Puisque vous l'évoquiez, avez-vous déjà songé au suicide, Juliette ?

— C'est une question intime, professeur.

— Lorsque vous apprendrez à me connaître, vous saurez que, comme Socrate, je pratique la stratégie de la torpille. Avant de commencer nos leçons, laissez-moi vous dire en quoi consistera notre échange. Nous essayerons ensemble de répondre à votre sentiment de malaise, afin d'accéder à une prise de conscience qui vous permettra de sortir de ce marasme. Mais ne vous y trompez pas ! Il ne s'agit pas de vous vendre du bonheur. Vous serez malmenée, bousculée dans vos certitudes, vous serez analysée, toujours dans la bienveillance, mais sans neutralité. La philosophie ne laisse rien sur son passage. Elle est comme un feu brûlant qui dévore tout. Elle est un incendie de l'esprit et de l'âme, une conversion du regard, duquel on ne sort pas indemne. Je vous poserai des questions embarrassantes, pour mieux vous pousser dans vos retranchements. Ce ne sera pas toujours facile ni agréable. Vous serez choquée, énervée, ou angoissée. Ne soyez pas étonnée, ni méfiante, et répondez-moi franchement. Je ne serai pas vis-à-vis de vous comme un analyste, dans une attention flottante, mais dans une écoute précise, philosophique et humaine. Si vous suivez mon chemin, je vous ferai dépasser les limites de votre expérience, pour vous emmener dans une réalité autre que celle dont vous avez l'habitude. C'est cette initiation à l'univers des relations essentielles qui vous guérira de votre maladie existentielle.

— Cela ressemble à une psychanalyse ? Ou une psychothérapie ?

— Non. Nous intégrons et critiquons ces disciplines d'un point de vue méthodologique, pour aller beaucoup plus loin qu'elles.

— Parfois, j'ai eu des moments de grand désespoir.

— Des chagrins d'amour ?

— Plutôt des chagrins de non-amour. C'est ça le plus triste, le plus pathétique. C'est ça qui me ravage et m'empêche de vivre.

— Au point que la vie ne vaille plus la peine d'être vécue ?

— Au point de se demander tous les jours : à quoi bon ?

— Comme le dit Albert Camus, il n'y a qu'un problème philosophique vraiment sérieux : c'est le suicide. Juger que la vie vaut ou ne vaut pas la peine d'être vécue, c'est répondre à la question fondamentale de la philosophie. Et comment lui trouver un sens alors même que nous allons inexorablement vers la mort ? Cependant, il faut imaginer Sisyphe heureux. Il gravit une montagne, même s'il effectue un dur labeur en poussant sa lourde pierre vers les sommets. En effet, selon Camus, cette lutte elle-même pour gravir la montagne suffit à remplir un cœur d'homme. Face à l'absurdité de la vie, on peut apporter trois types de réponse : faire face à l'absurde, grâce au combat que l'on a décidé d'entreprendre en lui donnant un sens, par la révolte et l'engagement ; effectuer le grand saut et se suicider ; ou encore croire – ce qui revient au même : c'est échapper à l'absence de sens. La vraie question est de savoir si la vie vaut vraiment la peine d'être vécue.

— Faut-il qu'elle ait un sens pour qu'elle soit vécue ?

— Excellente question. Peut-être sera-t-elle mieux vécue si elle n'en a pas. Si l'on se retrouve seul, face au vide, sans Dieu, sans religion, sans rien pour nous aider, mais en l'acceptant pleinement. Juste avec la capacité de se révolter et, comme le dit Camus, de faire vivre l'absurde. C'est pourquoi *l'une des seules positions philosophiques cohérentes est la révolte*. Remettre le monde en question à chaque seconde, être face au danger, en prendre pleinement conscience car ce qui compte, ce n'est pas de vivre le mieux, mais de vivre le plus. Êtes-vous d'accord avec cela, Juliette ?

— J'aimerais trouver le chemin vers ma vie.

— Je suis là pour vous guider. Voyez-vous, Juliette, notre société est en plein changement. La religion est discréditée par la montée en puissance du fanatisme qui finit par déteindre sur toutes les autres religions, et les invalider du fait même qu'elles sont des religions, donc susceptibles de dériver vers la folie. Comment croire désormais ? Croire, c'est croire dans la force morale de Dieu, si tant est qu'il existe. La psychanalyse a été balayée par les sciences cognitives qui considèrent l'homme comme une mécanique, et qui veulent résoudre tous les problèmes avec des pilules d'antidépresseurs. Comme si l'être humain était un item biochimique. Or l'aspect moral, psychologique et éthique, ce qui constitue le fond philosophique de tout être humain doit être pris en compte. Et c'est là, précisément, que j'interviens. Vous dites que votre obsession amoureuse vous empêche de vivre. Nous allons, si vous le voulez bien, à travers plusieurs séances, aller au fond du problème pour le cerner et le résoudre par le dialogue. C'est ainsi que Socrate faisait jaillir la vérité, à l'aide de la maïeutique inspirée par sa mère qui était sage-femme. Il accouchait les esprits comme elle accouchait les femmes.

— Philobstétricien ? demanda Juliette.

— Plutôt médecin de l'âme, ou encore logothérapeute ; nous partirons du *logos*, c'est-à-dire du langage et de ses jeux dont dépendent entièrement nos formes de vie. Il s'agira de révéler le système philosophique qui fonde les confusions sur lesquelles votre existence a été construite. Nous allons remonter à l'origine de votre perplexité. Vous êtes en proie à de profondes inquiétudes, et souffrez d'une question qui vous tourmente et vous empêche de vivre. Votre maladie d'amour est philosophique. Dans un premier temps, je ne vais pas vous apaiser, je ne vous apporterai que des tourments supplémentaires, mais ce sera là un élément clé de la thérapie qui permettra une prise de conscience événementielle. L'objectif sera d'apaiser votre esprit en lui faisant vivre une conversion existentielle car, comme le dit Wittgenstein, *la solution du problème que tu vois dans la vie, c'est une manière de vivre qui fasse disparaître le problème.*

Un silence flotta dans l'air. Juliette se demanda où il voulait en venir.

— Mais, au bout du compte, trouverai-je le bonheur, professeur ? Je souhaiterais simplement être bien, seule avec moi-même. Ne plus construire ma vie sur l'amour. J'ai besoin d'être désintoxiquée de cette idéologie hollywoodienne qui me pourrit la vie. Je ne peux être vraiment bien et moi-même que lorsque je suis amoureuse. Je voudrais ne plus être amoureuse pour pouvoir enfin trouver le bonheur !

— Le bonheur, en ce moment, est très tendance. C'est ce que tout le monde recherche. On n'arrête pas de nous dire qu'il faut être heureux... Dans les pubs, les films et les livres ! Et cette injonction culpabilisante nous rend malheureux puisqu'on a l'impression de ne jamais être au niveau de bonheur auquel nous devrions prétendre. À l'inverse des psychiatres qui vous prescrivent du Prozac, des psychologues, et autres pseudo-philosophes du bonheur et du développement personnel, je ne vous aiderai pas à trouver le bonheur. Sachez, Juliette, que le bonheur nous fuit dès que l'on en prend conscience, il nous échappe, puisque le bonheur se vit et qu'il faut le mettre à distance pour le penser et le conscientiser. Enfin, le bonheur est égoïste car il privilégie le salut individuel. Au fond, on se dit : dans ce monde sans valeur et sans sens, ce qui compte c'est d'être heureux. *Carpe Diem* ! Les philosophies de la joie cachent des métaphysiques de la tristesse, du désespoir et de renoncement au monde au nom de la glorification de la vie.

— Pour vous, professeur, le bonheur est inaccessible ?

— Dira-t-on, comme les épicuriens, que seule une vie juste et droite nous fait accéder au bonheur ? Devra-t-on se contenter des plaisirs naturels et nécessaires, et éliminer les autres ? Ou, comme le pensent les stoïciens, faire en sorte que l'ordre de nos désirs soit conforme à l'ordre du monde pour ne pas souffrir de la déception de nos attentes et des projections de notre désir ? Puisque le bonheur est avant tout une affaire d'interprétation.

— Pour moi, amour et bonheur sont intimement reliés. Je ne peux concevoir de bonheur sans amour. Je ne peux concevoir d'amour sans bonheur.

— Ainsi, pour vous, être heureuse c'est être comblée par le sentiment d'aimer et d'être aimée ? Une forme de plénitude ? Mais vous savez bien que l'amour apporte autant de tourments que de joie. Quand vous annoncez que vous ne concevez pas de bonheur sans amour, vous voulez dire que la notion de bonheur est liée au désir. Être heureux, ce serait donc réaliser ses désirs, qui, eux, dépendent des représentations que l'on s'en fait. C'est pourquoi, Juliette, le bonheur est impossible. Si j'obtiens ce que je crois désirer, je suis comblé, mais suis-je heureux pour autant ? Pas du tout. Si je suis satisfait, je suis face à mon plus terrible adversaire.

— Qui est ?

— Ne le savez-vous pas ? Ne l'avez-vous pas ressenti ? Le plus répandu de tous les maux. Le plus prolifique aussi. Celui qui nous pousse à tous les vices. Celui qui nous fait agir, travailler, et même avoir des enfants. Construire des ponts, bâtir des écoles, des villes, apprendre, lire, aller au cinéma, jouer. Sortir, organiser des fêtes, déjeuner au restaurant, préparer des dîners. Faire du sport, bavarder, regarder son portable toutes les cinq minutes. Nous inscrire sur des sites de rencontres, et encore d'autres... Télécharger des nouvelles applis. Celui qui nous initie à la fois à l'amour et à la guerre. Celui qui nous commande de lire, d'apprendre, et de vouloir connaître le monde. Voyager, et surtout aimer. Aimer, oui, voilà l'occupation la plus prolifique que l'homme ait inventée. Pour échapper à quoi ?

— Je ne sais pas.

— L'ennui, Juliette. Voilà qui fait partie des grandes questions philosophiques, tout comme le suicide qui en est la conséquence la plus radicale. L'ennui et sa compagne, sa meilleure amie, son alliée en toutes circonstances : l'angoisse.

— L'angoisse, oui, je la ressens, intensément. Cette crise de la société est devenue la mienne, ma crise personnelle et parfois, je ne vois plus de sens à rien. J'ai un sentiment aigu de la vanité et la précarité de l'existence. Par moments, je ne vois plus d'avenir, ni pour mon pays, ni pour moi.

— Je perçois en vous une âme très sensible, Juliette. Cette fragilité, cette précarité dans laquelle nous vivons, vous fait vous poser la question même du sens. Du sens de la vie. Et il vous est apparu que ce qui restait en fin de compte, lorsque tout était en train de sombrer, c'était l'amour.

— Pourquoi alors l'amour ne parvient-il pas à nous rendre heureux ?

— Le sens de l'amour est autre. Le bonheur n'est pas sa vocation première. Le malheur est souvent son corollaire. Quand on est amoureux, on est exalté, on est énervé, on passe par des hauts et des bas, on vit l'intensité de l'existence à son apogée. On peut passer une journée entière à attendre un texto, et à se demander si on va en envoyer un, à peser le pour et le contre comme si la vie en dépendait. C'est ça, l'amour. Est-ce le bonheur ? Sans doute pas.

— Et la philosophie ?

— Vous découvrirez avec moi que la philosophie se situe davantage dans le questionnement que dans la réponse. Elle pourra vous aider, certainement, à envisager les choses autrement, avec un tour de réflexion en plus, à gravir une montagne d'un côté, puis d'un autre côté, pour s'apercevoir, au bout du compte, que c'était la même montagne. C'est ce que l'on appelle la dialectique. L'idée, comme le dit Hegel, que *le négatif porte en lui cette positivité qu'il s'agit là d'une négation déterminée, c'est-à-dire où se détermine la chose même, laquelle s'annonce en cette négation comme en son contenu particulier*. Le négatif porte donc la chose à un niveau supérieur de détermination de son contenu, donc à une forme supérieure concrète qui s'appelle sursomption.

— C'est-à-dire ?

— La sursomption, c'est quand on se situe en haut de la montagne et que l'on contemple les deux phases de la vérité, car on est parvenu à ce niveau de détermination supérieur que l'on appelle la vérité. Ainsi l'on passe de la définition nominale, celle de la vie courante, celle à laquelle pense tout un chacun, à la définition réelle : celle qui va nous donner l'essence même de la chose.

— Nous cherchons donc la vérité ?

— Vous êtes déjà sur le chemin, vous qui cherchez une réponse. Ce qui est le début de la sagesse, comme le dit Socrate, selon la célèbre formule : *je sais que je ne sais pas*. Dans ce voyage que je vous invite à faire, si vous en avez le courage, vous ne trouverez pas le bonheur ni la vérité, et j'espère pas l'ennui non plus, mais vous obtiendrez quelque chose de beaucoup plus précieux.

— Qui est ?

— La philosophie, comme vous le savez, est étymologiquement l'amour de la sagesse. Ainsi vous voyez le lien intime qui se tisse entre l'amour et la philosophie. Car philosopher, c'est aimer.

— Je pensais que c'était penser.

— Vous comprendrez plus tard qu'aimer et penser sont les deux versants d'une même montagne. L'amour est partie prenante de l'acte de philosopher, puisque le philosophe aime la sagesse. Pour savoir ce qu'est philosopher, il faut donc savoir ce qu'est aimer. La philosophie consiste dans le fait de se découvrir, de voir ce qui se cache derrière les apparences, les évidences. Comme le dit Hegel, *ce qui est bien connu est méconnu*. Précisément parce qu'il est bien connu. Le pire, c'est d'ignorer que l'on ne sait pas. C'est également vrai dans l'amour. Ces couples qui disent : « Je te connais par cœur » ne savent pas à quel point ils sont dans l'erreur. Et lorsqu'ils s'en rendent compte, lorsque, au détour d'un SMS ou d'un mail, ils comprennent qu'ils ne connaissaient rien de leur compagnon ou de leur compagne, alors ils sont bouleversés car ils se retrouvent face à l'altérité ; ils découvrent que l'autre est autre, que celui qu'ils croyaient bien connaître a une vie, des sentiments, peut-être une sexualité ailleurs, et c'est cela qui est le plus difficile à appréhender pour quelqu'un qui aime. Pourtant, c'est dans l'altérité même que se construit l'amour, pas dans la fusion. Puisque la fusion c'est le même. Pour pouvoir être en relation avec l'autre, il faut qu'il soit différent de moi. À ce moment-là seulement, il peut y avoir manque et désir.

— La philosophie est un discours. L'amour est-il donc un discours ?

— Vous voulez dire : l'amour n'est-il qu'un discours ?

— Oui, c'est ce que je veux dire.

— Un discours déceptif, vide de sens, un langage, c'est ce que vous croyez ?

— La philosophie peut-elle m'aider à répondre à cette question ? Comment philosopher sur l'amour alors que pour philosopher il faut déjà savoir ce qu'est l'amour ?

— La philosophie est l'activité qui crée les concepts.

— Créer des concepts, c'est mon métier.

— Que faites-vous dans la vie, Juliette ?

— Je travaille dans la communication pour un groupe de cosmétiques. Je voyage dans le monde entier pour créer des événements. Cela fait quatre ans que je suis dans cette boîte, mais je ne suis toujours pas salariée, je suis engagée en free-lance sur chaque projet… Ça me laisse une certaine liberté, et un certain niveau d'inquiétude aussi. Mon job, si vous voulez, c'est de créer des concepts, un peu comme vous, professeur. Comment la philosophie se distingue-t-elle de la communication et du marketing ?

— Sans doute est-ce le mouvement inverse. Vous créez des concepts pour séduire les gens. La philosophie, elle, ne prétend pas agir sur les gens par les concepts qu'elle forge. Elle ne s'adresse pas à l'émotion, elle n'est pas sentimentale, elle dépasse au contraire ce qui empêche de penser. La philosophie est un métalangage. Elle est un discours qui réfléchit sur les discours. En cela, elle est questionnement, et étonnement comme le dit Aristote. C'est pourquoi elle produit de l'intranquillité, de l'insécurité, du questionnement. Parfois de l'obscurité, alors même qu'elle recherche la lumière. De l'obscénité, alors qu'elle est en quête de pudeur. Elle est une déconstruction, une disposition, une orientation de l'esprit, une enquête, une aventure. Une expérience radicale.

— Elle permet d'agir ? Ou simplement de penser ?

— Comme le dit Aristote, elle est prudence : c'est-à-dire qu'elle est aussi une praxis, une action fondée sur une idée. La prudence est ce qui nous permet d'agir selon le bien et le mal, à partir de la faculté d'opiner, de délibérer, avec justesse et perspicacité. C'est une manière d'argumenter qui ne relève pas de la démonstration ni à la pensée discursive, mais qui réside dans le fait de trouver l'universel dans une situation singulière. C'est ce que nous allons faire ensemble, si vous le voulez bien.

Juliette prit son cahier et commença à y inscrire les idées fortes du premier cours. L'amour de la sagesse, le concept, le langage, l'ennui, la praxis, la prudence, le bonheur. Elle avait mis un casque et, de temps en temps, elle posait des questions, comme une élève qui écoute son maître. Parfois il y avait un silence, comme s'il réfléchissait avant de répondre. Elle entendait presque son souffle contre son oreille. Il avait une voix mélodieuse, masculine, avec une sorte de fragilité dans les graves, qui la troublait.

Au bout d'une heure de cours, le professeur Constant s'interrompit, puis il demanda :

— Ai-je été assez clair ?

— Oui, professeur.

— Avez-vous des questions, des précisions, quelque chose que vous souhaitez voir développé par la suite ?

— D'où vient l'amour, professeur ? Et d'où vient le manque d'amour ?

— L'origine de l'amour. Vaste sujet. Ce sera pour le prochain cours si vous voulez bien. Nous allons, pour traiter ce problème, effectuer un petit périple à travers certaines thématiques, aidés bien sûr par les œuvres des philosophes qui ont pensé l'amour. Puis-je vous donner quelques conseils de lecture ?

— Je note, dit Juliette.

— Commencez par lire ou relire *Le Banquet*, de Platon. Nous le commenterons ensemble, si toutefois vous désirez entreprendre cette thérapie.

— Parfait. J'ai vu que la première leçon était gratuite. Est-ce que je peux en prendre plusieurs ? Y a-t-il un tarif dégressif ? Ou bien je dois payer séance par séance ? Ce n'est pas bien expliqué sur le site.

— Si vous prenez un abonnement de dix séances, vous payerez dix pour cent en moins. Vous pouvez régler par carte avec le serveur sécurisé, en vous connectant directement sur notre site.

— D'accord, dit Juliette. C'est entendu.

La jeune femme resta immobile, l'air songeur devant son ordinateur après que le professeur Constant se fut déconnecté en se demandant si elle allait s'inscrire séance après séance, ou si ce n'était pas plus avantageux de prendre le forfait. Quarante euros la leçon, moins dix pour cent, ce n'était pas très cher, mais, depuis qu'elle avait rompu avec Gabriel, elle se sentait dans une insécurité matérielle qui l'angoissait. Elle savait qu'elle ne pouvait compter que sur elle. Elle se posait tant de questions sur la vie, l'amour, le temps... Sur tous ces sujets qui étaient des problèmes pour elle, le philosophe allait-il l'éclairer ?

Sa façon de s'exprimer, grave, sérieuse et ironique à la fois, l'avait charmée. Elle aurait aimé voir son visage. Était-il brun, blond ou chauve ? Il y avait quelque chose de très tendre dans sa façon de parler. Elle l'imaginait jeune, plus jeune qu'elle, un étudiant peut-être. Il avait la voix d'un homme beau. Elle contenait une note virile, maîtrisée, mais pas tout à fait mûre. Ou peut-être était-ce simplement une belle voix. Comme c'était troublant. Cela s'immisçait en elle subrepticement, et faisait appel à l'imagination, et au fantasme. Cela chantait, pianotait, soufflait dans l'oreille une mélodie qui pénétrait le cœur et l'âme, comme un avènement intime. C'était une présence dans l'absence. Cela montait et cela descendait, cela galopait et s'interrompait, cela restait suspendu dans les airs, comme une musique jouée sur une partition invisible. C'était comme avancer à tâtons dans le noir vers un visage masqué, qui prenait tour à tour les traits de toutes les personnes connues. Et cette phrase, étrange, singulière, qu'il lui avait dite, avant de se déconnecter : *Êtes-vous prête pour le voyage le plus intense de votre vie ?*

Leçon 2

Le banquet

Juliette fit ses courses sur Monoprix.fr, acheta du lait, des œufs, des bouteilles d'eau, des légumes et des fruits dans la section bio, ainsi que du papier toilette, du déodorant et du shampoing, qui seraient livrés dès le lendemain, entre 20 heures et 21 heures. En même temps, elle répondit à ses amis sur iMessage, WhatsApp, Facebook, Instagram, et Snapchat. Puis par FaceTime, elle appela ses parents qui résidaient à quelques rues de chez elle. Elle les vit apparaître, souriants, l'air détendu, toujours ensemble après plus de cinquante ans. Cinquante ans de disputes, de séparations annoncées, de tirades l'un contre l'autre, mais cinquante ans quand même. Sa mère, la peau tirée, injectée au botox et à l'acide hyaluronique, paraissait presque aussi jeune qu'elle, mais au fait quel était son âge ? Toujours habillée à la mode, de robes qui mettaient en valeur son corps svelte, les cheveux teints en blonds, parfaitement coiffés, quelle que soit l'heure du jour et de la nuit, Chantal Jamet avait une taille de mannequin, qu'elle entretenait à raison d'une heure de sport par jour en se rendant à la salle de gymnastique. Elle menait une lutte acharnée contre la cellulite, et elle avait presque réussi à devenir anorexique, tant elle avait peur de grossir et de vieillir. Son père, professeur d'économie à la retraite, grand, mince, les cheveux grisonnants, les yeux bleus et le visage émacié, lui fit un petit signe de la main.

— J'ai fait un curry de poisson, tu ne veux pas venir dîner avec nous ? reprit sa mère.
— Non, j'ai du travail.
— Viens, ça nous ferait plaisir !
— J'attends mon repas livré par Uber.
— Bon, comme tu voudras. Alors, dis-moi, où en es-tu ? As-tu passé une bonne semaine ?

Elle savait ce que cette question signifiait. Cela signifiait qu'il fallait qu'elle annonce qu'elle avait rencontré quelqu'un et qu'elle allait se marier.

— Eh bien, toujours la même chose.
— Des nouvelles de Gabriel ?
— Oui, par SMS et par mail.
— Pourquoi as-tu rompu avec lui ? Il est tellement gentil ce garçon. Et un bon parti, en plus. Une parfaite éducation, une bonne famille. Un métier intéressant. Tu fais n'importe quoi. Tu ferais mieux de venir manger ce délicieux curry. On pourrait discuter, mieux qu'à travers un écran. Dis-moi, choupette, qu'as-tu fait à tes cheveux ? On dirait qu'ils sont orange !

— Maman, on ne va pas revenir là-dessus. C'est raté, mais ça me plaît, c'est ainsi. J'aime bien.

— Mais quoi, enfin ? Avec tes cheveux, comment veux-tu trouver quelqu'un ? À trente-cinq ans, je t'avais déjà eue. J'ai rencontré ton père, j'avais vingt ans. On ne s'est pas quittés depuis. Tu imagines, près de cinquante ans ensemble ! Bon il y a eu des hauts des bas, je ne te le cache pas. D'ailleurs en ce moment, murmura-t-elle en s'éloignant, il est infernal. Mais toi, si tu ne te maries pas, qu'est-ce que tu vas devenir ? Tu ne vas pas terminer ta vie toute seule ?

Comment faisaient-ils pour être toujours ensemble ? Évidemment à leur époque, il n'y avait pas de portable, de SMS, de Facebook, de sites de rencontres, et cette multiplicité de tentations plus faciles d'accès les unes que les autres. Il n'existait pas non plus de sites voués uniquement à l'infidélité, ou juste au sexe. Si on voulait trouver un partenaire il fallait mettre une petite annonce dans un journal. L'amour, c'était pour la vie. Ou alors, ce n'était pas une question d'amour, justement, mais de vie. Elle qui était éprise de liberté, qui avait grandi dans le féminisme et l'idéal de l'indépendance, était conditionnée à s'en contenter. Maintenant, son vœu le plus cher était d'aliéner sa liberté pour vivre un enfer conjugal éternel. Elle désirait plus que tout avoir une famille, des enfants, un mari qui rentre le soir tard et fatigué, après une journée de travail, et qui s'endorme devant son ordinateur. La question pour elle n'était plus désormais comment trouver l'amour, mais comment réussir à rencontrer un homme, un père et un époux pour fonder une famille, se marier et faire des enfants, et tout cela en moins de six mois ?

Après avoir raccroché, Juliette se connecta à Maje, Sandro et The Kooples, acheta trois robes dans la section soldes, un sac et deux paires de chaussures sur Sarenza à moins trente pour cent, puis elle se décida à surfer sur AdopteUnMec, peut-être y avait-il aussi des rabais ? Elle avait eu la désagréable surprise d'en trouver l'application sur le téléphone de Gabriel, lorsqu'ils s'étaient revus, pour la première fois après leur rupture, la semaine passée. Il était allé aux toilettes en laissant le portable sur la table. Par jalousie et par curiosité, elle l'avait consulté, il n'avait pas changé de code depuis qu'ils étaient ensemble. C'est alors qu'elle avait repéré l'application téléchargée sur son iPhone. Que faisait-il sur ce site ? Il cherchait certainement à faire des rencontres, même si, devant elle, il jouait les amoureux transis. Cette découverte l'avait beaucoup perturbée, alors même qu'elle aussi, depuis sa rupture, s'était inscrite sur plusieurs sites. Pourquoi ne supportait-elle pas chez l'autre ce qu'elle faisait elle-même ?

Sur Attractive World, pour éliminer d'entrée de jeu les imbéciles, elle avait mis comme phrase de profil : « *Si tu n'es pas fan de cinéma hollywoodien des années cinquante, de comédies romantiques et de Jane Austen, oublie-moi !* »

Elle était aussi inscrite sur Beweetch, « Sortez et rencontrez ! », qui créaient des liens par affinités ou passions communes, grâce à des savants algorithmes, et dans lequel elle pouvait discuter de littérature et de philosophie, ainsi que sur Booxup, pour ceux qui aiment lire, et même, alors qu'elle n'avait pas de chien, sur Tindog, l'appli qui reliait les maîtres de chiens autour de balades communes pour sortir leurs animaux de compagnie. Mais comme elle habitait à Montparnasse, non loin du jardin du Luxembourg, elle se disait qu'elle pourrait repérer les amateurs du royaume canin, grâce à la géolocalisation qui permettait d'identifier les célibataires à laisse à proximité de chez elle. Dans ce domaine, le plus efficace était Tinder. En quelques clics, elle faisait son choix : âge, position géographique, sexe, avant de voir apparaître des dizaines d'hommes. Il suffisait de dire « oui » ou « non » en passant au suivant. Elle en avait rencontré des grands, des maigres, des tatoués, des « *salut t ou* », des « *t bonne et t freche* », et des « *on se tient au jus* »... Elle s'était mise à cliquer partout, au bureau, dans le métro, chez elle. Plusieurs fois, elle avait repéré, donné rendez-vous au café du coin, rencontré, eu une aventure. Puis avant de revoir son cyberfiancé, elle vérifiait s'il était toujours sur Tinder, ce qui était malheureusement toujours le cas. Elle ne donnait plus suite, car il était vexant de le voir continuer à faire ses courses alors qu'ils avaient passé un moment ensemble. C'était ainsi, les gens ne ressentaient plus rien. Ils échangeaient leurs corps comme des objets pour une nuit ou une plus, avec moins d'implication que pour leurs animaux domestiques.

Elle avait rencontré quelqu'un dans un train, grâce à Happn, « retrouvez qui vous croisez »... Miracle de la technologie qui permettait de tisser des liens lorsque la misère humaine et l'individualisme les interdisaient ? Elle avait passé un excellent trajet, à converser de choses et d'autres, elle avait laissé son numéro de téléphone, mais son compagnon de voyage ne l'avait jamais contactée.

Sur AdopteUnMec, elle créa un nouveau profil, renseigna tous les critères demandés. L'apparence avait une grande importance sur ce site, où les gens affichaient des portraits d'eux sympathiques et avantageux. Ceux qui ne le faisaient pas avaient peu de chances de se faire « adopter ». Il fallait également se décrire, en quelques phrases, et définir sa *shopping list*.

Elle posta une photo qu'elle avait prise pendant ses vacances d'été, où elle était bronzée avec des taches de rousseur et des cheveux bruns qui lui donnaient un air sage, puis elle la changea contre un cliché pris à l'occasion d'une soirée où son apparence était plus féminine, dans une petite robe noire, où l'on voyait sa silhouette fine et ses cheveux bien disciplinés dans un carré avec une mèche sur le côté. Il était aussi demandé de cocher un certain nombre de cases, telles que l'alimentation (mange de tout, piscivore, carnivore, bio, ou encore cuisine asiatique, kebab, oriental, tapas)... Tabac, alcool, silhouette (mince, musclée, enrobée, normale), yeux, origines (européennes, afro, maghrébines, eurasiennes, métisses, latines, ou antillaises), cheveux (couleur, longueur, style), ce qui se cache en dessous (body, dentelles, flashy, rétro, bas...). Et une section appelée « Au lit, j'aime » (un regard échangé, un mot doux, un parfum, les caresses, un murmure, griffer, un miroir, une fessée, à trois, SM...). Ainsi, au moins, il n'y aurait pas de surprise. Tout était dit, il ne restait plus qu'à passer à l'acte. Elle remplit chaque case, en répondant le plus sincèrement du monde.

Yeux : bruns

Cheveux : châtain orange, mi-longs

Mensurations : 170 cm, 55 kg

Style : Maje, Sandro, The Kooples, Ba&sh.

Romans préférés : *Raisons et Sentiments*, de Jane Austen. *Belle du Seigneur*, d'Albert Cohen. *L'Amant*, de Marguerite Duras.

Hobbies : lecture (philosophie, psychologie, romans)

Alcool : parfois

Tabac : non

Alimentation : Bio, végétarien

Origines : européennes

Films préférés : *Le Mariage de mon meilleur ami, Quand Harry rencontre Sally, Sur la route de Madison*.

Il fallait encore se définir, ce qui n'était pas chose simple. Certaines le faisaient au premier degré, d'autres avec humour, d'autres encore se prenaient vraiment au sérieux. Elle rédigea un texte :

Je suis plutôt du style à monter dans un train et m'apercevoir au milieu d'un livre que j'ai pris la mauvaise direction, à prendre un Vélib' et partir n'importe où sur un coup de tête, à passer du temps à jouer aux jeux idiots de Facebook et à regarder les posts de mes collègues, à m'arracher les yeux pour enlever mes lentilles car j'ai oublié que je les avais déjà retirées…

Et pour l'homme qu'elle recherchait : *Si tu n'as pas hurlé de rire à* Quatre mariages et un enterrement, *si tu n'as pas regardé sous ton lit la nuit après avoir vu* Paranormal Activity *et surtout, si tu n'as pas pleuré devant* Le Premier Jour du reste de ta vie, *passe ton chemin (c'est que tu n'es pas un être humain…)*

Il ne restait plus qu'à attendre pour adopter un homme, ou plutôt pour qu'un homme veuille bien se faire adopter, ce qui était d'une certaine hypocrisie, puisque, finalement, c'était elle qui était le produit posté dans la vitrine, et qui attendait qu'un homme passe et la remarque. Ce qui ne manqua pas de se produire. Un inconnu la contactait déjà. Il lui envoyait un « charme ». Cela signifiait qu'elle lui plaisait. Elle examina son profil, la photo montrait un gars plutôt séduisant. Il indiquait qu'il mangeait bio comme elle, et qu'il était sportif. Les nouvelles mises à jour contenaient des algorithmes qui permettaient de sélectionner les profils qui « matchaient ». Elle lui envoya un message de bienvenue. Cependant, dans la réponse de son interlocuteur, les fautes d'orthographe étaient tellement monstrueuses qu'elle ne donna pas suite.

Elle effectua une recherche par catégorie pour voir si elle ne voyait pas la photo de Gabriel. Son ex avait les cheveux châtains, des yeux verts, un sourire aux lèvres fines et une barbe. Parmi tous les barbus, c'était presque une gageure de le retrouver. Cette mode étrange s'était emparée de tous les hommes de trente à quarante ans. Elle entra les caractéristiques qui permettraient d'affiner la recherche : l'âge, trente-huit ans, la couleur des cheveux et des yeux, ainsi que certaines caractéristiques : sportif, voile, études supérieures... Au bout d'une trentaine de profils, elle le vit, il était là, c'était bien lui, en agrandissant la photo, elle pouvait le reconnaître avec ses yeux étirés, presque asiatiques, ses cheveux souples, châtains, sa mèche devant le front, son sourire sympathique, son regard doux, attentif. Il avait aussi mis une photo de lui sur son bateau, en maillot de bain et tee-shirt, prêt à partir. Aussitôt, elle changea le cliché de son propre profil, téléchargea celui d'une collègue qu'il ne connaissait pas, Margaux, une belle jeune femme aux cheveux blonds et aux yeux bleus, pulpeuse, avec un sourire engageant, comme il aimait. Elle la mit à la place de la sienne, et modifia également son pseudo : Ludmilla 35. Puis elle se dit que ce n'était pas très cohérent avec les goûts littéraires qu'elle avait annoncés, et elle le remplaça par : Silvia. Cela devrait plaire à Gabriel, qui aimait Marivaux. Silvia, dans *Le Jeu de l'amour et du hasard*, méfiante vis-à-vis de l'amour et du mariage, se déguisait en servante pour mieux observer son prétendant Dorante, qui, lui, se faisait passer pour son propre valet, pour les mêmes motifs. Elle cherchait l'amour vrai et aussi la vérité dans le sentiment, et son scepticisme la menait à élaborer ce stratagème pour tester son prétendant, jusqu'à lui faire endurer un combat cruel entre la passion et la raison. Pour Juliette aussi, il s'agissait de se travestir : il fallait maintenant attendre que Gabriel morde à l'hameçon et qu'il réponde à l'attraction de son faux profil.

Elle quitta AdopteUnMec et fit une nouvelle recherche sur Google : GPA. Ce qui était interdit en France ne l'était pas dans d'autres pays. Mais comment faire un enfant seule, le porter pendant neuf mois, sans être aidée, entourée, et accoucher sans quelqu'un auprès d'elle ? Elle ne supporterait pas d'arrêter de travailler. L'idée de son corps, sculpté par le sport, les massages et les crèmes, soudain déformé par la grossesse, la révulsait. Sur un site indien prohibé en France, elle s'aperçut que pour vingt mille dollars, elle pouvait se faire ponctionner et transposer ses embryons dans l'utérus d'une jeune femme, et récupérer le bébé en Inde, neuf mois après, tout fait. Elle contempla un moment cette idée d'acquérir un bébé par Internet, et se rendit dans la section où les parents témoignaient de leur bonheur d'avoir un enfant. Peut-être était-ce ce qui lui manquait. Devenir mère, voilà qui comblerait son vide, son manque existentiel et métaphysique et viendrait répondre à toutes les questions qu'elle se posait !

Juliette se mit à remplir le formulaire de demande et envoya un message à la responsable du centre, qui se situait à Anand, en Inde. Cela tombait bien, elle devait se rendre à New Delhi pour son travail, quelques semaines plus tard.

Ceci étant fait, il fallait à présent se connecter à Amazon pour acquérir le livre que lui avait conseillé son professeur de philosophie, mais elle devait attendre un jour ou deux avant de le recevoir. Elle enfila un manteau et des Ugg sur son jogging afin d'aller chercher l'ouvrage en question en librairie. Elle avait l'habitude de se rendre dans la petite boutique de son quartier qui parvenait tant bien que mal à résister aux grands groupes et à la vente par Internet grâce à la personnalité du libraire, un homme avisé et de bon conseil, qui savait également organiser des événements et des lectures avec certains écrivains.

Emmanuel Deloffre était un homme d'une quarantaine d'années, assez laid, avec des gros yeux globuleux, une peau rosâtre, un nez protubérant. Son corps, bien que mince et athlétique, n'avait rien de beau non plus : il avait les épaules un peu trop hautes, et un cou trop petit, les jambes arquées dans des jeans trop moulants et souvent il portait des drôles de santiags qui n'allaient pas très bien avec le reste de sa tenue.

Sa librairie était agencée avec goût : de grandes bibliothèques en bois clair qui offraient à la vue l'agréable paysage de livres parfaitement disposés par thème ou par collection. D'habitude, elle se faisait conseiller et elle aimait bien discuter avec son libraire des dernières parutions. Cette fois, elle savait ce qu'elle voulait, elle prit le livre parmi la rangée des exemplaires de poche et le posa sur le comptoir.

— J'ai suivi votre avis, je me suis inscrite sur le site de Philothérapie !

— Bonne idée ! dit Emmanuel. La séance était fructueuse ?

— Très… Je vous remercie pour le conseil. Pour la prochaine, je dois lire *Le Banquet*.

— *Le Banquet*, murmura-t-il. On en revient toujours là. Un livre indépassable. Peut-être n'a-t-on rien fait de mieux, depuis ?

— Le mythe de l'amour absolu…

— C'est ce livre qui est responsable de notre marasme amoureux depuis des siècles. C'est lui, le coupable ! En voulant exalter l'amour et en le mettant au-dessus de tout, il n'a fait que le rendre impossible.

— Pourquoi impossible ?

— Parce que l'on s'en fait une idée tellement haute qu'il est difficile de le vivre au quotidien et que l'on est toujours déçu. Platon, à travers ses personnages, et surtout l'interprétation que l'on en a faite, a introduit cette idée folle que l'amour est tout dans la vie. Que nous sommes prédestinés à rencontrer notre moitié, et si nous échouons dans cette quête, nous sommes voués à être malheureux et à passer à côté de notre vraie vie.

— Vous croyez que c'est réellement un mythe ?

— Bien sûr… Mais que serions-nous sans les mythes ? Le réel n'existe qu'à travers ces constructions imaginaires qui rendent la vie plus belle. Ne croyez-vous pas, Juliette ?

Juliette remercia son libraire, lui souhaita une belle soirée et sortit, pressée de commencer sa lecture. Elle avait faim. Devant sa porte, l'attendait son paquet de légumes bio qui venaient du site Cook Angels, « Cuisinez comme vous l'avez toujours rêvé ». Tous les ingrédients étaient livrés à domicile, il fallait juste les assembler, selon les recettes. Alors qu'elle s'installait pour dîner après avoir concocté son repas en sirotant un verre de vin, elle reçut un SMS de Gabriel. Il lui disait à nouveau qu'il pensait à elle, qu'elle lui manquait et lui demandait comment elle allait. Comment pouvait-il lui envoyer des messages d'amour alors qu'il s'était inscrit sur AdopteUnMec pour se faire adopter par une autre femme ? Cela la plongeait dans la plus grande perplexité. Dans son téléphone, elle avait toutes les photos de son histoire avec lui, ces trois ans de vie qu'ils avaient partagés : les débuts, le matin, le soir, en vacances, son regard, attentif, amoureux. Elle et lui sur une plage, bronzés et amoureux, puis à Venise en hiver, ou encore à Londres, lors d'un week-end. Sa façon de la traiter comme une reine, de la mettre au-dessus de tout, au centre du monde, toutes ces choses qui sont rares et précieuses et témoignaient de son sentiment pour elle. Le quotidien, ensemble. Ils se retrouvaient en fin d'après-midi pour aller courir au jardin du Luxembourg, puis ils allaient dîner dans un petit restaurant, place Dauphine, un endroit caché, hors du temps. Pendant l'été, ils marchaient sur les quais, prenaient place sur un banc, devant la Seine. Encore des traversées sur son bateau, des séjours à Londres, un jour de l'An passé dans une sorte de vague à l'âme, de monotonie angoissante. Puis les photos se faisaient plus rares, les week-ends et les vacances aussi. Enfin, il n'y en avait plus du tout. C'était l'époque où elle envoyait des textos pour lui demander de passer du temps avec elle. Mais du temps, il n'en avait plus.

C'est alors qu'elle avait commencé à ressentir ce vide qui l'avait envahie au point de la submerger. Son statut de free-lance l'insécurisait. Elle s'était mise alors à penser à elle, à sa vie, à ce qu'elle en attendait, en dehors de miser tout sur la réussite professionnelle ou de se laisser distraire par cette poursuite effrénée du travail, sans se poser les questions essentielles : pourquoi était-elle venue au monde ? Où allait-elle ? Sa vie avait-elle un sens ? Quel était son horizon ?

Depuis leur séparation, elle apprenait à vivre seule, même si cela ne lui plaisait guère, elle était parvenue à apprivoiser sa peur. Elle voyait quelques amis, mais elle n'avait plus la patience pour supporter les dîners, les verres dans les bars, les fins de soirées dans les bras. Le soir, elle faisait des courses sur Internet, et regardait les Facebook de ses collègues. Elle ressentait une sorte de nostalgie en pensant à sa vie avec Gabriel, sa constance, sa patience, son abnégation parfois, sa façon de la mettre sur un piédestal. Cet amour des commencements est-il voué à disparaître ?

Au début, ils avaient pensé au mariage, et aussi à avoir un enfant, puis ils s'étaient dit que c'était trop tôt, et c'était passé, ils avaient cessé d'en parler, et le temps s'était écoulé ainsi, telle une effroyable machine à produire de la banalité. Trois ans plus tard, ils se retrouvaient, au lit, chacun derrière son ordinateur, en train de consulter son fil Twitter ou d'envoyer des textos. Parfois, comme il ne lui répondait pas, elle lui adressait un mail alors qu'il était à côté d'elle. Ou alors, pour le joindre alors qu'elle était à la cuisine et lui dans la chambre, elle lui envoyait un iMessage. Ils en étaient venus à être tellement accrochés à leur portable qu'il était plus simple de se parler ainsi. C'était comme si le langage SMS avait envahi leurs cerveaux au point de les empêcher de penser autrement que par intermittence ou par abréviation. Ils s'écrivaient : « *jtm* ». Il fallait toujours répondre, vite, sans prendre le temps de réfléchir, sans distance, sans passé, sans avenir.

Puis il y avait eu ce fameux message qui était apparu sur le portable de Gabriel, en bandeau, alors qu'il lui montrait une photo. Ce SMS disait, dans le texte : « *Mon petit lapin, quand est-ce qu'on remet ça ?* » Une femme, bien sûr. Pourquoi n'y avait-elle pas pensé avant ? Elle sentait bien, pourtant, qu'il n'était plus là, même quand il était à côté d'elle. Elle avait rompu, sans explication, sans détail, du jour au lendemain. Au début, il ne l'avait pas crue. Il en était désolé et déboussolé. Il lui disait que rien ne s'était passé, c'était juste une passade. Mais elle ne le croyait pas. Elle voulait penser à elle, ne penser qu'à elle, et faire le point. Elle ne souhaitait pas aller voir un psychiatre, un psychologue ou un hypnothérapeute. Elle traversait une crise morale, une crise existentielle : c'était à un spécialiste qu'il faudrait s'adresser. C'est la raison pour laquelle, quand Emmanuel Deloffre lui avait parlé de ce site, elle s'était inscrite dans l'idée qu'elle allait peut-être trouver des réponses à ses questions et arrêter de se raconter des histoires, afin d'être capable de voir et de chercher la vérité, en général dans la vie, et dans sa vie.

Elle se coucha et, pour la première fois depuis longtemps, au lieu de prendre son ordinateur pour consulter ses derniers messages, à l'affût de quelque nouvelle sensationnelle, même à 23 h 30 un lundi soir, elle ouvrit *Le Banquet*, et commença à le lire. Le texte était plus ardu qu'elle ne le pensait, mais plaisant aussi, en raison de la forme dialoguée. Pour évoquer l'amour, Platon avait mis en scène un dîner, consacré d'abord à la nourriture terrestre, et au vin mélangé à de l'eau. On se lavait les mains, on se parfumait et on mettait des couronnes pour écouter de la musique, entendre des poèmes, et se divertir. Mais cette soirée ne ressemblait pas aux autres : il allait s'y produire un événement considérable. Un événement qui allait bouleverser l'humanité tout entière. On devait le sentir : c'est pourquoi la joueuse de flûte fut renvoyée. Ce soir-là, il s'agissait de révolutionner à tout jamais la vision de l'amour.

Le philosophe avait choisi plusieurs discours pour évoquer le sujet, pour présenter ou confronter les points de vue adverses. Il y avait Agathon, un jeune poète, Pausanias, amant d'Agathon, Aristophane, un poète comique, Eryximaque, un médecin érudit, Phèdre, un jeune Athénien issu d'une famille riche, et Alcibiade, disciple de Socrate, le maître à penser. Une femme aussi était présente, mais seulement à travers la parole de Socrate : Diotime. Pourtant, c'était elle dont le discours semblait être le plus signifiant. En googlisant *Le Banquet*, Juliette lut que Platon mettait en scène Socrate qui mettait en scène Diotime : un discours dans le discours dans le discours sur l'amour. En tant que femme, elle incarnait le paradigme de la reproduction qu'elle dévoilait dans l'amour à travers son analyse de l'immortalité, et, en tant que prêtresse, elle initiait Socrate à la dimension spirituelle de l'amour, qui participe de son essence.

La question de tous était la même : quel discours peut-on tenir sur l'amour ? Quelqu'un raconte que quelqu'un a dit que quelqu'un a aimé. Mais l'amour n'est-il qu'un discours ? Une histoire que chacun se raconte à sa façon. L'un en disant que les amoureux sont des entités séparées qui se cherchent, l'autre qui préfère penser l'amour en termes de manque et de plénitude, de joie et de douleur, et qui annonce que l'amour nous permet d'atteindre l'immortalité.

Pourquoi le discours avait-il autant changé aujourd'hui ? L'amour était devenu incertain :

Juliette ne savait plus, lorsqu'elle rencontrait quelqu'un, si la relation n'était qu'un jeu ou si elle impliquait des sentiments, elle ignorait ce que ressentait l'autre, et, d'ailleurs, elle avait des doutes sur ce qu'elle pensait elle-même. Parfois elle se demandait si elle aimait, si elle aimait vraiment. Elle cherchait quelqu'un de fort, qui sache ce qu'il veut. Cet homme « mythiquement homme » qui faisait rêver toutes les femmes n'existait peut-être pas, tant les gens ne savaient plus non plus où était leur désir. Tout le monde était confus, et pour elle qui aspirait à l'amour, à la passion, elle ne faisait qu'aller de déception en déception.

Sur le site de rencontres AdopteUnMec, elle pouvait se rendre compte dès les premières lignes échangées que cela n'irait pas loin tant les questions étaient bêtes et maladroites et l'orthographe défaillante. Et pourtant, elle voulait y croire encore, au grand amour, telle une Mme Bovary du Net, illusionnée par les publicités et par les comédies romantiques, mais qui avançait dans la vie, de rêves en désillusions. Elle en était venue à penser que les hommes n'étaient pas à la hauteur, et que, cassés ou castrés par le féminisme, ils ne cherchaient plus la passion, sinon à assouvir leur instinct sexuel, et la femme se retrouvait à nouveau assujettie à leur bon vouloir.

Juliette reposa le livre sur la table de nuit en pensant au mythe de l'androgyne, celui dont parlait Aristophane de façon drôlatique, dans une allégorie qu'il avait construite pour distraire plus que pour enseigner une vérité profonde. Jadis, disait-il, il existait trois espèces d'humains : les hommes, les femmes, et une troisième composée d'hommes et femmes dans une même peau – les androgynes – qui étaient mâle et femelle, d'une force et d'une vigueur supérieures à la nôtre, et d'un grand courage aussi puisqu'ils attaquèrent les dieux. Zeus pour les punir les coupa en deux. C'est la raison pour laquelle, le corps étant divisé, chacun recherche sa moitié dans le désir de se fondre ensemble en un seul être. L'amour, comme le disait Platon, a pour objet de guérir la nature humaine. Platon aurait, selon Emmanuel Deloffre, surdéterminé l'amour dans notre quête du bonheur : « Notre espèce ne saurait être heureuse qu'à une condition, c'est de réaliser son désir amoureux, de rencontrer chacun l'être qui est notre moitié, et de revenir ainsi à notre nature première. »

Juliette se dit que l'allégorie décrivait bien le sentiment amoureux en ses débuts : quand on a l'impression d'être un, quand on se dit qu'on a trouvé l'âme sœur, quand on se sent coupé en deux lorsqu'on est loin de l'aimé, lorsque l'on se comprend parfaitement, même sans se parler et qu'il semble que les corps s'unissent mystérieusement comme s'ils cherchaient l'autre moitié d'un même être. Toutes ces choses que Juliette avait vécues plusieurs fois, avant de comprendre que tout cela n'était qu'illusion et qu'il faudrait poursuivre la quête, ou bien arrêter d'y croire. Après tout, Aristophane avait voulu caricaturer l'amour, plus que décrire son essence. Et Platon, à travers lui, avait sans doute cherché à dénoncer sa supercherie, même si l'interprétation en avait été tout autre.

Juliette relut les notes qu'elle avait prises lors de son cours de philosophie. « Le voyage le plus intense de votre vie », avait dit le professeur Constant. N'était-ce pas un peu présomptueux de sa part ? Les voyages les plus intenses ne sont-ils pas ceux de l'expérience et de la vie, de l'action, plutôt que ceux de la pensée ?

À moins que tout cela ne fût qu'une illusion. Car, disait-il, il faut être courageux pour être philosophe et affronter le problème de l'existence, le vide de sens, l'absurdité de la vie et chercher, derrière les apparences, la vérité. Même si elle fait mal et qu'elle est difficile à entendre, même si dans le quotidien, tout est fait pour échapper à ce questionnement, et tout nous pousse à fuir la philosophie qui nous dérange, et produit, comme le disait le professeur, de l'intranquillité.

Elle repensa alors au *brainstorming* auquel elle avait participé le matin même : le directeur du marketing les avait répartis en groupe de cinq ou six, qui, sur l'espace d'un Post-it, devaient déterminer ce qu'ils pensaient de l'avenir de la firme, et en déduire, en une phrase, un slogan qui pourrait la définir. Ceci lui avait rappelé le cours du professeur Constant sur la recherche des concepts. Ceux qui sont vides, ceux qui produisent du sens, et ceux que l'on force pour éveiller les consciences. Il s'agissait avant tout de définir une idée qui représenterait l'entreprise auprès des consommateurs, avec des mots-clés. Pourquoi les femmes voulaient-elles être belles, se demanda Juliette, si ce n'était pour l'amour, *pour inspirer l'amour*…

En surfant sur Internet, elle eut soudain l'idée de rechercher le nom de Jean-Luc Constant associé à « philosophie », et s'étonna de ne pas le trouver. La plupart des gens n'avaient pas de présence sur le Net, mais il était rare qu'ils en fussent totalement absents, surtout dans le domaine de la culture. Elle aurait aimé voir à quoi il ressemblait, et quel était le physique qui portait la profondeur de cette voix, et ces paroles qui résonnaient loin en elle.

Juliette ne parvenait pas à dormir. Elle reprit la lecture du *Banquet*. Le discours qu'elle préférait était celui de Diotime : de la même manière que le philosophe était l'intermédiaire entre le savant et l'ignorant, l'amour était l'intermédiaire entre les hommes et les dieux. C'est pourquoi l'amour visait l'immortalité, à travers l'enfantement.

L'idée d'être mère bientôt la séduisait. Lorsqu'elle avait décidé de rompre avec Gabriel, elle avait compris qu'elle était sur la corde raide. Trouver quelqu'un, tenter de vivre avec lui et concevoir un enfant demanderait du temps. Comment faire ? Pourtant, elle ne pouvait envisager de faire cet enfant avec Gabriel, tout comme elle n'imaginait pas non plus de ne pas en avoir. Comment concevoir un bébé avec quelqu'un qui ne souhaitait pas s'engager alors qu'elle-même n'était pas sûre de son amour ? Peut-être fallait-il alors séparer l'amour de la procréation ? Peut-être Emmanuel avait-il raison lorsqu'il affirmait que *Le Banquet* nous avait durablement et définitivement plongés dans le désespoir, en reliant tous les problèmes humains à l'amour ?

— Vous êtes avec nous, Juliette ? demanda son chef, le lendemain matin, alors qu'elle était encore en train de rêvasser autour de sa lecture de la veille. Une idée géniale sans doute ? Vous avez l'air particulièrement inspirée ce matin !

Petit, plutôt grassouillet, toujours vêtu d'un costume sombre avec une cravate noire, Bruno Campani avait des grosses lunettes carrées qui lui donnaient un air d'adolescent un peu gauche alors qu'il avait dépassé la quarantaine.

— Non seulement vous arrivez en retard, mais en plus vous poursuivez votre nuit en pleine réunion de crise. Alors, une idée ?

— La mythologie, monsieur Campani.

— C'est trop loin des gens.

— Cela s'est fait récemment avec Idylle, de Guerlain. La communication avait repris le mythe de Danaé : pour conquérir une belle princesse enfermée dans une tour d'airain par son père, Zeus s'est transformé en pluie d'or. De cette union est né un fils, Persée. Le flacon créé par le designer Ora-ïto ressemble à une grosse goutte d'or.

— Merci pour la leçon, dit-il. Je vous paye pour réfléchir, pas pour nous enseigner la mythologie grecque ni le marketing des marques concurrentes. Vous n'avez pas autre chose ?

— Le mythe de l'androgyne. Les deux moitiés qui se retrouvent. Ainsi nous élargissons aux hommes. Nous pourrions faire une gamme hommes et femmes, avec deux versants qui se compléteraient, comme deux moitiés d'un seul être. Le concept, ce serait le couple. Mais le couple différencié, chacun dans son identité sexuelle, pas le couple Calvin Klein où l'un et l'autre se ressemblent tellement qu'ils ont les mêmes parfums. Non, un homme, une femme : un couple.

— Le slogan ?

Juliette réfléchit pendant un instant.

— *Vous êtes prédestinés.*

Leçon 3

L'origine de l'amour

En arrivant à Rio, Juliette se rendit dans un Boutique Hôtel à la décoration minimaliste, blanche et grise, qui avait obtenu 375 avis positifs sur Booking.com, et qu'elle avait déniché elle-même en respectant les contraintes budgétaires plutôt sévères imposées par son chef. De la fenêtre de sa chambre, elle observa les gens qui marchaient le long de la promenade. Elle eut soudain envie de faire du sport, bien qu'on lui eût déconseillé de sortir seule, surtout avec des bijoux. Elle mit son jogging, ses baskets, prit son grand chapeau de paille blanc qui la protégeait contre le soleil, et décida de faire comme eux, afin d'avoir un corps fin, athlétique, sans la moindre trace de graisse. Le soleil, la plage, la mer lui firent du bien.

Des sculpteurs de sable construisaient des maquettes de temples incas. Des hommes jouaient au beach-volley, en riant, alors que des femmes les regardaient. Un vent doux caressait son visage. Il était agréable d'être loin de Paris et de son chef, de courir en contemplant la baie de Rio, sur laquelle régnait le Christ

Rédempteur, avec ses bras déployés comme pour embrasser tout le paysage. Elle aurait aimé croire en quelque chose, au lieu d'être prise dans les affres du doute, de l'angoisse et de l'incertitude. Son cœur, son âme réclamaient une nourriture qui lui semblait aussi essentielle que celle qu'elle avalait pour survivre. Mais rien n'était prévu à cet effet.

Que serait Rio sans son Christ ? Juste une plage avec des femmes en maillot de bain et des jeunes qui jouent au foot. Le professeur Constant avait raison. Les religions étaient discréditées, la barbarie avait envahi la planète. Les philosophes à force de déconstruire les concepts, avaient fait disparaître la substance même du monde, sans le remplacer par d'autres théories ou systèmes, ils avaient désenchanté l'univers en le laissant vide de sens. Tellement vide que les gens se tournaient vers ce qu'on leur proposait, c'est-à-dire le pire.

Le lendemain, elle travailla avec les membres de l'équipe de communication sur le lancement de la marque de cosmétiques au Brésil. Elle leur présenta le concept de l'androgyne, de l'amour prédestiné, qui sembla à la fois séduire et étonner. Les mœurs étaient libres et toute idée d'enchaînement amoureux ne leur plaisait qu'à moitié. Il y avait là un couple charmant et volubile qui parlait de ses enfants. Elle était habituée à répondre à la question : « Et vous ? » Non elle n'avait pas d'enfant, ni de mari, ni même de compagnon, ce qui la rendait très efficace pour son travail, bien qu'elle rentrât dans la catégorie des monstres asociaux, tant la pression, dans son entourage, pour avoir des enfants était aussi forte que celle pour ne pas en avoir, dans la vie active.

Le soir, en rentrant, Juliette était impatiente de se connecter à Skype pour suivre son cours de philosophie. Elle y avait pensé toute la journée. Cette fois, elle espérait voir son professeur. Elle s'était préparée, coiffée, avait revêtu une jolie robe, s'était maquillée, avait masqué les cernes et les marques du temps ou de la fatigue. Elle s'était trouvée belle et pimpante. Elle ouvrit la porte du balcon qui donnait sur la mer. Elle s'installa sur la chaise de la terrasse et posa son ordinateur devant elle. C'était romantique et apaisant, un endroit inattendu pour une première rencontre.

Mais le professeur Constant n'était pas visible. Soit la liaison était mauvaise, soit il ne désirait pas apparaître, si bien qu'ils se retrouvèrent tous les deux à nouveau sur Skype audio.

— Professeur Constant, dit-elle, j'aimerais voir votre image, si c'est possible ? Je pense que la leçon pourrait être plus vivante si elle était visuelle. Comme un cours particulier, à domicile. Ce serait plus socratique, plus maïeuticien. N'est-ce pas ?

Il lui répondit après un temps d'hésitation que c'était envisageable, qu'il le faisait normalement avec ses autres élèves, mais comme elle s'était connectée tout d'abord en audio, il pensait que c'était ce qu'elle préférait, et il n'avait pas insisté pour faire le cours de visu. Il lui promit de le tenter lors de la prochaine séance. Il ne s'était sans doute pas préparé comme elle, il était peut-être en pyjama, ou avec femme et enfants… De sa voix profonde, masculine et élégante, il lui demanda si elle avait eu le temps de se procurer et de lire *Le Banquet*.

— Bien sûr, dit-elle. J'ai fait mes devoirs.

— Qu'en avez-vous pensé ?

— Que l'amour est un discours. Il y en a même beaucoup dans ce livre, qui ne sont pas toujours en accord les uns avec les autres, bien qu'ils soient tous vrais en un sens. Ensuite, le désir vient d'une forme de reconnaissance pour un être que nous aurions rencontré auparavant et qui serait notre moitié. Également, l'amour nous élève et nous emmène vers une forme d'immortalité…

— Bien résumé ! commenta le professeur Constant. Dans *Le Banquet*, l'amour est sans nul doute un discours. Comme celui de Phèdre, qui dit : *Je suis incapable de nommer un bien qui surpasse celui d'avoir dès sa jeunesse un amant de valeur, et pour un amant, d'avoir un aimé de valeur.* L'amour est ce qui nous est le plus cher, êtes-vous d'accord avec cette idée ?

— Non. Je me dis que je vivrais beaucoup mieux sans amour.

— Pourtant sa puissance est immense. Ne vous sentez-vous pas forte et apaisée lorsque vous êtes aimée ?

— Parfaitement, juste avant la désillusion et l'effondrement narcissique de la rupture.

— Alors vous oscillez entre l'amour et le non-amour.

— Sans savoir vraiment lequel est le vrai.

— L'amour ne produit pas de vérité, Juliette. Il produit du sens. L'amour, parce qu'il est un discours, est même le plus grand producteur de sens. L'état amoureux donne à vivre, donne à voir, à comprendre, il offre une énergie telle qu'il unifie et organise tout autour de lui. C'est une couleur qui s'empare d'un ciel gris. C'est une musique qui couvre le bruit des voitures le matin. C'est un goût que prend chaque aliment, même le plus fade. C'est un parfum enivrant, qui exalte les sens. L'amour remplit le monde de beauté, de spiritualité et d'intelligence. Il ouvre les cœurs à la bienveillance. Quand on aime, on aime le monde entier. Travailler, gagner de l'argent, voir ses amis, prendre soin de soi, tout cela n'a de sens que si l'on est amoureux. On ne peut imaginer Sisyphe heureux que si on l'imagine sentimental.

— C'est la raison même pour laquelle je voudrais me défaire de l'amour. L'amour rend dépendant de lui. C'est comme une drogue, une drogue dont on ne pourrait plus se passer. Quand on l'a puis qu'on ne l'a plus, on a envie de mourir. Peu importe sur qui il se porte, il faut qu'il existe. J'ai besoin d'être désintoxiquée, professeur.

— Alors il faut comprendre l'origine de l'amour, et pour le mettre à distance, nous devrons le connaître intimement, spirituellement, conceptuellement. Nous allons pour cela nous aider de Platon. Dans *Le Banquet*, Aristophane tente d'élucider l'origine de l'amour, qu'il relie à l'âme : *S'unir avec l'être aimé et se fondre en lui, de façon à ne faire qu'un seul être au lieu de deux*. Cette phrase à elle seule a produit une déflagration qui nous touche encore. Elle définit toute la conception de l'amour en Occident, et ce discours nous poursuit jusqu'à aujourd'hui dans les sites de rencontres, où l'on vous incite à trouver votre compagnon selon certains critères qui vous correspondent. Le marché consumériste de l'amour fait de l'amour un produit.

Juliette eut honte en pensant que le jour même, elle se servait de l'amour et du mythe de l'androgyne pour vendre des parfums, des shampoings et des savons. L'amour selon Aristophane comme argument marketing pour vendre des produits ! Car le mythe de l'homme idéal, dont elle était la deuxième moitié, l'androgyne, avait opéré à chaque fois dans toutes ses histoires sentimentales, avec Olivier, Vincent, Philippe, Léo, Jean-Marc, Charles, Fabio, Guillaume, Stéphane, Tom, Jean-Daniel, Thomas et Luc, les Jonathan et les Éric et Gabriel. Ils étaient tous des androgynes. Ce n'était plus le mythe de l'androgyne, c'était le mythe des androgynes multiples, ou l'Éternel Retour de l'Homme Idéal. Plutôt l'éternel recommencement de la déception assurée.

— Ou encore, poursuivit le professeur Constant, dans les comédies romantiques, un homme rencontre la femme de sa vie, celle qui est faite pour lui, et vice versa, même si au départ il ne le savait pas. L'idée, c'est que chacun cherche sa moitié. Et l'amour est la prise de conscience de ce processus qui définit l'homme dans son humanité même. Les comédies romantiques ont toutes la même structure narrative, fondée sur la trame d'Aristophane : l'idée de prédestination. Par exemple, dans *Un amour à New York*, en anglais *Serendipity*, qui signifie, « heureux hasard », deux personnes font connaissance, et décident de laisser la bonne fortune faire les choses pour leur prochaine rencontre. C'est finalement le hasard qui devient l'image même du destin, et qui finira par les réunir par une heureuse fatalité, après des années d'errance. Toutes les comédies romantiques racontent finalement la même histoire : le destin est plus fort que la vie pour réunir ceux qui sont prédestinés à s'aimer. *Elle et Lui*, *Nuits blanches à Seattle*, *Quand Harry rencontre Sally*, *Pretty Woman*, *Quatre mariages et un enterrement*, etc. Deux êtres sont faits l'un pour l'autre, mais ils ne le savent pas, et la vie s'évertue à les séparer, comme si un malin génie s'amusait à déranger l'ordre préétabli par les dieux. Finalement, les deux parties de l'androgyne faites pour s'unir, *de façon à ne faire qu'un seul être au lieu de deux*, finissent par se retrouver. Cela nous rend heureux, nous apaise, et nous conforte dans l'idée que l'on aime se faire de l'amour.

— J'adore les comédies romantiques. La violence a tellement envahi les écrans que j'en suis venue à ne plus pouvoir la supporter. Du coup, je ne vois plus que ça sur iTunes. C'est un leurre, vous croyez ?

— Pas du tout ! Les comédies romantiques sont le meilleur apprentissage de la philosophie. Elles initient à un véritable exercice de la pensée.

— Expliquez-moi, professeur.

Juliette étendit ses jambes sur la table basse, et posa son regard sur l'océan. Elle se sentait bien, elle savourait simplement ce moment de bonheur, au bout du monde, entre elle et la philosophie à travers son professeur, qui lui faisait découvrir la vie, autrement.

— C'est très simple. Dans son livre traduit par *À la recherche du bonheur*, le philosophe américain Stanley Cavell s'intéresse à la comédie hollywoodienne du remariage. Pour lui, la question du couple et du mariage est aussi la question phare du cinéma hollywoodien des années trente, quarante et cinquante. Pour Stanley Cavell, le cinéma est le lieu par excellence de production du discours sur l'amour. Ainsi le couple s'invente-t-il selon un axe inaltérable : cela commence par une rupture, et cela finit par un mariage, ou un remariage, réel ou symbolique, comme dans : *New York-Miami* de Frank Capra, *L'impossible Monsieur Bébé* ou *La Dame du vendredi* de Howard Hawks, *The Philadelphia Story* ou *Madame porte la culotte* de George Cukor, ou *Cette sacrée vérité* de Leo McCarey... On peut retrouver ce schéma aussi dans *Quand Harry rencontre Sally* de Rob Reiner, ou *Eyes Wide Shut* de Stanley Kubrick, pour ne citer que ces exemples. Ce que Stanley

Cavell appelle le remariage est la structure qui définit la narration hollywoodienne du couple. La question philosophique sous-jacente à ces comédies est toujours la même : c'est celle du scepticisme.

— Qu'est-ce que le scepticisme ?

— Tel qu'on le rencontre chez Descartes, c'est la mise en question du rapport au monde, à partir du cogito, c'est-à-dire de la question du soi et de la conscience. Qu'est-ce qui fonde la vérité ? Si c'est moi, *je pense donc je suis*, comment puis-je être sûr que le monde n'est pas une création de mon esprit et de mon imagination ? Pour cette raison, il ne faut pas précipiter le jugement. Les choses sont dans une mouvance, qui les rend incertaines et confuses, jusqu'à ce que la raison fasse advenir la vérité, qui est une évidence. Mais le scepticisme peut aussi être celui, existentiel, tout aussi vertigineux, qui s'intéresse au rapport à l'autre, comme dans *Othello* de Shakespeare où celui-ci questionne d'une façon absurde et dramatique la fidélité de Desdémone : c'est en cherchant à l'excès une preuve matérielle de son mensonge, qu'il va ouvrir l'abîme vers la folie et la perte de sens. Les comédies du remariage reprennent ce schéma non pas sur fond de tragédie, mais sur le mode comique. Ce que la comédie interroge, c'est la relation au monde. Car le cinéma met en scène notre condition d'étrangeté, comme si le monde était une projection de notre imaginaire. À travers l'amour, j'expérimente la question métaphysique fondamentale qui est celle du scepticisme : que puis-je savoir ? puis-je avoir accès à la vérité ? Le cinéma serait alors la réponse au scepticisme, en cela qu'il nous montre un univers qui est le fruit de notre imagination, et dont nous ne faisons pas réellement partie. Cependant, ce monde dont nous ne connaissons pas la vérité nous éduque et nous forme, et nous existons à travers lui. Je me fais bien comprendre ?

— Oui, c'est clair.

— Est-ce la mer que j'entends ? questionna-t-il soudain.

— Oui, professeur. Je suis au Brésil.

— Parfait… Un endroit d'inspiration pour vous ?

— De travail, plutôt.

— Les sens nous trompent, Juliette. Mais pas toujours. Ils sont parfois fiables, et c'est en cela qu'ils ne le sont pas. Le problème du scepticisme n'est donc pas la remise en cause radicale de notre jugement sur le monde, mais plutôt la façon dont nous pouvons nous recréer à partir de lui. Cavell définit deux scepticismes : celui de la connaissance du monde, et celui du rapport à autrui. La philosophie, en particulier celle de Descartes, met un terme au scepticisme radical, par l'évidence du cogito, cette intuition qui nous assure que nous existons. Mais le second scepticisme résulte d'un doute quotidien, qui est une véritable remise en question du rapport à l'autre et du monde, à travers l'amour. Alors rien ne semble pouvoir arrêter le doute qui nous met face à notre condition humaine. Tout comme le doute d'Othello concernant la fidélité de Desdémone est un doute cognitif, dont le vertige nous entraîne dans un abîme dont nous ne parvenons plus à sortir. Il ne peut plus fonder par la seule raison le fait que Desdémone soit sa femme, ni qu'elle lui soit fidèle. C'est ainsi que toutes les comédies du remariage commencent par l'idée de la perte du réel.

— Comment sortir du doute amoureux ? Comment se réapproprier le réel ?

— Dans la comédie romantique, c'est en général la conversation qui permet de sortir les personnages du doute. Le dialogue, encore une fois. Le langage, en somme, qui nous ouvre le monde. La conversation ininterrompue, telle qu'on la voit dans des films comme *Elle et Lui, Sept ans de réflexion, Diamants sur canapé*, par exemple, permet d'offrir une réponse au scepticisme radical. Cette conversation peut inclure une dispute, mais elle finit toujours par se conclure heureusement, grâce aux mots d'amour.

— Est-il possible de se réapproprier le réel, en dehors de l'amour, professeur ? C'est ce que je voudrais faire. C'est toute ma quête. La raison pour laquelle je vous ai contacté.

— Il suffirait pour le savoir de se détacher d'Aristophane. Platon lui-même ne croit pas au discours de ce dernier, présenté comme une caricature drôle et divertissante de l'amour, une comédie romantique en somme, au sens propre du terme. Dans *Le Banquet*, parmi tous les discours qui sont présentés, celui qui a valeur de vérité selon Platon n'est pas celui d'Aristophane, mais c'est en fait le dernier, celui que prononce Socrate au nom d'une femme, Diotime. Il est étrange que ce soit la théorie d'Aristophane qui ait autant marqué les esprits, et ceci est certainement relié à l'idée chrétienne de la prédestination. Comme le montre Denis de Rougement dans son livre *l'Amour et Occident*, le discours de l'amour passion a dominé l'Occident, en miroir avec l'amour chrétien qui exalte l'amour et la mort. Il prône un amour tragique qui se fixe sur un objet jusqu'à la mort, un amour absolu qui préexiste à l'homme et le définit, qui oriente sa vie et auquel il est soumis. Cette idée fut socialement, philosophiquement ancrée dans la conscience occidentale, à partir de textes qui seraient une forme de réécriture de l'Évangile selon Aristophane : *Tristan et Iseult*, *La Princesse de Clèves, Phèdre, Anna Karénine*, jusqu'à *L'Amant* de Marguerite Duras. L'amour absolu, prédestiné, inexorable et tragi-comique est une abstraction, un idéal, ou plutôt un idéal type, une idée régulatrice, un concept marketing si vous voulez.

— Pour vendre quoi, professeur ? Des cosmétiques ?

— Pour contrôler le désir. Ce qui fait peur, ce qui est proprement incontrôlable et subversif, c'est le désir. Si le désir est réprimé par la religion, ou canalisé par l'amour-passion, la société peut se reproduire sans être menacée par l'anarchie.

— Dans ma boîte, on travaille beaucoup sur l'utilisation du désir. S'il y a marché, c'est donc qu'il y a désir ?

— C'est plutôt une construction sociale du désir. Vous le savez bien, l'offre crée la demande. Qui a besoin d'autant de crèmes et de parfums, en réalité ? L'amour fait vendre beaucoup de produits.

— Mais chez tous les peuples du monde, on trouve, sous une forme ou sous une autre, ce désir de former un couple. Nous avons tous le sentiment qu'il nous manque quelqu'un, que nous ne sommes pas complets lorsque nous sommes seuls.

— C'est le discours de Diotime qui nous renseigne sur la nature exacte de ce manque : Éros est le fils paradoxal de Poros, l'Expédient, qui correspond au fait de n'être à jamais à court d'idées pour parvenir à ses besoins, et de Pénia, la Pauvreté. L'amour est toujours en manque, il n'est jamais repu, il veut plus et il trouve toujours une façon de parvenir à ses fins, c'est ainsi qu'il nous rend malheureux. Il oscille sans cesse entre le vide et le plein, entre l'être et le non-être, entre le plaisir et la souffrance. Comme le dit Platon, *il est toujours pauvre, et non pas délicat et beau comme la plupart des gens se l'imaginent, mais maigre, défait, sans chaussures, sans domicile, point d'autre lit que la terre, point de couverture, couchant à la belle étoile auprès des portes et dans les rues, enfin en digne fils de sa mère, toujours misérable.*

— Pourquoi ne peut-on se satisfaire de ce que l'on a ?

— Dans le discours de Diotime, par opposition à Aristophane, l'amoureux comprend que sa recherche n'est qu'une recherche du beau à travers une personne, et il passera de l'amour d'un corps à l'amour de *tous les beaux corps*. C'est un mouvement particulier que nous propose Socrate à travers Diotime, qui est le mouvement inverse du mythe de l'androgyne : chercher à travers la multitude le partenaire unique. Il s'agirait plutôt de passer de l'un au multiple. D'un point de vue psychologique, nous avons vu que l'amour est universel, et que lorsque l'on aime, on se sent *un cœur à aimer toute la terre*. Ce serait comme passer du libertinage à la mystique. On se rend compte qu'à travers un seul être, c'est bien l'amour que l'on aime, et on s'élève ainsi vers la forme universelle de la beauté, jusqu'à la troisième étape où on passera de l'amour du Beau à l'amour de l'âme. Autrement dit, l'amour nous élève vers l'Idée. La dernière étape nous donne accès au stade de l'intelligible, c'est-à-dire de la connaissance, avant l'étape ultime, celle qui fait passer des sciences et des formes, vers *une science qui soit unique et qui appartienne au genre de celle qui a pour objet la beauté.*

— L'amour comme quête de la vérité à travers le beau, donc ? C'est juste, commenta Juliette. Je pense que je ne pourrais pas aimer quelqu'un de laid.

Il y eut un moment de silence, durant lequel le professeur Constant parut réfléchir.

— Et pourquoi ?

— Je recherche le beau en toutes choses. Je ne suis pas la seule. La beauté nous attire et nous hypnotise, la laideur est repoussante.

Nous connaissons bien ce dogme dans le marketing et la communication.

— Même si l'amour vous conduisait à la contemplation, et à l'extase, à l'illumination, un instant sans égal, la révélation de l'Absolu, le point ultime qui fait que la vie vaut la peine d'être vécue ? Par exemple, Socrate était laid. Alcibiade le compare même à un monstre, un silène, de la famille des satyres. Socrate a un physique indélicat, il est chauve et disgracieux, mais sa parole séduit ceux qui l'écoutent. Les silènes étaient aussi des boîtes qui contenaient des trésors et Socrate, malgré son aspect repoussant, contenait en lui des trésors tels qu'il parvenait même à séduire ses élèves. D'ailleurs, à la fin du *Banquet*, lorsque Alcibiade arrive, ivre, avec ses amis, et qu'il voit Socrate, de sa bouche ne sortent que les paroles de vérité, qui sont élogieuses et amoureuses.

— C'est un amour philosophique. L'amour a aussi une part charnelle, une part d'alchimie. C'est peut-être même plus important que tout, n'est-ce pas ?

Il y eut à nouveau un silence.

— Professeur ?

Juliette posa son stylo, et tenta à nouveau d'imaginer le physique de son professeur. Et lui, à quoi ressemblait-il ? Quel âge avait-il ? Était-il blond ou brun ? Avait-il les yeux sombres ou clairs ? Était-il barbu, comme tout le monde ? D'après sa voix, elle était sûre qu'il était beau. Elle était fascinée par lui et aussi par son esprit. Elle aurait voulu prolonger la conversation, lui demander, lui, ce qu'il pensait de l'amour. S'il croyait en l'amour-passion d'Aristophane, ou bien dans l'amour-intellectuel de Diotime, ou les deux peut-être ? Ou était-il cynique et désabusé ? À nouveau, elle contempla la mer, devant elle. L'océan des possibles.

— Vous disiez, donc, reprit-il en s'éclaircissant la voix, que vous ne pourriez pas aimer un homme laid.

— Et vous, demanda-t-elle, pourriez-vous aimer une femme au physique disgracieux ?

— Elle ne serait pas laide pour moi, alors. L'amour rend beau.

— Mais pourriez-vous tomber amoureux d'elle ? Ou simplement la regarder ? Votre regard ne s'y arrêterait pas. Ou bien juste pour vous dire, comme cette femme est laide !

— Mon regard pourrait aussi se poser sur une femme très belle pour m'apercevoir ensuite que je ne ressens rien pour elle.

— Professeur, croyez-vous dans l'amour platonicien ?

— Lequel, celui d'Aristophane, de Diotime, ou des autres invités du *Banquet* ?

— Croyez-vous que nous sommes à la recherche de notre âme sœur et qu'il est possible que nous la rencontrions un jour ?

— Chère élève, vous vous demandez si cette conception est un discours illusoire qui a influencé notre vision de l'amour jusqu'à aujourd'hui, y compris la mienne. Ou si elle est la description exacte, la plus exacte possible, sous la forme d'une allégorie, d'une expérience que nous connaissons tous, celle de la sexualité lorsqu'elle est sublimée par le sentiment et qu'elle se transforme alors en extase ? Ou, en d'autres mots, le discours d'Aristophane exprime et explique l'orgasme, qu'il entend finalement comme la réunification des deux moitiés. Ce serait, n'en déplaise à Platon qui le ridiculise, le discours qui décrit phénoménologiquement le plus précisément la rencontre érotique ?

Juliette réfléchit pendant un moment, troublée par la question.

— Il me semble parfois l'avoir approché, mais c'était tellement fugace que ce n'était pas signifiant.

— Alors nous avons précisé votre question. Vous ne voulez pas savoir si l'amour est un discours, vous voulez savoir si l'amour dure. Et, bien entendu, s'il s'arrête, c'est qu'il n'est qu'un discours parmi d'autres. Même s'il nous mène jusqu'aux plus grands bonheurs dont on puisse rêver sur terre, que vaut l'amour ? Puisque l'on ne saurait concevoir d'amour que dans la durée. Ou dira-t-on que l'amour ne veut pas la durée, mais l'instant et l'éternité ? Que dit-on quand on dit « je t'aime » ? Imaginez donc qu'il soit sous-entendu « je t'aime, ce soir », ou « je t'aime, pour trois ans », comme dans le livre de Frédéric Beigbeder, dont le titre est le parfait oxymore : les débuts sont grandioses, l'amour est passionné et la rupture pathétique parce que la magie a cédé le pas à l'ennui ou l'habitude. Et si l'amour était un problème de grammaire ?

— De grammaire ?

— Que veut-on dire quand on dit « je t'aime » ? Sachez bien, Juliette, que notre vision de l'amour dépend avant tout du langage. Or, comme le dit Wittgenstein, une soif de généralité nous pousse à mettre sous un terme générique des concepts qui n'ont en fait qu'un air de famille. Dire « je t'aime » à un enfant n'est pas le dire à son compagnon, ou à ses parents, ni à ses amis, et pourtant c'est la même expression qui remplit toutes ces fonctions dissemblables et dissonantes. Cela crée un envoûtement qui fait que nous prenons les mots pour la réalité. Nous sommes prisonniers de cette logique pour penser le réel. Comme le dit Wittgenstein, *les problèmes qui proviennent d'une fausse interprétation des formes de notre langage ont le caractère de la profondeur. Ce sont de profondes inquiétudes qui sont enracinées en nous aussi profondément que les formes de notre langage, et dont la signification est aussi importante que celle de notre langage.*

— Alors, que veut-on dire quand on dit « je t'aime » ?

— Je dirais que « je t'aime » fait partie de ces jeux de langage que nous cherchons à manipuler sans en comprendre le fondement réel. Il y a là un nœud conceptuel qui ressemble à un problème. Quand on dit « je t'aime », on veut dire, « j'espère que je t'aime », cette expression contient sa propre promesse. Elle fait partie du langage performatif, tel que l'a théorisé John

Austin, dans son livre, *Quand dire c'est faire*. Nous avons là un renversement de perspective intéressant concernant le statut du langage : les philosophes ont établi que les mots décrivaient les faits, et qu'un énoncé était soit vrai, soit faux. Austin montre au contraire qu'ils créent un état de fait : c'est ce qu'il appelle le langage performatif. L'exemple le plus probant est la phrase du mariage : « Je vous déclare mari et femme. » C'est en prononçant ces mots que l'on introduit une nouvelle réalité. La phrase est donc un acte.

— L'amour est donc bien un effet de langage ? Qui n'a aucune réalité ?

— « Je t'aime » n'est pas un énoncé constatif, qui désigne une réalité car cette phrase sous-entend : « je t'aime pour trois ans », « j'espère que je t'aime ». Cet énoncé est du domaine du performatif, dire « je t'aime », c'est désigner une nouvelle réalité, qui est vraie à l'instant T.

— Donc, quand on « je t'aime », on ne veut jamais dire ce que l'on croit dire ?

— On cherche à faire exister une réalité.

— C'est triste, ce que vous dites.

— Nous travaillons ensemble pour résoudre votre problématique, n'est-ce pas, Juliette ?

— Et donc vous vous employez à détruire toutes mes illusions ?

— À coups de marteau. Nous sommes là pour ça. Pour soulever le rideau du langage et voir ce qui se passe dessous. Considérez Solal, dans *Belle du Seigneur*, fou amoureux d'Ariane après le fameux battement de cils qui va changer le sens même de son existence. Solal qui part conquérir sa fiancée, à cheval, et qui finit par l'enlever à son pathétique mari, Adrien Deume. Solal qui vit une passion folle avec Ariane, en sachant pourtant que s'il n'avait pas toutes ses dents, elle ne l'aimerait pas. Tout cela pour aboutir à quoi ? À la fin du roman, ce même Solal, héros absolu de l'amour courtois et discourtois, s'invente des voyages pour fuir son aimée, car il ne la supporte plus. Il la trouve futile et n'aime plus son odeur. Finalement Solal et Ariane ne se suicident pas par amour, mais ils se suicident de ne plus s'aimer.

— L'amour n'a donc pas de sens parce qu'il ne dure pas ?

— C'est une bonne question de conclusion. La question de l'amour qui dure : tel sera donc le sujet de notre prochaine leçon, si vous le voulez bien ? À bientôt, Juliette, pour de nouvelles aventures.

— À bientôt, professeur.

Le professeur Constant se déconnecta. Juliette resta pendant un instant devant son écran, sur le balcon, à penser à lui, à ce qu'ils s'étaient dit, ce soir-là. Elle se leva et alla chercher une bouteille de vin dans le mini-bar. Elle se réinstalla sur la petite terrasse qui surplombait la mer. Elle avait tant de questions. Elle était là, au bout du monde, quelque part sur la baie de Rio, et elle était seule, à penser à l'amour. Et lui où était-il ? À Paris, à Rome, à Los Angeles ? Ils ne s'étaient pas vus, pas touchés. Juste parlé, intensément, en allant au fond des choses. Elle ressentait un trouble, une gêne. Elle était comme enveloppée par sa voix, passionnée par ce qu'il racontait. Peut-être captivée par la philosophie et par ce qu'il lui avait appris.

Avait-elle une idée si romantique ou romanesque de l'amour, dans sa conception occidentale, qu'elle ne pourrait jamais le vivre dans la réalité ? Était-elle tombée dans les pièges de l'idéologie chrétienne et du langage courant ? Était-ce pour cette raison qu'elle avait rompu à chaque fois avec tous ses compagnons ? Elle avait une opinion si haute de l'amour qu'elle ne pourrait pas trouver quelqu'un qui fût à la hauteur de l'idée qu'elle s'en faisait. Elle aurait mieux fait de pardonner lors de la découverte d'une petite trahison, au lieu de s'éloigner. L'amour vrai n'est-il pas le don, donc le pardon ? Ces infidélités minables, ces mots mal placés, ces brimades n'étaient sans doute pas le signe d'un manque d'amour, mais simplement de la faiblesse humaine. Pourquoi donc « amour » au singulier était-il masculin et devenait féminin au pluriel ? Elle non plus n'était pas une sainte. Elle savait bien qu'elle n'était pas à la hauteur de sa conception de l'amour, et qu'elle aussi était capable de mener en même temps plusieurs conversations avec des hommes sur différents sites. Elle avait menti, trompé, bafoué, égaré, été inconstante, infidèle, elle avait manipulé, changé d'avis, aimé puis désaimé. Tout cela était humain. Alors pourquoi donc ne pas le tolérer chez l'autre ?

« Je t'aime, mon amour, plus que moi-même. » Voilà ce que lui écrivait Gabriel aux premiers temps de leur histoire, lorsque quelque chose l'attirait irrésistiblement vers la rue où elle habitait, lorsque ses pas le guidaient vers elle comme malgré lui, lorsque son chemin se déviait pour la retrouver. Et tout d'un coup elle aussi, prise d'un vertige, elle plaquait tout, tout le monde, les gens, les amis, les amants, les amoureux, les relations professionnelles, et s'échappait pour le rejoindre. Un ravissement, aux autres, à soi-même, quelque chose d'irrésistible l'attirait vers lui. Elle adorait leurs conversations, ces moments précieux et délicats. Elle pensait à lui, se laissait griser, et glisser vers la passion amoureuse.

Puis la suite, pathétique, de leur histoire, lorsqu'elle découvrit ce SMS écrit par une autre femme, sur son portable, « *mon petit lapin*… » C'était comme si le sol s'ouvrait sous ses pieds. Il lui avait expliqué que ce n'était rien, rien du tout, rien de grave. Cela l'avait dévastée, et en même temps, cela avait enflammé son désir. Comme si à l'extrémité de la trahison et du tourment, l'attirance était la plus intense.

À cette époque, sur les conseils de son librairie, elle lisait *Le Système Victoria* d'Éric Reinhardt qui expliquait que pour désirer l'autre, il fallait construire un imaginaire sur lui et qu'il demeure mystérieux et incompréhensible, audelà de toute attente, maître de toutes les surprises, jusqu'à l'effroi. « Tu ne sais même pas ce qui s'est réellement passé entre nous », lui avait lancé Gabriel, à propos du fameux SMS. En effet, elle ne le saurait sans doute jamais. Peut-être rien, en fait.

Ces mots, « *Mon petit lapin, quand est-ce qu'on remet ça ?* », elle les avait soupesés, analysés, auscultés, tournés dans tous les sens. Elle aurait pu en faire une thèse. Cela laissait supposer qu'ils avaient eu un rapport sexuel, un ou deux ou plus. Cela pouvait aussi être le résultat d'un jeu, entre deux copains qui avaient bu ensemble et s'étaient bien amusés, dans une connivence un peu ambiguë, mais potache. Ils avaient peut-être simplement pris une bière ensemble. Mais quel était le sens de « petit lapin » ? Était-ce affectueux ou cochon ? « Mon petit lapin » n'est pas mon gros lapin. C'est mignon, un peu paternaliste. Ce qui était troublant était le déterminant possessif. En quoi Gabriel était sien. Cela dénotait une expérience partagée, une appropriation, une connivence, sexuelle, érotique, ou simplement amicale ? Pourquoi, s'ils étaient amis, lui avait-il caché jusqu'à l'existence de cette femme ? Alors, quelle vérité ? Il ne restait en effet plus que le scepticisme radical.

C'est ainsi. Sur les plages, ou les pistes de ski, on cherche le chemin, on lit les symboles, on questionne le destin, à la recherche du bon tempo. Il faut séduire, être chassée, transportée, et autonome. Elle rêvait de liberté, et aussi de se marier. Elle cherchait la sécurité, et la transgression et l'intensité. Elle voulait avoir un enfant et rester indépendante et mince. À présent, elle désirait juste ne plus croire à l'amour pour ne plus se perdre dans le malheur d'aimer. Il fallait quelqu'un qui fût à même de comprendre son idée et de lui expliquer pourquoi elle se trompait. Quelqu'un comme le professeur Constant, qui semblait tout voir, et tout savoir. Quelqu'un qui pourrait l'initier, en effet, à la contemplation d'une autre réalité. D'une vérité autre que celle de l'amour absolu, dans laquelle elle se perdait.

Elle se connecta à son profil d'AdopteUnMec et constata qu'elle n'avait pas reçu un grand nombre de demandes. Peu de candidats pour être l'homme de sa vie. Pourquoi son annonce n'inspirait-elle pas la confiance ? Peut-être n'était-elle pas assez belle ? Elle modifia son texte et annonça qu'elle désirait juste faire une rencontre. C'était plus modeste, plus simple, plus réaliste. Puis elle attendit. Un vrai casting. Soudain, l'homme de sa vie prit mille visages. Blond, brun, grand, petit, beau, laid, tout était possible. Il lui fallait juste choisir. Elle se sentit flattée. Elle sélectionna une fiche, d'un individu dont le pseudo était Dark Vador, qui disait être en recherche de l'âme sœur. Pourquoi Dark Vador ? Il se décrivait comme étant « calme, aimant la vie et le rire, et beau gosse lol ». Sur sa photo, en effet, il était plutôt séduisant, avait des traits réguliers, des yeux bleus, un visage comme taillé au couteau, qui lui donnait un air viril. C'est alors que son cœur fit un bond dans sa poitrine. C'était un message de Gabriel, alias « Sandor ».

— Bonjour Silvia, seriez-vous en quête de marivaudage ?

— Bonjour Sandor, êtes-vous fasciné par l'auteur de Métamorphoses d'un mariage, *ou par le personnage de* Eyes Wide Shut, *celui qui tente de séduire Nicole Kidman lors d'une danse endiablée dans laquelle il lui fait une proposition malhonnête ?*

— Disons ni l'un ni l'autre. Mais j'apprécie les deux œuvres. Comme vous, apparemment ?

— Oui, j'aime beaucoup les deux, pour différentes raisons. Que recherchez-vous, Sandor ? Un CDD, un CDI, ou une relation libre ?

— Faut-il vraiment choisir ?

— Il vaut mieux annoncer la couleur. En ce qui me concerne, les relations d'un soir, ça ne m'intéresse pas. Et vous ? Êtes-vous d'accord pour faire un peu connaissance ?

— Je suis d'accord. Que faites-vous dans la vie, Silvia ? Ce n'est pas précisé sur votre profil.

— Je suis hôtesse de l'air.

— Joli métier, qui promet de belles aventures. Des longs courriers ?

— Des longs, des courts et des moyens.

— Ce ne doit pas être simple, pour vous, comme vie ?

— J'aime les voyages, mais c'est vrai que pour construire un couple, c'est pas évident.

— À moins de trouver un pilote ?

— Pour qu'il voyage aussi, et qu'on ne se voie jamais ? Ça m'est arrivé. C'est pire que tout. Impossible d'être sur les mêmes vols, au même moment.

— Vous recherchez quelqu'un de stable, ou un marin dans chaque port ?

— Je recherche une relation sérieuse. J'ai eu suffisamment d'expériences de toutes sortes dans ma vie pour savoir quel homme je veux.

— Qui serait ?

— Un homme honnête, droit, gentil, intelligent, un homme qui prend soin des autres, c'est la raison pour laquelle votre profil a tout de suite retenu mon attention. Un homme avec lequel je peux me poser, sur lequel je peux me reposer, un homme qui sache prendre des initiatives, qui assume sa masculinité, qui prenne les choses en mains. Un homme déterminé, dont je sente le désir, et quand je dis désir, je parle d'une disposition générale pour la vie. Il y a tant de gens qui se laissent flotter, qui ne savent même plus ce qu'ils veulent. J'en ai connu beaucoup qui ont peur de s'engager et qui fuient les sentiments. Et vous, Sandor, que recherchez-vous ? Par qui voulez-vous être adopté ? Sandor, c'est bien la figure du Diable dans Eyes Wide Shut. *Le Hongrois aux yeux de velours qui cherche à entraîner la belle un peu pompette…*

— Il aborde Nicole Kidman en demandant si elle a lu L'Art d'aimer *d'Ovide.*

— Je ne l'ai pas lu.

— C'est en fait l'art de séduire des femmes et d'avoir des maîtresses.

— Qui consiste en quoi ?

— Envoyer des lettres, approcher la belle, être en chasse… Le vrai manuel du séducteur à l'ancienne.

— Tout un programme ! Le vôtre sans doute ?

— Non, je ne suis pas un séducteur. Parlez-moi un peu de vous, belle Silvia.

— Ne mélangez pas tout. Ici, c'est vous la proie. C'est moi le prédateur. Vous êtes adoptable.

— D'accord. Alors que voulez-vous savoir avant de m'adopter ?

— Tout. Votre couleur préférée. Ce que vous aimez chez une femme et ce que vous n'appréciez pas. Quel métier vous faites, quels films vous regardez. Quel sport, quels restaurants, quelle voiture.

— Ça ne laisse pas beaucoup de place au mystère de la découverte. Il faut donc être parfaitement transparent ? Tout dire pour être sûre de ne pas se tromper ? Annoncer la couleur, les couleurs et les goûts, afin de voir si l'algorithme nous rassemble ?

— Vous n'êtes pas obligé de tout me dire tout de suite. Vous pouvez vous dévoiler peu à peu.

— Alors par où vous voulez commencer ?

— Par votre vie amoureuse.

— Je suis seul.

— Depuis quand ?

— Quelques mois.

— Et avant ?

— J'étais avec une femme... Quand je dis une femme, je considérais que c'était ma femme. Mais elle ne l'entendait pas ainsi. Alors elle est partie.

— Comment était-ce avec elle ?

— J'ai du mal à en parler au passé.

— Passez au présent !

— Passé au présent, oui. Pour moi, ce n'est pas fini. Mais pour elle, je ne sais pas...

— Pour quelle raison est-elle partie ?

— Elle a trouvé un SMS. Et je lui ai menti.

— Vous aviez une maîtresse ?

— Oh non ! C'est ce qu'elle a cru, mais en vérité, non.

— C'était quoi, alors ?

— C'était bien pire que ça.

— Quoi ?!

— Si elle savait, elle ne me le pardonnerait jamais.

Leçon 4

L'amour qui dure

De retour à Paris, Juliette prit du temps pour se reposer, aller courir, puis prendre un café au soleil dans la buvette du jardin du Luxembourg. C'était une belle journée, elle avait mis son jogging et ses baskets, et retenu ses cheveux en une queue-de-cheval. Elle se sentait légère et de bonne humeur. Elle pensait à l'enfant, son enfant qui allait naître, son cyber enfant qu'elle allait récupérer en Inde, et ramener à la maison, chez elle, et ils vivraient ensemble tous les deux. À qui elle donnerait des biberons, qui dormirait à côté d'elle. Son magnifique bébé dont elle allait bientôt choisir la couleur et l'ethnie, sur le Net, dans une banque de sperme.

Dans le jardin, elle prit place sur l'une des éternelles chaises à la peinture verte un peu écaillée, devant le grand bassin, en face du Sénat. À côté d'elle, deux jeunes barbus discutaient de vacances à Ibiza. L'un d'eux énonçait son intention de s'y rendre pour l'été, et de séduire un maximum de filles. L'autre, un bel homme, bien bâti, brun, aux yeux d'un bleu clair, presque azur, lui dit qu'il le rejoindrait peut-être, mais plus pour la fête que pour les femmes. Il ne voyait plus l'intérêt de collectionner les conquêtes. Il en était arrivé au stade où une de plus ou une de moins ne faisait pas la différence. Il attendait le grand amour. Il se sentait enfin prêt pour le vivre et le reste ne l'intéressait plus. Il regarda Juliette, lui lança un sourire, et engagea la conversation sur le sujet.

— Et vous, mademoiselle, êtes-vous prête pour le grand amour ?

— Les hommes aiment séduire, répondit-elle, mais savent-ils aimer ?

— Et les femmes savent-elles vraiment aimer ou aiment-elles l'amour ? rétorqua-t-il.

— Dans ce cas, si les hommes ne savent pas aimer et si les femmes n'aiment que l'amour, répondit-elle, personne en ce monde n'a-t-il jamais vraiment aimé ?

— Mais vous, aimez-vous ?

— Moi j'aimerais bien, mais je ne peux pas.

— Pourquoi ?

— À cause de mes parents. Ma mère veut que je me marie. Elle ne me lâche pas. D'ailleurs, est-ce que ça vous dérangerait de jouer le rôle de mon fiancé, pendant que je l'appelle par FaceTime ? Comme ça, j'aurai la paix.

— Non, ça ne me dérange pas, dit-il en levant un regard amusé vers son ami, à condition qu'en retour vous acceptiez de prendre un verre avec moi.

— Marché conclu, dit Juliette, en n'en pensant pas un mot.

Elle était en pleine désintoxication et pas question de céder au premier venu. Prendre un verre, puis dîner, le revoir, et avoir un ou plusieurs rapports sexuels, des SMS, auxquels elle répondrait, et lui qui, inexorablement, un jour ou l'autre, ne lui écrirait plus car il aurait rencontré une autre jeune femme dans un autre joli parc ou dans l'infinie possibilité du Net et de ses redoutables algorithmes.

Pour le moment, elle était contente de cette idée brillante qui allait la tirer d'affaire pour un temps au moins. Ses parents étaient chez eux, en train de déjeuner. Sa mère, toujours élégante, avec son brushing impeccable, son corps moulé dans un tailleur gris, lui fit signe de la main, alors que son père lui envoyait un baiser affectueux.

— Comment vas-tu, ma chérie ? demanda-t-il.

En général, c'était tout ce qu'il disait puisque sa femme reprenait aussitôt le contrôle du portable.

— Veux-tu venir déjeuner avec nous, mon lapin ? dit la mère de Juliette. J'ai fait un délicieux...

— ... curry de poissons. Je sais. Je suis au jardin du Luxembourg, Maman.

— Alors, toujours rien ? demanda sa mère. Tu devrais t'arranger mieux, peut-être ? Regarde-moi ce jogging ? A-t-on idée de sortir comme ça. Comment veux-tu trouver quelqu'un si tu sors en pyjama ? Et va chez un bon coiffeur ! Je te le paye, si tu veux. Tu m'as l'air de plus en plus... orange !

— Maman, je te présente... au fait, vous vous appelez comment ? chuchota-t-elle à son voisin.

— Alexis.

— Je te présente Alexis, mon fiancé. Alexis et moi nous avons décidé de nous marier.

— Enchanté, Alexis, dit sa mère, au comble de la surprise.

— Alexis est... vous faites quoi, Alexis ?

— Je fais du Go-Fast.

— C'est quoi ?

— De l'import-export de cannabis. En voiture rapide.

— Pardon ? demanda sa mère.

— Alexis fait de l'import-export, Maman. C'est un garçon formidable, et il m'a demandé ma main. N'est-ce pas, Alexis ?

— En effet, ma chère... Marie ? Sophie ?

— Juliette.

— Juliette. Joli nom pour la femme de ma vie !

— Voilà Maman, on s'aime ; c'est merveilleux, n'est-ce pas ? Alexis et moi on se vouvoie. Alexis est à l'ancienne. Il vient d'une vieille famille d'aristocrates. Alexis, voulez-vous dire un mot à votre future belle-mère ?

Le jeune barbu prit le portable de Juliette et fit un sourire à la caméra.

— Chère madame, je suis ravi de faire votre connaissance ; votre fille m'a beaucoup parlé de vous. J'ai hâte de vous rencontrer, peut-être autour d'un déjeuner avec Juliette ? Je me ferais un plaisir de vous inviter dans notre château familial. Il est en ruines, depuis le XIIe siècle, mais nous allons le restaurer.

— Avec joie, Alexis.

— Votre date sera la mienne.

— Juliette, tu nous arranges cela ? demanda sa mère.

— Bien sûr, Maman. Dès que possible.

Après avoir salué le dénommé Alexis et lui avoir donné un faux numéro, elle passa à la librairie, pour prendre des livres de philosophie. Emmanuel Deloffre la considéra de ses yeux bleus globuleux, avec un léger sourire. Lorsqu'il souriait, il se peignait sur son visage une expression très douce et amicale. Il avait des dents blanches et régulières, mais trop petites, un nez protubérant, mais ses yeux vifs et amicaux adoucissaient la rugosité de son visage. Elle repensa à la question posée par le professeur Constant : non, elle ne pourrait pas aimer quelqu'un de laid, si tant est qu'elle pût encore aimer, car elle sentait que cette philothérapie était en train de faire son chemin en elle.

— Sur l'amour qui dure, dit Emmanuel Deloffre, voyons ! L'amour ne veut pas la durée ! L'amour veut l'instant et l'éternité. Sauf pour le Christ, qui lui, aime d'une façon inaltérable, et absolue. Il aime chaque homme, quelle que soit son origine ou ce qu'il a pu faire, comme le montre la parabole des ouvriers de la onzième heure. La connaissez-vous ? Les ouvriers arrivés au champ une heure avant la fin du travail sont rémunérés autant que ceux qui se sont levés à l'aube. Pourquoi ? Cette parabole, très difficile à comprendre, définit plus que tout autre le mystère de l'amour. Cet amour-là ne connaît pas la justice, ni la raison, ni les principes élémentaires de la rétribution. On peut se montrer parfaitement bon, serviable, honnête et dévoué, on peut aimer quelqu'un depuis dix ou vingt ans, et lui vouer sa vie, on n'en sera pas plus aimé de lui qu'un autre qui passait par là, qui vient d'arriver, qui n'est pas méritant, et qui pourtant ravage tout sur son chemin. C'est l'injustice criante de l'amour, mais sa force aussi : il n'est pas redevable. L'amour ne paye pas de salaire. Il ne rend pas ce qu'on lui donne. Il est, tout simplement.

— Vous êtes croyant, Emmanuel ?

— Je suis catholique, oui.

— Vous allez à la messe ?

— Le dimanche, et pour les fêtes.

— Vous avez la foi ?

— Je crois dans l'amour. Je veux dire, je ne veux pas cesser d'y croire.

— Eh bien moi, je ne veux qu'une seule chose : c'est justement cesser d'y croire.

— Alors, pourquoi chercher un livre sur l'amour qui dure ? dit Emmanuel.

— Parce que justement ça n'existe pas. C'est un mythe.

— Laissez-moi réfléchir. Voilà, j'ai réfléchi. Il n'y a pas d'œuvre sur l'amour qui dure, puisque c'est un mythe.

— Vous voyez bien !

— Le vrai sujet, c'est la fin de l'amour. Ou le début. Pas le milieu, acquiesça le libraire.

— Tous les romans d'amour se terminent dans le drame. Comme dans la vie. Parce qu'ils sont bien le reflet de la vie.

— *Tristan et Iseult, La Princesse de Clèves, Madame Bovary, le Lys dans la vallée, Une vieille maîtresse, La Dame aux camélias, Les Hauts de Hurlevent, le Rouge et le Noir, Manon Lescaut... Adolphe... Anna Karénine, L'Amant de Lady Chatterley, Belle du Seigneur, L'Amant*. Je pourrais ajouter *Roméo et Juliette, Phèdre, Bérénice*, etc.

— Heureusement, dit Juliette, il y a ma chère Jane Austen. *Orgueil et Préjugés, Raisons et Sentiments...*

— C'est pratiquement la seule, oui. Ce sont des romans de jeune fille.

— De jeune fille ! je ne suis pas d'accord. Dans tous ses romans, on trouve la figure du gentil un peu bourru ou antipathique, un modèle de vertu sans compromission, versus un personnage récurrent de séducteur, qui est la parfaite figure du pervers narcissique sans scrupule, du manipulateur... Le plus grand opposant à l'amour ! Celui qui détourne le discours amoureux à son profit. Puisqu'il réussit à rendre les femmes folles de lui, juste en se rendant charmant et irrésistible, alors qu'il n'est qu'un sale type.

— Cette dualité est fascinante, en effet, dit Emmanuel.

— On la retrouve souvent dans la vie, dit Juliette, en pensant à son chef, et s'il n'était peut-être pas aussi détestable qu'il en avait l'air ? Et à Gabriel-Sandor, et s'il n'était pas aussi charmant qu'il voulait bien le faire croire ?

— En ce qui concerne l'amour qui dure, je tenterais une approche phénoménologique et éthique, si j'étais vous. Mais aussi psychologique ou psychanalytique. Tenez, dit-il en lui tendant un livre, vous connaissez ce merveilleux livre du philosophe André Gorz, *Lettre à D.*, qui commence ainsi : *Tu vas avoir quatre-vingt-deux ans. Tu as rapetissé de six centimètres, tu ne pèses que quarante-cinq kilos et tu es toujours belle, gracieuse et désirable. Cela fait cinquante-huit ans que nous vivons ensemble et je t'aime plus que jamais. Je porte de nouveau au creux de ma poitrine un vide dévorant que seule comble la chaleur de ton corps contre le mien.* N'est-ce pas la plus belle déclaration d'amour que l'on puisse faire ?

— Je ne sais pas… Je préfère qu'on me dise qu'on me trouve jeune et belle. Pas vieille et laide.

— Bien sûr, belle Juliette ! Mais l'amour, le vrai, se moque des apparences.

— Vous êtes philosophe, Emmanuel ? Philosophe et croyant ?

— Avant d'être libraire, j'enseignais la philosophie.

— Et vous avez arrêté ?

— J'ai vécu un drame, oui, qui m'a fait arrêter mon métier.

— Lequel ? Racontez-moi. C'est une femme ?

— Un jour, peut-être, je vous raconterai.

Il réfléchit un instant.

— En fait, c'est un roman qu'il vous faut, dit-il. Le seul que je connaisse sur le thème de l'amour qui dure, comme vous dites.

Il lui tendit un livre où était écrit : *Loin de Chandigarh*.

— C'est le premier roman d'un journaliste indien, Tarun J. Tejpal, dont le titre en anglais est bien plus éloquent : *The Alchemy of desire*.
— Que raconte-t-il ?
— L'histoire d'un homme et d'une femme qui s'aiment et qui cherchent à retrouver le désir pour que leur amour dure. À travers cette narration, c'est un portrait de l'Inde, hier et aujourd'hui. Vous ne serez pas déçue du voyage !

Juliette sortit de la librairie le livre en main, puis retourna sur son banc au jardin du Luxembourg. Devant elle, se trouvaient les joueurs d'échec, puis plus loin les amateurs de bridge devant les courts de tennis. Son pseudo-mari s'était envolé. Tant mieux. Dans un mois, quand sa mère lui en demanderait des nouvelles, elle lui dirait qu'ils avaient rompu. Du moins aurait-elle la paix pendant un certain temps.

C'était déjà la fin de la journée, le soleil dardait encore quelques rayons sur son visage, un moment de bonheur serein et agréable, qui la fit jouir, pour un instant, de sa solitude. Était-elle prête à assumer sa vie de célibataire, sans amour ? Elle continuait de recevoir des SMS de Gabriel, qui lui disait qu'il l'aimait, et qu'il l'attendait, qu'il ne désirait rien autant que la vie avec elle. Il assurait aussi qu'il ne voyait personne, il l'avait décidé ainsi, jusqu'à ce qu'elle revienne. Pourquoi ces protestations, alors qu'il était en train de séduire des filles sur un site de rencontre sous le pseudo non-équivoque de Sandor ? Elle eut une bouffée de colère en songeant aux moments passés ensemble, au quotidien qu'ils avaient partagé, mais aussi à cette absence de construction et de projet qui l'avait fait douter. Peut-être aurait-elle pu avoir un enfant avec lui, peut-être aurait-elle dû se marier. Ils auraient alors été liés comme tous ces couples qu'elle voyait passer, ces couples parfaits sans histoire qui ne se parlaient plus, qui menaient chacun leur vie de leur côté, avec amants et maîtresses et, le dimanche, ils auraient joué à la famille parfaite avec leur progéniture.

Est-ce qu'un jour, elle serait une mère qui emmènerait son enfant à l'école, comme celles qu'elle voyait ? Elle en avait peur et, en même temps, rien ne l'attirait davantage. En vérité, elle commençait à être angoissée à l'idée qu'elle n'aurait pas d'enfant. Depuis plusieurs années, elle avait tout misé sur le travail, et elle en oubliait, peut-être l'essentiel. Elle pensait que la maternité viendrait en rencontrant l'homme de sa vie. Mais elle comprenait peu à peu que les choses ne se déroulaient pas comme dans la conclusion des contes de fées. Que tout ce que l'on racontait était faux : il fallait d'abord décider d'avoir un enfant, et ensuite choisir l'homme de sa vie qui en serait le père. Tout était à l'envers, l'exact opposé de ce qu'on lui avait annoncé, quand elle était petite.

Autour d'elle, se pressaient les familles parfaites, père, mère et enfants bien vêtus, s'occupant de leurs chères têtes blondes. Mais tant de couples restaient ensemble par habitude plus que par choix. C'était l'amour fou, le mariage, les enfants, et puis le divorce fou. Elle voyait aussi ses amis se séparer. La haine, l'horreur, la folie. Le partage des biens – enfants compris. Les rendez-vous chez le juge. Les jours chez Papa et les jours chez Maman. Si elle faisait un enfant toute seule, au moins elle n'aurait pas à vivre cela. Elle avait reçu un mail venant du centre en Inde. Elle s'était décidée à prendre rendez-vous pour le mois prochain, lorsqu'elle se rendrait à New Delhi. Ainsi, quand elle aurait son enfant, il serait l'amour de sa vie, l'être autour duquel elle construirait son univers.

Elle ouvrit *Loin de Chandigarh* : « L'amour n'est pas le ciment le plus fort entre deux êtres : c'est le sexe », lut-elle. Le choix d'Emmanuel lui parut surprenant. Était-ce donc le secret de l'amour qui dure ? Le sexe ? Rien ne lui semblait plus futile ni plus léger, pourtant. Les aventures longues ou celles d'un soir, tout menait au même désastre. La fin de l'histoire, la fin de l'amour, le partage des cœurs, des êtres, des sentiments. Les aventures intenses, comme les plus banales, celles qui ressemblent à une partie de sport avaient finalement la même issue. Comment le sexe pouvait-il être un ciment ? Elle pensa à son professeur de philosophie. C'était une relation forte pour elle, et il n'était pas question de sexe. Grâce au Net, elle vivait une expérience platonicienne. Elle n'était plus chair, elle était esprit communicant avec un esprit. Elle était suspendue, quelque part, entre l'imaginaire et le réel, dans le terrain des possibles non réalisés, donc encore parfaits, intacts, immenses. Elle planait dans la stratosphère projective et excitante de la virtualité. Elle en était déjà captive, et fascinée. Elle attendait la prochaine leçon avec une impatience grandissante.

Elle continuait d'échanger des mails avec Gabriel-Sandor, le soir, sur AdopteUnMec. C'était amusant d'entrer dans la peau d'une autre femme, qui n'était pas tout à fait elle et pas tout à fait une autre, et de redécouvrir l'homme avec qui elle avait été. Il lui faisait des confidences. Il avait raconté à Silvia sa vision de leur histoire, de leur relation, et combien il était triste de cette séparation qu'il n'avait pas voulue. Il avait confié à son avatar des choses qu'il ne lui avait jamais dites. Il était désolé de ne pas l'avoir demandée en mariage, lorsqu'elle l'espérait, de ne pas s'être décidé à lui faire un enfant, alors qu'elle le désirait. Ensuite quand lui à son tour l'avait voulu, il ne l'avait plus sentie prête. Il voyait tant de personnes perturbées et traumatisées par leur enfance, dans son métier, qu'il s'était mis à envisager tout avec distance, avec doute. Et maintenant qu'elle était partie, il comprenait qu'il avait eu tort, qu'il aurait dû être plus attentif, à l'écoute, et privilégier leur relation à tout le reste. Elle était à la fois soulagée et déçue. Il avait donc fallu qu'elle le quitte pour qu'il songe à s'engager. Pourquoi était-ce si compliqué ?

Sur son portable, elle se connecta à un site danois qui vendait du sperme à un prix qui variait en fonction du type de donneur. Le prix par paillette de sperme augmentait avec la motilité, c'est-à-dire la capacité à se déplacer spontanément, et le prix du sperme purifié était plus élevé que celui du sperme brut. Par exemple : deux paillettes d'un donneur anonyme coûtaient cent quatre-vingt-dix euros hors taxes. Pour un donneur non anonyme, le prix était de six cent six euros hors taxes, en fonction de la motilité, du profil et du type de donneur. Sur le site américain d'une banque de sperme basée à Seattle, le donneur faisait l'objet d'une observation génétique avancée, à l'aide de tests urinaires et sanguins, ainsi qu'une enquête sur son « histoire personnelle ». Le sperme coûtait entre cinq cent vingt-cinq dollars et six cent trente-cinq dollars, et il pouvait être congelé et livré à domicile. De plus, les donneurs étaient classés selon différents critères, qui permettaient de sélectionner les « Top Five Donnors », lesquels étaient présentés dans des fiches avec une photo d'eux bébé. Cela permettait de se faire une petite idée de la tête de sa future progéniture. Elle s'arrêta sur une photo de Matthew, un ancien bébé brun aux yeux bleus, avec un joli sourire. Sur sa présentation, il était indiqué qu'il avait un menton bien dessiné, un teint parfait, et des joues roses. Il était intelligent et sympathique, aimait la lecture et l'écriture, et il jouait au football. Il était assez réservé et timide, mais également capable de s'ouvrir à l'autre, au cours d'une conversation amicale, s'il le fallait. Il avait une nature très douce et conciliante. Lui-même se voyait comme quelqu'un de bien, qui aimait la vie et l'amour. Parmi les cinq meilleurs donneurs se trouvait aussi William, qui, enfant, avait les joues roses, les yeux bruns et le teint mat, et qui, selon la description qu'en donnait le site, prenait une jolie teinte bronzée pendant l'été. Il était drôle, sympathique et charmant, curieux et ouvert d'esprit, positif et optimiste, avec une belle intelligence.

Ainsi, en un clic, elle pouvait se faire expédier du sperme d'un ou plusieurs de ces charmants enfants devenus adultes, qu'elle pouvait s'injecter elle-même, si elle ne désirait pas faire appel à un médecin, sachant qu'un traitement médical était généralement plus efficace, avec un taux de réussite trois ou quatre fois supérieur par cycle.

Finalement, elle passa une commande pour le sperme de Brandon, un bel ancien bébé blond aux yeux bleus, puis elle se connecta sur Monoprix.fr pour faire ses courses, des yaourts, de l'eau, du lait, des mouchoirs et du papier toilette, et elle se déconnecta, heureuse et un peu perplexe d'avoir pris cette décision.

Quelques jours plus tard, Juliette prit place dans un avion pour Tokyo avec sa collègue Margaux, pour le lancement d'un nouveau produit sur le marché japonais. Elle se fit servir un verre de vin et ouvrit *Loin de Chandigarh*, alors que sa compagne de voyage s'endormait sur le siège à côté d'elle. Il s'agissait donc de l'histoire d'un couple qui avait perdu le désir, mais pas l'amour, et le narrateur se demandait pourquoi et comment il pourrait le retrouver, puisque les deux semblaient aller de pair. Il y avait là des pages brûlantes, magiques, qui lui rappelèrent les meilleurs moments avec ses ex. *Dès la lumière éteinte, nos corps se cherchaient, l'ancien rythme reprenait ses droits, nous reconstituions le puzzle cœur poils chaleur moiteur dureté douceur odeur saveur mémoire désir, et il en résultait un plaisir et une paix tenaces*. Et aussi : *Comme les grands romans, les histoires que se racontent les amants peuvent traiter de n'importe quel sujet et être dites sur n'importe quel ton. Elles peuvent avoir l'exubérance de Dickens ou le laconisme d'Hemingway ; elles peuvent fourmiller comme Joyce ou déconcerter comme Kafka ; elles peuvent être farfelues comme Lewis Carroll ou tristes comme Thomas Hardy. Elles peuvent être sombres, comiques, philosophiques, cinglées. Mais elles doivent être vraies. De cette façon singulièrement mensongère qu'ont les grands romans d'être vrais. De cette façon singulièrement fausse qu'a le grand amour d'être vrai.*

L'amour était donc une histoire qui avait l'apparence de la vérité. Une histoire que l'on se raconte, pour rendre la vie plus belle, plus riche, plus forte, pour lui donner un sens. Pour exister, pour exalter, pour exulter. L'on se nourrit de cette histoire comme d'un élixir, un philtre qui nous fait aimer la vie. Et comme toutes les histoires, elle a un début, un commencement et une fin. Il n'y a pas d'amour qui dure, mais il y a une éternité de l'amour, qui est là en nous et qui peut s'épanouir au premier regard. C'est la raison pour laquelle nous pouvons avoir plusieurs histoires, car ce que nous aimons, c'est l'amour, se disait Juliette, au fur et à mesure que la nuit avançait. Captivée par sa lecture, elle resta éveillée pendant toute la durée du trajet.

Lorsqu'elle arriva à Tokyo, elle avait achevé le roman et elle en était bouleversée : l'alchimie du désir avait emmené le narrateur sur les sentiers de l'Inde, de sa mémoire individuelle et collective, et jusque vers sa compagne, tant il n'y a pas d'amour sans désir, et pas de désir qui dure sans amour. Même si le désir peut prendre parfois des sentiers détournés, jusqu'à l'exploration de formes transgressives, qui sont autant de voies et de chemins vers soi, le soi profond qui est réveillé en nous par l'appel de l'autre. Elle n'avait jamais vu les choses ainsi, elle avait toujours conçu le désir comme un jeu, et le plaisir comme sa récompense. Elle avait hâte d'en parler au professeur Constant.

Juliette était heureuse d'arriver dans cette ville qu'elle connaissait, pour y être allée de nombreuses fois dans le cadre de son travail. Elle y avait ses repères, ses restaurants, ses quartiers préférés, et son hôtel, un Boutique Hôtel au design minimaliste, gris et noir, et aux chambres minuscules, qui avait obtenu un score de 257 avis positifs sur TripAdvisor. Elle se promena dans Shibuya, au décor de science-fiction, où l'on trouvait toutes sortes d'écrans géants, de grandes firmes, des magasins de mode, et une jeunesse excitée. Au centre du quartier, le square Hachiko était envahi par une foule dense. Deux grappes se croisaient sur les passages cloutés lorsque le feu passait au vert, sans se toucher ni se frôler. Des personnages improbables, des femmes aux cheveux colorés, dans un accoutrement étrange, ou des jeunes hommes aux coiffures savantes, vêtus de façon colorée, contrastaient avec les cadres au costume noir sur chemise blanche. Au moins, ici, avec ses cheveux orange, elle passait inaperçue. Elle pénétra dans un immeuble où se trouvait un centre commercial, surchargé de néons, de panneaux publicitaires et d'écrans, où se succédaient karaokés, jeux vidéo, magasins de mode, bars, boîtes de nuit et restaurants plus ou moins branchés. Dans un magasin de jeunes créateurs, elle acheta des vêtements qui allaient faire hurler sa mère. « À ton âge, dirait-elle, il est temps d'arrêter de jouer les rebelles. » Des créatures aux hauts talons se dirigeaient vers le Love Hotel Hill, où se trouvaient des établissements dont les chambres pouvaient être réservées pour quelques heures ou pour la nuit. On se serait cru dans le centre de loisirs d'une mégalopole du futur où tout était produit de consommation. Il fallait s'adapter bien vite, ou quitter la ville.

Là où les Occidentaux parlaient d'amour, les Japonais évoquaient le *Koi*, un instant d'intimité, sans lendemain. L'amour éternel, l'amour qui dure, n'existait pas dans ce monde éphémère où l'on cachait ses émotions. À une étudiante qui devait traduire « je t'aime » en japonais, on raconte que le professeur répondit : « La lune est belle. » Ainsi c'est le monde qui est éternel, non l'amour. Dans le film *L'Empire des sens*, une jeune femme entretient des relations violentes avec son amant. Au bout du compte, elle le tue et le castre. Ainsi rend-elle son amour éternel. Lors de son dernier voyage, Juliette en avait discuté avec ses collègues japonaises, et l'une d'elles lui avait confié : « L'amour, ça ne m'intéresse pas, ce que je veux, c'est un mari qui ait de l'argent, mais c'est rare, à cause de la crise. » Une autre avait expliqué que beaucoup de femmes, comme elles, évitaient les relations amoureuses au profit de l'amitié et du travail. Elles n'avaient pas de vie sexuelle non plus. Dans les rayons traiteurs des magasins, s'étalait la nourriture du célibataire, avec les portions individuelles pour les repas. Après le bureau, ils rentraient chez eux pour s'adonner aux jeux vidéo, regarder des dessins animés, ou converser sur les réseaux sociaux avant de s'endormir devant l'ordinateur.

Juliette dîna, avec sa collaboratrice, dans un restaurant aux tables basses, d'un bol de nouilles sautées. Margaux, du même âge qu'elle, avait déjà deux enfants. Bien que jolie, elle arborait quelques kilos en trop, et elle avait l'air d'être en permanence au bord du burn-out. Juliette mourait d'envie de lui poser des questions sur son couple. Est-ce qu'elle et son mari s'aimaient toujours ? Est-ce qu'ils faisaient l'amour, comme au commencement ? Ou est-ce que dans leur lit, le soir, chacun restait derrière sa tablette ? Est-ce qu'ils envoyaient des SMS en cachette à leurs amants en se réfugiant dans les toilettes ? Après plusieurs verres de saké, elle finit par se lancer :

— Depuis quand es-tu mariée ?
— Douze ans.
— C'est formidable !
— Oui, si l'on veut.
— Tu es heureuse, je suppose ?
— Oui, c'est idyllique. Nous avons deux beaux enfants, cela me remplit de joie.
— Et sinon, vous partez en week-end tous les deux ?
— Ça fait des années que ça ne nous est pas arrivé. On n'a pas beaucoup de temps. Je passe du travail aux enfants, et vice versa, et mon mari ne m'aide pas vraiment. Il rentre tard le soir, fatigué, comme moi. Mais on est bien ensemble, on se rattrape sur les vacances, on va au Club Med, comme ça les enfants sont pris en charge et nous on peut faire du sport. Et j'ai rien à préparer, ni courses, ni déjeuner, ni dîner. C'est génial !

Trois ou quatre verres de saké plus tard, Margaux se confia davantage. Deux ans auparavant, elle s'était laissée aller à une relation adultère avec un ami de la famille. Ils se retrouvaient, le soir, en bas de chez eux, ou le matin, après avoir emmené les enfants à l'école. Leurs conjoints se connaissaient bien, parfois les enfants jouaient ensemble chez l'un ou l'autre, et tous deux se frôlaient dans les couloirs de l'appartement. Le week-end, ils se retrouvaient au parc. Parfois même ils dînaient ensemble, tous les quatre, en couple. Lorsqu'ils se retrouvaient, c'était fou et passionnel. Quelque chose l'emmenait malgré elle vers un monde bien plus vrai, dans lequel elle avait l'impression enfin d'être elle-même. La tension née de l'interdiction rendait leur relation incandescente. Ils prenaient des risques. Ils se donnaient rendez-vous dans le parking, la nuit, quand leurs conjoints dormaient. Puis un jour, cela prit fin.

— Pourquoi ? demanda Juliette.

— Au bout d'un an et demi, j'avais perdu l'envie.

— L'envie de quoi ?

— L'envie de faire l'amour dans le parking. Même ça, ça peut devenir répétitif. J'étais mieux dans mon lit, après tout. Le changement devenait l'habitude. Tu vois ce que je veux dire ?

— Tu n'avais plus de sentiments pour lui ?

— Si, mais simplement faire l'amour, parce que l'on en a envie, sans projet, sans futur, c'était pas possible. On s'est essoufflés.

— C'est paradoxal, dit Juliette. Le mariage et le projet tuent l'amour, et l'absence de mariage et de projet tue l'amour.

— Bref, tout est contre l'amour.

— Mais tu aimes ton mari, finalement ?

— Je me dis que l'amour, c'est ce que je construis avec lui et mes enfants, jour après jour. Ce sont les sorties, les vacances en famille, les repas que l'on fait ensemble. Un travail de maçon. Au moins, ça, ça reste.

Et dire qu'elle avait trompé son époux avec son ami pendant un an et demi, pensa Juliette. Comment était-ce possible ?

Lorsqu'elle revint dans sa chambre d'hôtel, Juliette se connecta à Skype : elle avait fixé rendez-vous au professeur Constant à 22 heures. Elle ne savait pas s'il était à Paris ou ailleurs, et elle le saurait sans doute à la lumière de son intérieur, puisqu'il était d'accord pour utiliser la caméra cette fois. Elle avait envie de le voir. Cette voix l'intriguait, elle avait l'impression de la connaître, ou peut-être lui était-elle familière, à force de l'entendre. Elle se connecta sur Skype en visuel, vit apparaître dans l'écran sa propre image, en petit à droite, avec ses cheveux flous, ses yeux étirés par la fatigue du décalage horaire, sa bouche soulignée par un trait de maquillage, et en grand, soudain, sur son ordinateur, elle le vit.

Des grands yeux sombres étaient fixés sur elle avec une sorte d'étonnement qui se peignait sur un visage aux traits virils, encadrés par des cheveux bruns et raides, un peu longs, et une barbe de trois jours. De lui provenait une impression de force, d'assurance et aussi de décontraction, par l'expression de son regard, dans lequel elle lut la curiosité, et l'amitié, la bienveillance. Il devait avoir trente ans, pas plus. L'ensemble était follement attirant. Au premier regard, Juliette fut séduite, et au second, elle sentit son cœur battre plus vite, en même temps qu'une étrange timidité l'envahissait, une timidité de petite fille qui manque de confiance en elle, quelque chose qui venait de loin sans doute, et qu'elle n'avait pas ressenti depuis longtemps. Cela l'empêchait de le regarder vraiment, tant elle se considérait dans le miroir de ses yeux, en se demandant si elle était assez belle, bien coiffée, maquillée après sa soirée trop arrosée. Ce fut une alternance alors d'observation de soi et de l'autre, de conscience de l'autre qui la ramenait vers elle-même, pour s'en extraire aussitôt, car elle était ravie par ce qu'elle voyait. Mais aussi de le regarder la ravissait à elle-même.

Cela faisait bientôt dix ans qu'elle travaillait dans la communication, et qu'elle avait dû éliminer toute réserve ou antipathie naturelle pour être avenante et tout à fait à l'aise en société. Elle avait dû cultiver son sens du contact, elle avait suivi plusieurs thérapies comportementalo-cognitivistes afin de ne plus avoir peur des autres et de trouver l'estime d'elle-même qui lui permettrait d'éliminer les inhibitions sociales et les phobies. Et là, tout d'un coup, elle se trouvait tout simplement impressionnée, autant par les titres que par la prestance de cet homme qui la regardait sur son écran, et elle regretta de ne pas s'être mieux préparée. Elle se demanda un instant si elle n'allait pas raccrocher subitement pour se recoiffer et se remaquiller, vérifier son anti-cernes et la tenue de son rouge à lèvres avant de se raviser : il ne manquerait pas de le remarquer et cela lui paraîtrait étrange, puisqu'ils étaient là pour faire de la philosophie et non pas pour se contempler, même si, en cet instant, simplement le regarder lui aurait suffi.

Il sourit en lui faisant un signe de la main et des fossettes creusèrent ses joues. Il semblait parfaitement à l'aise dans son corps et son geste était gracieux. Il se trouvait devant un bureau sur lequel il avait posé son ordinateur, et, derrière lui, elle pouvait apercevoir un canapé blanc, devant une grande fenêtre aux linteaux peints en métal, comme dans un loft new-yorkais, avec une table en bois sur des roulettes. Alors il ouvrit la bouche et il lui parla, ses yeux s'animèrent et donnèrent de la vie à ce qu'il disait. Il était ferme et vigoureux dans son attitude, comme dans sa pensée.

— Bonjour Juliette, dit-il avec un sourire magnifique qui dévoila une rangée de dents blanches, parfaitement alignées. Un sourire franc, sympathique, et communicatif, qui augmenta son malaise, et son sentiment d'être la petite fille avec des bagues sur les dents et un affreux bonnet de laine rouge, à qui personne ne parlait en classe.

— Vous jouez dans un film de science-fiction ? lui demanda le professeur Constant en désignant le paysage urbain que l'on voyait en arrière-fond.

Derrière elle, la fenêtre de l'hôtel ouvrait sur la ville aux lumières qui clignotaient et reflétaient la densité et l'activité intense de sa population.

— Non, je suis à Tokyo.

— Tokyo, c'est pour votre travail ?

— Oui, nous avons un événement ici pour le lancement d'un nouveau parfum.

— Bien… Il sembla hésiter avant de poursuivre : Vous voyagez beaucoup, n'est-ce pas ?

— Oui, beaucoup. C'est pour cette raison que l'idée des cours par Skype m'a séduite.

— Vous aimez les voyages ?

— J'aime découvrir d'autres pays. J'ai l'impression d'échapper à moi-même. De ne plus savoir où je suis, ni où j'habite. Mais de temps en temps, je préférerais me poser.

— Vous poser, oui, en tant que sujet.

— C'est-à-dire ?

Il sembla hésiter, consulter une note, et commença, après un silence :

— En tant que sujet philosophique, c'est vous qui décidez en pleine conscience de ce que vous faites. C'est précisément ce à quoi nous travaillons, ensemble. N'êtes-vous pas fatiguée par le décalage horaire ?

— Je prends de la mélatonine. Et j'ai l'habitude.

— Bien… Êtes-vous prête à vivre l'expérience la plus intense de votre vie ?

— Je suis prête, professeur Constant.

— Aujourd'hui, nous allons donc parler de l'amour qui dure. Vous vouliez savoir quelle est sa condition de possibilité, selon la démarche propre à la philosophie ?

— Oui, j'aimerais beaucoup. Si tant est que cela existe ?

— Ce thème fait le bonheur des livres et des articles de développement personnel dans les magazines féminins. Certains affirment qu'il existe trois types de personnes : les donneurs qui font de leur mieux pour que la relation fonctionne, qui aiment gratifier leurs partenaires de compliments, de remarques positives et de cadeaux, les échangeurs qui offrent ce qu'ils peuvent en espérant quelque chose en retour, et les preneurs qui reçoivent le bien fait par l'autre sans être capables de donner. La conclusion, si l'on applique ce principe à la vie de couple, est que les couples qui fonctionnent sont les couples de donneurs, car ils fondent leur rapport à l'autre sur la générosité.

— Dans la vie, je constate que l'on voit beaucoup de couples qui durent sur l'alliance entre celui qui donne et celui qui reçoit. Et vous, qu'en pensez-vous, professeur ?

— Je vous étonne si je vous parle de fidélité ?

— Certains diront que l'adultère est une respiration nécessaire pour une couple.

— Explorons ensemble, si vous le voulez bien, l'utopie soixante-huitarde. *Faites l'amour, pas la guerre.* Dans son livre *La Vie sexuelle de Catherine M.*, Catherine Millet a développé cette idéologie, sur son versant radical. Au point que cette expérience de consommation sexuelle extrême atteint un point nihiliste, de non-retour. Nous sommes là aux antipodes de l'amour, n'est-ce pas ?

— Je crois que notre époque est plutôt conventionnelle, beaucoup de gens sont en couple ou aspirent à l'être, et la plupart, pour ne pas dire la totalité, sont ensemble parce qu'ils s'aiment, ou en tout cas, disent s'aimer. En vérité, j'ai l'impression que la plupart des couples cohabitent, et s'habituent plus ou moins à coexister… J'en finis par me demander si l'amour, c'est simplement le fait de rester avec l'autre après avoir trouvé un SMS adressé à une autre ?

— Voilà une définition post-moderne de l'amour… Plutôt que rompre, certains couples préfèrent vivre une alternance entre la fusion et la fission. Des périodes où ils sont unis, en osmose, et des périodes où ils défusionnent et expérimentent d'autres relations, avec des personnes différentes, ce qui ne les empêche pas d'être ensemble. Certains sociologues pensent qu'avec l'allongement du temps de la vie et la montée de l'individualisme et le désir d'indépendance de chacun, il est devenu utopique de vivre toute sa vie avec la même personne. Si nous voulons avoir un couple qui dure, il faudra donc apporter des aménagements. Alterner des périodes de fusion où l'on est tout le temps ensemble, et des périodes où chacun vit sa vie, indépendamment de l'autre.

— Nous sommes encore dans une nouvelle utopie du développement personnel, professeur. Il y aurait des recettes pour faire durer le couple ?

— Pas tout à fait. Prenons Sartre et Simone de Beauvoir. Ils ont cherché à vivre une autre forme d'amour, philosophique. Anticonformiste, antibourgeois, libre dans son essence, puisque fondé sur l'existentialisme, qui n'admet pas de compromis avec la liberté. Voilà qui aurait pu constituer un véritable modèle, une alternative crédible.

— En quoi consiste-t-il, au juste ?

— Un soir d'été, Sartre propose à Simone un pacte. Leur amour était nécessaire, mais il convenait qu'ils aient aussi à côté des amours contingentes. Il s'agissait pour lui de réinventer le couple, en accord avec la philosophie existentialiste, qui est contre toute forme d'aliénation morale. Ils ne vivaient pas dans le même appartement, chacun avait une chambre à l'hôtel afin de ne rien posséder pour ne pas être possédé par ce que l'on possède, car la liberté est absolue.

— Et dans les faits ?

— Dans les faits, comme le montre Simone de Beauvoir dans son roman *L'Invitée*, le troisième élément met le couple en péril. Dans un trio, il y en a toujours un qui souffre. Dans le roman, par souci d'honnêteté, Pierre se déclare à Xavière, une jeune fille amie du couple, devant Françoise, qui s'efforce de croire que trois personnes qui s'aiment, c'est plus riche et plus fort qu'un simple couple. Ils se disent adeptes de l'amour libre, et décident d'un nouveau pacte : pendant cinq ans, ils se consacreront à leur trio, et après ils pourront aller vers d'autres amours. Leur histoire hésite entre le sublime et l'*ignoble*, Xavière se conduisant comme une *petite garce jalouse*, Françoise une *pauvre victime*, et Pierre un *joli cœur*. Malgré le pacte, le trio devient bientôt un quatuor, lorsque Françoise se lie avec un autre homme. Et c'est la fin de l'utopie de la liberté dans le couple.

— Et eux, comment vivaient-ils ?

— Sartre et Beauvoir vécurent de nombreuses amours contingentes. Certaines furent passionnelles, comme celle que Simone eut avec l'écrivain Nelson Algren, qu'elle appelait son *petit mari*. Il y eut d'autres trios. Sartre tomba amoureux de Dolores Vanetti, et de la Russe Lena Zonina, mais il revenait toujours vers Simone, tout comme elle revenait vers lui. Il avait de nombreuses amantes, mais chacune avait son jour. Parfois, ils partageaient la même maîtresse, car Simone aimait aussi les femmes. Au fondement du pacte, il restait quelque chose comme un socle, qui dura toute leur vie : une collaboration intellectuelle, et une œuvre à accomplir. Pour eux, l'amour était un engagement spirituel et moral qui transcendait les amours terrestres, quelque passionnées qu'elles pussent être.

— Un modèle de couple, selon vous ?

— Un autre modèle, en tout cas, que le couple conventionnel ou bourgeois, dessiné par le judéo-christianisme.

— Il faudrait donc renoncer à l'exclusivité pour fonder un couple qui dure ?

— L'idée serait de traverser des cycles. Le couple fusionnel consacre en effet la mort du désir et du couple, puisque n'étant plus qu'un, les deux amoureux finiront par ne plus être deux, et se perdre l'un dans l'autre. Au lieu du couple fusionnel, le couple fissionnel, selon l'expression du sociologue Serge Chaumier, prend en compte le désir d'indépendance contemporain, en instaurant une sorte de contrat d'infidélité. La fidélité s'ouvre à des nouvelles frontières qui ne sont pas celles du corps, mais plutôt celles de l'esprit, avec une dédramatisation des aventures extraconjugales. Dans cette optique, le couple gagnerait à être en contact avec d'autres, c'est ce qui lui permet de se régénérer et se réinventer. La pérennité d'un couple ne peut être fondée sur le déni du désir d'altérité.

— Être en couple et s'aimer ne serait donc pas incompatible avec le fait d'avoir d'autres aventures ?

— C'est un peu le modèle de couple que décrit Michel Houellebecq dans ses livres : un couple postmoderne qui a pris acte des révélations de la psychanalyse, et de la déconstruction philosophique de l'amour et du désir. Certains psychanalystes critiquent notre obsession de la sécurité, source de souffrance, tout comme la fidélité exclusive. La discipline et l'exclusivité dans le couple avec un partenaire unique sont, selon eux, mortifères pour l'amour. Au contraire, ils préconisent d'ouvrir le champ des possibles sans pour autant renoncer à l'engagement que l'on a l'un vers l'autre. Ne plus avoir peur du tiers, ne plus l'exclure, mais au contraire l'inclure. La fidélité équivaut à une régulation oppressive, et s'oppose en cela à l'engagement mutuel, qui est un choix. On parle de polyfidélité et de polyamour, et finalement de fidélité à soi-même.

— Faut-il rester fidèle à l'amour, ou fidèle à l'autre ?

— Toute la question du couple est la suivante : comment concilier engagement et liberté ? Faut-il prendre le risque du désordre amoureux, et transgresser les normes de la société ? Arrêter de penser en termes de bien et de mal, ce qui n'a rien à voir avec les lois du psychisme ? Nous ne pouvons avancer sans remettre tout en cause, nous ne pouvons créer sans détruire, la création est une combustion : comment en serait-il autrement pour le couple ? On le sait, ce qui tue l'amour et l'empoisonne, c'est l'habitude. Et donc l'ennui.

— Ou peut-être bien est-ce ce qui le sauve ? Pour ma part, je n'ai jamais pu supporter qu'il y ait une autre femme. La jalousie ne fait-elle pas partie de l'amour ?

— Elle en fait essentiellement partie, et elle est aussi son poison.

— La possibilité d'un tiers est pour moi la fin du couple. Je crois que j'ai toujours rompu par jalousie. Plutôt être seule, que souffrir…

— La présence d'un autre remet-elle en question l'amour que vous avez pour votre conjoint ?

— Je suis exclusive. C'est la raison pour laquelle je ne veux plus croire en l'amour.

— Vous ne voulez plus d'amour parce que vous voulez trop d'amour. Pourquoi ne pas respecter l'autre dans son désir ? Sinon à vouloir l'aliéner et le soumettre ? Hegel nous aidera peut-être à comprendre cette dynamique qui est au fondement même de l'intersubjectivité. Dans la relation à l'autre, deux consciences s'affrontent et luttent pour la reconnaissance ; si l'une vient à gagner, et à vassaliser l'autre, elle en fera son esclave. *C'est une lutte,* dit Hegel, *car je ne puis me savoir moi-même dans l'autre en tant que l'autre est pour moi une autre existence immédiate.* Ce combat est à la vie à la mort : chacune met en péril la vie de l'autre, et chacune a en vue la conservation de son être. Celui qui est victorieux est celui qui n'a pas eu peur de la mort tandis que l'autre préfère la vie, quitte à être soumis. Ainsi commence le rapport de domination et de servitude. Par le risque de sa vie, le maître s'est élevé au-dessus de la nature. Pour cela, il a besoin d'un médiateur qui est le serviteur. Le maître se rapportera à la chose par l'intermédiaire de l'esclave, qui transforme celle-ci par son travail, et par cette médiation, le rapport à l'autre devient pour le maître la pure négation de cette chose, ou la jouissance : le maître a interposé l'esclave entre la chose et lui.

— C'est-à-dire que le rapport à l'autre se fait toujours dans la violence et la domination ?

— Ou du moins, dans l'affrontement des consciences. Cependant, alors que le maître a un pur rapport de jouissance à la chose, grâce à son travail, l'esclave change le monde, et lui-même devient autre, car le travail est *Bildung* : il forme, et transforme le monde, et il l'humanise, et éduque l'homme. Grâce à son labeur, l'esclave évolue alors que le maître reste lui-même, car l'esclave a un rapport immédiat à la nature alors que le maître a besoin d'un médiateur. C'est la raison pour laquelle l'avenir appartient à l'esclave. Par un retournement dialectique, le serviteur se libère du maître qui est devenu esclave de son esclave.

— C'est un peu compliqué à comprendre, professeur... L'amour ne peut pas être une aliénation de l'autre, ni une volonté de puissance, qui consiste à vouloir dominer le désir de l'autre.

— L'amour est un rapport particulier entre les consciences, régi par la domination et la servitude.

— Mais si l'on cherche un nouvel esclave, par exemple, par l'absence d'exclusivité sexuelle, comment peut-on fonder un couple ? Est-il possible d'aimer un homme ou une femme et de désirer un autre ?

— Tout est possible, pourvu que l'on pense l'amour en dehors du cadre de pensée occidental, régi par le mythe d'Aristophane.

— Je ne peux pas, dit Juliette. C'est horrible. C'est d'un cynisme total, je ne veux m'y résoudre. Se perdre dans l'autre, faire un, vivre en osmose avec un homme, qu'y a-t-il de meilleur au monde ? Se tromper, même à partir d'un pacte établi entre deux parties, qu'y a-t-il de plus sordide ?

— Parlons un instant de la trahison amoureuse. Bien entendu, elle peut être l'effet de la perversion psychique qui pousse à humilier et à dominer l'autre pour établir son pouvoir, ou elle peut être la conséquence de la légèreté d'esprit et de l'inconséquence. Cependant, il existe aussi des mariages qui sont des trahisons de soi et des adultères qui représentent une libération morale et psychique, donc qui sont l'expression d'une vérité. La question de l'adultère, comme le dit Monique Canto-Sperber dans son livre *Sans foi ni loi,* serait celui d'un conflit de valeurs entre le désir de ne pas faire souffrir l'autre, et l'obligation que l'on a à l'égard de soi-même de ne pas renoncer à ce que l'on est, en renonçant à l'amour. Le problème est le suivant : que doit-on à un être humain auquel on est lié ? Un vrai défi, sur un terrain où il ne peut y avoir de modèle ni de contrat. Est-ce que la notion de trahison a tout simplement un sens dans l'amour ? Que signifie de violer une promesse, un engagement ou de faire souffrir l'autre ? Parfois ne pas trahir c'est renoncer à soi-même. De plus, il est impossible de s'engager sur des sentiments. Alors, dans ces conditions, comment inscrire l'amour dans la durée ?

— Mais comment, aussi, ne pas l'inscrire dans la durée ?

Il se tut, et parut réfléchir.

— Je pense que nous avons mis le doigt sur votre problème, Juliette.

— Quel est-il ?

— Vous êtes une incorrigible romantique. Vous n'envisagez qu'un seul type d'amour, et c'est ce qui vous rend malheureuse.

— Quel autre amour existe-t-il ?

— La philosophie grecque distingue trois formes d'amour, *Éros*, *Philia* et *Agapé*. L'*Éros*, c'est l'amour-passion que l'on ressent en tombant amoureux, celui qui fait que l'on se perd en l'autre. Le vôtre, si vous voulez, celui qui vous fait vibrer et vous empêche de vivre. La *Philia* est plus proche de l'amitié, d'un amour qui *jouit et se réjouit de l'existence de l'autre,* une sorte de donnant-donnant de bon aloi, de civilité, d'amabilité, de bonne disposition envers autrui. Et l'*Agapé* c'est l'amour délivré à tout un chacun, qui nous pousse à aider quelqu'un dans la détresse. C'est un amour offert, désintéressé, libre de toute contingence, purement spirituel. L'*Agapé* n'est pas à négliger. C'est un sentiment universel éprouvé par tous les êtres humains, quels qu'ils soient, où qu'ils soient. C'est une forme de pitié, une forme de piété, de bonté, de pureté, de respect. C'est une forme de douceur, de douleur, de chaleur, de profondeur, de cœur. Cet amour-là nous porte vers l'homme en détresse, et nous rend responsable de sa fragilité. C'est celui qui nous rend parent de chaque enfant, frère de ceux qui ne sont pas nos frères, ami de n'importe qui. Le fond de l'amour, qu'il soit universel ou conjugal, est l'*Agapé*. Je pourrais aussi vous citer ce texte de saint Paul, dans la « Première Épître aux Corinthiens » : *L'amour est patient, il est plein de bonté ; l'amour n'est point envieux, il ne se vante point, il ne s'enfle pas d'orgueil. Il ne fait rien de malhonnête. Il ne cherche point son intérêt, il ne s'irrite point, il ne soupçonne point le mal. Il ne se réjouit point de l'injustice, mais il se réjouit de la vérité. Il excuse tout, il croit tout, il espère tout, il supporte tout.* La vérité de l'amour, son essence : c'est la charité. Ce qui fait que l'amour ne dure pas, c'est l'amour narcissique, ou encore l'*Éros*. Qui pousse à aimer quelqu'un pour les mauvaises raisons, pour soi-même, pour ce qu'il n'est pas, pour l'asservir, le dominer, le posséder. Et qui reproduit sans cesse le même schéma. La passion, la fusion, la rupture.

— Mais qu'y a-t-il de meilleur que la passion, professeur ?

Sur l'écran, son image spéculaire lui apparaissait, incrustée en petit, à côté de celle du professeur Constant. Elle se regardait en même temps qu'elle le regardait et l'écoutait, ce qui lui permettait de voir aussi ce qu'il voyait d'elle. Cette fille un peu perdue, à Tokyo, comme dans *Lost in Translation*, en train de chercher le sens de la vie, de se débattre avec sa conception de l'amour. Cette élève appliquée, studieuse, qui prenait des notes, et qui posait des questions. Et qui tentait de sauver sa peau en renonçant à l'amour.

Et aussi, peut-être, cette femme captivée par le ton d'une voix, chaude, chaleureuse, la grâce des gestes qui illustraient ses propos, l'intensité d'un regard et l'intelligence d'un esprit fin, brillant. Souvent il marquait des pauses et ses yeux alors se tournaient vers la droite, vers un ailleurs sans doute, là où il puisait ses idées. D'autres fois, il regardait en bas, comme s'il lisait des notes. Il était concentré, studieux, appliqué, entièrement tourné vers elle.

— Qu'y a-t-il de meilleur que l'amour, chère Juliette ? Rien, car comme le dit l'admirable tirade de Musset : *Tous les hommes sont menteurs, inconstants, faux, bavards, hypocrites, orgueilleux et lâches, méprisables et sensuels ; toutes les femmes sont perfides, artificieuses, vaniteuses, curieuses et dépravées ; le monde n'est qu'un égout sans fond où les phoques les plus informes rampent et se tordent sur des montagnes de fange ; mais il y a au monde une chose sainte et sublime, c'est l'union de deux de ces êtres si imparfaits et si affreux. On est souvent trompé en amour, souvent blessé et souvent malheureux ; mais on aime, et quand on est sur le bord de sa tombe, on se retourne pour regarder en arrière ; et on se dit : « J'ai souffert souvent, je me suis trompé quelquefois, mais j'ai aimé. C'est moi qui ai vécu, et non pas un être factice créé par mon orgueil et mon ennui. »* Mais pour cela, il faudra alors vivre l'amour vrai, ajouta-t-il.

— Que voulez-vous dire ?

— Qu'est-ce que l'amour vrai ? dit-il. Sans doute un mélange d'*Éros*, *Philia* et *Agapé*. C'est-à-dire un amour-passion, mais qui n'est pas destructeur, car les amants seraient des amis, et ils ressentiraient également cette profonde humanité l'un pour l'autre qui fait qu'ils ne s'en voudraient jamais, mais tenteraient toujours de s'aider et de se secourir, au lieu de se soupçonner du pire et de se haïr, lorsqu'ils le sentiraient s'éloigner.

— C'est donc cela, l'amour qui dure ?

— Aujourd'hui, à une époque où les couples s'unissent par amour, ce ne sont plus les normes sociales qui le contraignent, mais c'est l'amour lui-même qui limite l'amour. Ce que l'infidélité par pacte montre de façon paradoxale, c'est que la fidélité dans l'infidélité est une condition pour l'amour qui dure. Au début, vous l'avez sans doute remarqué, tout est parfait. On vit un moment de fusion dans le plaisir intense d'être un, l'idéalisation de l'autre qui devient comme un reflet de soi-même, moment à la fois fondamental et illusoire, moment d'emprise et de passion, où l'on est accroché à un regard, où l'on guette un SMS comme si notre vie en dépendait, où l'on se prépare toute la journée en vue de le voir, moment glorieux s'il en est, vous en avez connu, n'est-ce pas, Juliette ?

— Oh oui. Beaucoup trop.

— Que se passe-t-il ensuite ? La désillusion, la déception amoureuse qui consiste précisément dans la découverte de l'autre en tant qu'autre, encore par SMS, mais sur son portable. Tout commence par un texto, et tout finit par un texto. Élevons-nous un peu pour comprendre ce sujet, à partir de la question de l'altérité. Dans le *Cantique des Cantiques*, la fiancée recherche son amoureux qui a disparu. Et il revient quand elle n'est pas là pour l'accueillir. Puis la fiancée le retrouve : *je l'ai saisi et ne le lâcherai point*. Un jeu s'installe entre eux, entre la distance et la présence, car c'est la distance qui crée le désir. Ce n'est qu'à cette deuxième condition que l'on peut construire une relation qui dure. Les amoureux se perdent et se cherchent. Lorsqu'il revient l'appeler dans la nuit, elle lui dit que ce n'est pas le moment, et lorsque, enfin, elle lui ouvre, il est déjà parti. Mais chacun est l'unique pour l'autre : *Je suis à mon bien-aimé et mon bien-aimé est à moi*. Ainsi l'amour n'est-il pas dans le contrôle ou la fusion, mais dans le rapport à l'autre en tant qu'autre.

— Je crois que je ne peux pas vivre l'amour au-delà des premiers moments d'amour, dit Juliette. Au moment même où l'amour est absolu. Ou alors, au moment où il peut paraître tel.

— Éros seul est rempli d'illusion. Si vous recommencez chaque fois la même histoire, avec des partenaires différents, c'est que vous êtes déstabilisée par la rencontre de l'autre, et que ce que vous recherchez, c'est de vous aimer vous-même, mais pas d'aimer un homme.

Et si c'était vrai ? Et si c'était elle qu'elle voyait à travers le regard de l'autre ? Juliette écoutait, le cœur battant, Jean-Luc Constant lui parler de l'amour qui dure, de l'amour éternel et absolu dans un langage spirituel. Ses idées la traversaient et la bouleversaient à la fois. Et lui donnaient envie d'en savoir plus, sur lui, sur sa vie. Ces mots ressemblaient à ceux d'un moine, ou d'un mystique. Il avait cité saint Paul. Peut-être était-il prêtre ?

— Fidélité et distance. Pourquoi faut-il parler de l'amour qui dure en termes religieux ? demanda-t-elle. Faut-il être croyant pour aimer ? Peut-on concevoir un amour qui ne dure que dans et par la religion ?

— D'une certaine façon. S'il n'est pas soutenu par une foi ou par une pratique, l'amour ne dure pas.

Juliette fut surprise par cette phrase énigmatique.

— Faut-il être catholique, juif ou musulman pour vivre l'amour qui dure ? Ou peut-être bouddhiste pour supporter ce qu'il endure ?

— Empiriquement, vous remarquez en tout cas que les couples croyants tiennent plus longtemps que les autres.

— Vous disiez tout à l'heure que ce sont les couples libertaires qui tiennent ?

— Je ne disais pas cela. Je disais qu'ils sont à la recherche d'une forme de fidélité dans l'infidélité.

— Vous êtes croyant, professeur ?

— Je crois que… l'amour peut tout.

— Catholique ?

— L'amour peut tout, mais l'amour ne suffit pas.

— Juif ?

— Simplement philosophe.

Ils se regardèrent pendant un moment. On aurait dit que le professeur Constant faisait une pause, comme s'il cherchait à réfléchir, ou à rattraper quelque idée qui se fût envolée, à retrouver le fil de sa pensée.

— Et vous, professeur ? Faites-vous actuellement l'expérience d'un amour qui dure ? Depuis combien de temps ? Est-ce que vous vivez ce que vous professez ? L'infidélité dans la fidélité ? La non-exclusivité dans l'engagement absolu ? Cette drôle de montagne, gravie de deux côtés opposés que vous contemplez depuis votre point de vue dialectique, culminant ? L'échangisme versus la religion ?

Elle s'était lancée, sans doute enhardie par les verres de saké et la fatigue du décalage horaire. Son interlocuteur parut surpris, et décontenancé par la question. Il sembla réfléchir, et ses yeux se tournèrent vers la droite.

— Êtes-vous amoureux ? Ou n'est-ce qu'un point de vue théorique sur l'amour ? Peut-on enseigner l'amour sans le vivre ?

— C'est vrai, finit-il par dire, avec une voix un peu hachée. J'aime quelqu'un.

Il la regarda, d'un air étrange.

— Ce quelqu'un a de la chance d'être aimé par vous, un philosophe, spécialiste de l'amour, mais il doit souffrir, si vous en aimez d'autres aussi.

— Elle ne sait pas que je l'aime.

— Vous n'êtes pas ensemble ?

— Non. Je l'aime en silence. En retenue, si vous voulez, sans le lui dire.

— C'est encore plus beau. Mais pourquoi ne pas lui parler ? Elle aime quelqu'un d'autre, peut-être ? Elle est mariée ? Elle a une famille ?

— Non, rien de tout cela.

— Alors ?

— Je ne peux pas.

— Vous êtes timide ?

— J'ai peur… J'ai peur de la perdre, dit-il avec hésitation.

Pour la première fois, le professeur Constant sortait de sa réserve. Il semblait troublé.

— C'est une amie ? demanda Juliette.

— Pas tout à fait.

— Peut-être vous aime-t-elle, aussi ? Et elle n'ose pas vous le dire ? Ce serait bête, avouez !

— Peut-être.

— Alors, dites-le-lui. Vous ferez une heureuse, j'en suis certaine. Surtout si vous l'aimez depuis longtemps, dites-le-lui. Ce doit être un amour vrai.

— C'est plus que cela.

Il y eut un silence, pendant lequel le professeur Constant considéra Juliette, l'air grave.

— La passion. Que diriez-vous si c'était le sujet de notre prochaine leçon ?

Ils se considérèrent pendant un moment, en silence. Un moment qui dura une infinité. Elle était bouleversée par la force de ses idées, la simplicité avec laquelle il les avait formulées, par son visage qui exprimait la grâce et la beauté, ses yeux sombres si expressifs qu'elle s'y était perdue. Tout d'un coup, c'était comme si toutes ses espérances et ses frustrations se focalisaient sur lui. Elle l'admirait. Il portait en lui, une sorte de courage, de droiture intellectuelle et morale, ce que lui donnait sans doute la pratique de la philosophie.

Et il était beau, d'une beauté à la fois virile et angélique, altière et étrange, d'une grâce qui l'impressionnait et lui donnait envie de disparaître sous terre. Tellement beau que c'était un plaisir, simplement de le voir, le regarder, et l'entendre.

Et elle ? Ses pommettes hautes, ses taches de rousseur, sa coupe au carré, lui donnaient encore un air juvénile, mais pour combien de temps ? Bientôt son apparence changerait, sa beauté se fanerait, telle la rose, elle courberait l'échine avant de se flétrir et de perdre ses pétales desséchés par le temps, voilà, se dit-elle pourquoi on offre des fleurs aux femmes, pour leur signifier qu'elles sont temporelles, bien plus que les hommes.

Mais pour l'heure, dans les yeux du professeur Constant, elle lisait l'envie, la curiosité, le désir peut-être ? Elle n'avait jamais considéré un visage ainsi, dans une perception pure, juste pour le voir, en faisant abstraction de tout. Et plus elle l'observait, plus elle s'y perdait, transportée comme au-delà d'elle-même. Elle détaillait ses yeux qui paraissaient à la fois naïfs, presque innocents, et profonds, les lèvres charnues, pleines, les joues virilement recouvertes par la barbe des lendemains de fête, les cheveux, raides, un peu longs, séparés par une raie, elle le regardait et elle se disait qu'elle le trouvait beau, adorable, altier, fin et masculin à la fois. Parfaitement androgyne, luimême, tout à fait homme et pourtant féminin par la finesse de son approche et la tendresse qu'elle devinait, qu'elle fantasmait, peut-être, au contact de sa peau, ses lèvres, ses mains. Elle admirait ses cheveux, ses cils, ses sourcils, parfaitement dessinés, et elle était saisie par la parfaite harmonie de l'ensemble.

Et soudain, elle le perdit. Il disparut de son écran.

Leçon 5

La passion

C'était le matin, tôt, Juliette se sentit légère et eut envie de prendre un café au jardin du Luxembourg, avant d'aller au bureau. Il était neuf heures, quelques joggeurs effectuaient le grand tour, une brise fraîche rafraîchit son visage, elle était heureuse d'être de retour à Paris. Depuis sa séparation d'avec Gabriel, elle appréciait les choses de la vie quotidienne, comme cet espace vert qui représentait pour elle une image du bonheur. Les acacias, les cèdres de l'Atlas, les hêtres, les ormes et même les palmiers formaient un ensemble surprenant et enchanteur, et faisaient de ce jardin en plein Paris un endroit parfaitement romantique. Au printemps, la nature exultait, les arbres palpitaient, les parterres de fleurs chatoyaient de mille couleurs, les fontaines laissaient entendre leur musique douce à l'oreille, le rucher bourdonnait d'abeilles industrieuses, le musée abritait une exposition sur Fragonard amoureux, et les statues de bronze ou de pierre le peuplaient de leur présence éternelle et rassurante. À travers le renouveau incessant des saisons, faisant fi de la nature toujours recommencée, leur présence impavide défiait le temps, bravait les amours terrestres, élevait les âmes et les cœurs, donnait la direction vers la perfection. Au milieu du marasme, une force, oui, immortelle, définissait l'homme dans sa relation même au temps, à l'espace et aux sentiments, et cette force, c'était l'art.

Cela lui rappelait l'époque où, étudiante à la Sorbonne, alors qu'elle habitait une chambre de bonne rue Gay-Lussac, elle venait s'y promener, ou y déjeuner d'un sandwich, tout en révisant ses leçons de philosophie et de communication. Que d'amours fausses alors elle avait vécues ! Que de déceptions !

Elle avait eu une période « fissionnelle », où elle poursuivait plusieurs relations en même temps. Elle ne voulait pas s'engager. Elle ne pensait pas au mariage, ni aux enfants, elle était une femme libre. Sans doute lui avait-on appris que c'était le plus important, la liberté, pour une femme.

Elle avait vécu de beaux moments avec Olivier, Vincent, Philippe, Léo, Jean-Marc, Charles, Fabio, Guillaume, Stéphane, Tom, Jean-Daniel, Thomas et Luc, les Jonathan et les Éric et, enfin, Gabriel. À vingt-cinq ans, elle était tombée sous le charme d'Olivier, de son charisme et son sourire, et elle avait eu des soirées inoubliables avec lui, pendant lesquelles elle se disait qu'elle avait trouvé l'homme de sa vie. Leur relation, au bout d'un an et demi, avait évolué vers une grande complicité, ils regardaient la télévision avec des plateaux-repas, mais où donc étaient passés le charme et l'excitation des premiers moments ? Avec Vincent, elle avait partagé un amour passionnel et adultère, jusqu'au moment où elle en était venue à se dire que le voir une fois de plus ou une fois de moins ne changeait rien, puisqu'ils n'avaient pas de projet d'avenir ensemble et que leur relation se résumait à se rencontrer chez elle, le matin entre 8 h 30 et 9 h 15, heure à laquelle il se rendait au bureau. Avec Philippe, elle avait vécu des moments inoubliables, de communion intense et d'amour absolu, avant de comprendre qu'elle s'ennuyait et qu'elle préférait rester tranquillement chez elle plutôt que de sortir pour le voir. Avec Léo, elle avait vécu des moments inoubliables, l'espace d'un été, en Italie, où ils s'embrassaient dans les rues de Venise, Vérone et Florence. De retour en France, il l'avait raccompagnée chez elle, et lui avait dit : « Salut ! À bientôt ! » et de ce jour, elle n'avait plus jamais eu aucune nouvelle. Avec Jean-Marc et Charles, elle avait vécu une relation d'amour à trois, où elle pensait être amoureuse des deux, tantôt l'un, tantôt l'autre, tantôt les deux comme dans *Jules et Jim*, ou *César et Rosalie*, avant de se rendre compte qu'elle n'en aimait en fait aucun. Avec Fabio, c'était la passion. Il était fou d'elle, il lui écrivait des poèmes et il lui envoyait des roses rouges, il l'emmena à Venise, à Vérone et à Florence, et lui prépara des pâtes, jusqu'à ce qu'elle découvre qu'il était tout à fait marié, avec femme et enfants qui l'attendaient en Italie. Pendant la période qui suivit, elle écouta en boucle la chanson de Manu Chao : *Je ne t'aime plus, mon amour. Je ne t'aime plus, tous les jours. Parfois j'aimerais mourir tellement j'ai voulu croire. Parfois j'aimerais mourir tellement y a plus d'espoir. Parfois j'aimerais mourir pour ne plus rien savoir.* Guillaume, Stéphane, sans commentaire. Avec Tom, elle eut une relation intense : le soir même de leur rencontre, ils s'étaient embrassés, et avaient passé la nuit la plus inouïe de sa vie tant la rencontre du corps et de l'esprit était parfaite, puis ils s'étaient envoyé des textos brûlants qui témoignaient de leur passion fulgurante, et lorsqu'ils avaient projeté de se revoir, et qu'elle lui avait proposé de se retrouver dans un café, il lui avait répondu par SMS que le métro n'était pas direct, et que c'était trop loin de chez lui.

Puis elle avait croisé Jean-Daniel plusieurs fois, dans des cocktails mondains. Aristocrate, distingué, romantique et divorcé, il la faisait rêver. Comme il vivait à Genève, ils s'étaient retrouvés pour un dîner à Paris, à l'issue duquel il l'avait embrassée dans sa voiture, avant de la raccompagner chez elle. Puis, plus rien. Aucune nouvelle. Silence radio. Avec Thomas et Luc, elle avait vécu des moments inoubliables jusqu'au moment où elle avait surpris un SMS sur leur portable, qui avait mis une fin brutale à leur relation. Avec les Jonathan, lors de son séjour aux États-Unis, elle avait vécu des moments inoubliables jusqu'au moment où ils avaient surpris des SMS sur son téléphone, ce qui avait mis une fin brutale à leur relation.

Avec tous les Éric, elle avait vraiment trouvé l'homme de sa vie. Mais l'un d'eux voyageait beaucoup et était indisponible. Elle avait piégé le second sur Facebook, en se faisant passer pour une femme qui tentait une approche, à laquelle il avait répondu avec empressement. Le troisième, après lui avoir promis le mariage, les enfants et les soirées au coin du feu, avait brutalement disparu sans laisser de traces. Elle avait cherché à le revoir pendant des mois, mais sans y parvenir. Elle était blessée, non pas seulement par amour-propre et par incompréhension, mais plutôt parce qu'elle avait compris qu'elle était capable de tomber amoureuse, et d'être dans le manque d'un homme jusqu'à l'obsession, mais peut-être était-ce tout simplement parce qu'il lui échappait ?

Avec Gabriel, c'était différent. Il était profondément bon, dévoué et gentil, et elle avait beaucoup d'estime et d'admiration pour lui. Mais, avant leur rupture, il n'envisageait pas de construire une vie ni avoir des enfants avec elle, du moins il ne le lui avait pas dit. Il s'était installé dans leur relation, sans en avoir l'air, et sans chercher à avoir plus, dans une sorte de bien-être simple, qui l'avait conduite au désespoir. Et puis, ce fameux SMS, *mon petit lapin*. Même si ce n'était pas grand-chose, la possibilité même d'une autre l'avait dévastée, comme si toutes les fois précédentes s'étaient accumulées dans sa mémoire et que celle-ci était la goutte d'eau, infime, qui avait fait déborder le vase de sa vie amoureuse. Elle en était ressortie, non pas amère comme dans les histoires précédentes, mais angoissée et en colère. Pas contre lui, ni contre les Olivier, Vincent, Philippe, Léo, Jean-Marc, Charles, Fabio, Guillaume,

Stéphane, Tom, Jean-Daniel, Thomas et Luc, les Jonathan et les Éric, mais contre l'Amour en général, qui ne cessait de la flouer, de la flouter, de la perdre. Trahison, infidélité, inconsistance, inconstance, les jeux de l'amour étaient en effet remplis de surprises, de hasards et d'identités multiples.

Installée sur sa chaise verte, en face du grand bassin sur lequel voguaient quelques bateaux, elle prit son portable et se connecta à AdopteUnMec pour voir si Gabriel lui avait répondu, ou plutôt s'il avait répondu à Silvia. Elle avait reçu une dizaine de charmes de nouveaux prétendants, ainsi que plusieurs messages de son ex-compagnon qui relançait son personnage. Elle contempla la photo de sa collègue, Margaux, l'afficha en grand sur son écran, comme il avait dû le faire. C'est vrai qu'elle était jolie, avec son sourire charmant sans être séducteur, ses yeux profonds et ses cheveux blonds, mi-longs, un corps dont elle pensait qu'il n'était pas assez svelte ni ferme, mais qui lui semblait maintenant féminin et voluptueux. Une vraie Silvia. C'était elle, donc, qu'il poursuivait, une belle image. Ou peut-être était-ce la conversation ? Le corps ou l'esprit ?

— *Belle Silvia, où êtes-vous ? Dans quelle lointaine ville fuyez-vous ? Êtes-vous rentrée de vos périples ? Continuons cette conversation ? Vous faut-il d'autres informations à mon sujet pour que nous puissions envisager de nous rencontrer ?*

— J'aimerais savoir ce que vous pensez de l'absolu, de l'amour et du néant, si vous avez des enfants, le nombre de vos maîtresses et à quoi vous travaillez en ce moment.

— J'aime votre façon d'aller au cœur des choses. Vous êtes toujours aussi directe ? Ou faites-vous parfois des escales ? Où êtes-vous en ce moment ?

— Et vous, toujours fuyant ? Je suis très loin.

— Faites-moi rêver. Quelles sont vos prochaines destinations ?

— New Delhi, puis New York.

— J'adore ces villes. De bons souvenirs de fêtes.

Des fêtes. Gabriel ? Lui qui était si casanier, qui n'aimait rien tant que naviguer sur son bateau, ou rester chez lui, avec une ou deux bougies, de la musique jazz, Melody Gardot ou Mélanie De Biasio, et un plateau saumon-salade, après une journée de travail. Jouait-il un personnage pour impressionner Silvia ? Ou avait-il une vie cachée qu'elle n'aurait pas soupçonnée ?

— Quel genre de fête ?

— Avec des amis. Dans des bars et des boîtes, son énorme jusqu'à l'aube.

En trois ans de vie commune, ils n'étaient jamais sortis jusqu'à l'aube. Et certainement pas en boîte avec un son énorme. Peut-être ne connaissait-elle pas du tout Gabriel. Ou bien était-ce elle qui l'avait entraîné dans ce doux enfer domestique ?

— *Vous sortez à Paris aussi ?*

— *Depuis que j'ai rompu avec ma compagne, j'ai retrouvé ma vie de noctambule, celle que je menais avant de la rencontrer.*

— *Avez-vous rencontré beaucoup de femmes ?*

— *Non, pas une seule ; je vous l'ai dit, je n'ai pas le cœur à cela.*

— *Parlez-moi d'elle. Était-elle belle ?*

— *Très belle.*

— *Vraiment ? Avait-elle un corps de rêve ? Pas trop de rides ? Un visage parfait ? Des beaux cheveux ? Décrivez-la-moi.*

— *Elle a une beauté particulière, qui n'appartient qu'à elle. Quelque chose de très féminin et d'enfantin à la fois. Des cheveux un peu fous, des yeux de biche, un corps fait pour l'amour... Je ne devrais pas vous dire tout cela.*

— *Je suis jalouse.*

Comment pouvait-elle être jalouse et en même temps flattée ?

— *Pourquoi avez-vous rompu ?*

— *C'est elle qui est partie.*

— *Pourquoi ?*

— *Oh je préfère ne pas en parler. C'est trop récent encore. Et vous ? Les hommes ?*

— *Moi aussi j'ai rompu récemment avec mon compagnon, et pour moi aussi c'est encore difficile d'en parler.*

— Je continue de regarder cette photo de vous. Je vous trouve lumineuse. Parlez-moi de New York. Est-ce que vous sortez lorsque vous voyagez ?

— Ça dépend où. Berlin-Madrid-Barcelone, oui. Ça change de Paris. Ici les gens sont déprimés, et il n'y a pas vraiment d'endroit où aller. Avez-vous rencontré beaucoup de femmes sur ce site ? Moi je suis nouvelle. Je ne sais pas trop comment il faut se comporter, ni quels sont les codes.

— J'ai rencontré plusieurs femmes oui.

— Sans avoir d'aventures ?

— Des aventures virtuelles. C'est un vrai laboratoire humain. Il y a beaucoup de femmes un peu perturbées, d'autres qui doivent se sentir seules et qui cherchent juste une présence, ou des femmes un peu perdues qui veulent se confier. Je suis psy, c'est une seconde nature... J'écoute et je donne des conseils. C'est comme une consultation gratuite.

— Vous n'en avez pas marre, à la fin, d'écouter les gens ?

— Je pense que je dois aimer ça. Ce qui me chagrine, c'est que je n'ai sans doute pas su écouter ma compagne. Je n'ai pas vu qu'elle dérivait, lentement, vers d'autres horizons. Je n'ai pas compris sa détresse. J'ai pris notre relation comme un dû. À force d'écouter trop de monde, je ne l'ai pas entendue.

— Allez-vous me confier la vraie raison de votre rupture ? Vous disiez que si elle le savait, elle ne vous le pardonnerait jamais. Qu'y avait-il dans ce SMS ?

— Vous avez une excellente écoute, si je puis dire, Silvia.

— Pas vraiment. Il me suffit de relire vos messages.

— Et vous ? Avez-vous fait des rencontres intéressantes pendant vos voyages ?

— Hier j'ai volé avec un pilote très lourd qui n'a pas arrêté de me draguer.

— Vous devez bien savoir les éconduire, non ? Vous volez ensemble pour le retour ?

— Oui, on ne sépare pas les équipages.

— Vous semblez à la fois le craindre et être attirée par lui ?

— Vous me trouvez ambivalente ?

— Je ne parviens pas encore à savoir… J'ai comme une impression de double. De différence entre la persona et le masque.

— Dites-moi, docteur Jung, j'aimerais savoir une chose.

— Oui ?

— Qu'attendez-vous de ce site, à la fin ? Est-ce que vous cherchez l'amour, une oreille attentive dans votre propre solitude, ou une aventure d'un soir ?

Elle attendit la réponse avec appréhension. Son cœur se mit à battre la chamade, sans qu'elle pût le retenir. Est-ce que Gabriel la trompait en lui disant qu'il l'aimait ? Est-ce qu'il était un agent double, ou triple ? Quel jeu jouait-il avec elle ? Et s'il lui disait qu'il attendait l'amour ? Qu'il était prêt à l'oublier, et à tout recommencer avec une autre ?

— Je vous l'ai dit, c'est de la curiosité, et aussi un peu de désespoir. De solitude, je suppose. Je rentre seul le soir chez moi, après le travail... Alors, pourquoi pas l'aventure d'un soir, ou l'amour. Parfois l'amour ne dure qu'un soir.

— Vous pensez que l'amour dure trois ans ?

— Dans ma consultation, je vois tellement de couples qui se séparent, ou qui restent ensemble et qui souffrent, que ça me rend pessimiste.

— Vous ne croyez donc pas en l'amour fou ?

— Vous êtes très romantique, Silvia. Peut-être même un peu théâtrale. Ce n'est pas étonnant, avec un pseudo pareil. J'aurais dû m'y attendre...

— Et vous, un séducteur, j'aurais dû m'y préparer.

— Ne croyez pas cela. Mais je pense que l'amour se vit avant tout, même si j'aime les beaux discours et je prends beaucoup de plaisir à nos conversations. Allons-nous finir par nous croiser ?

Elle faillit répondre : « Non, mon petit lapin. » Elle leva les yeux vers les arbres, et, au loin, le Sénat. Les jeunes gens, autour du bassin, qui discutaient. Étudiante, elle ne portait pas le même regard sur le parc. Pour elle, il était fonctionnel. Elle n'était pas sensible à sa beauté. Elle le vivait, il était son quotidien. Depuis qu'elle avait emménagé dans le quartier, il était devenu son refuge, un havre de paix. Elle se déconnecta, se leva, traversa le jardin à l'anglaise, puis se dirigea vers le Sénat, où se trouvait le jardin à la française, avec son bassin d'eau, ses allées d'arbres, son tracé géométrique précis. Une métaphore des deux amours qui s'offraient à elle : l'amour-passion, romantique, l'amour des débuts, et l'amour bourgeois, normé, encadré par les liens du mariage et de l'enfantement. Deux options qu'elle avait refusées. Que lui restait-il ? Gabriel était toujours là, à protester. Sandor cherchait maintenant à la rencontrer. Le même homme qui la poursuivait deux fois, sans savoir qu'elle était une. Elle s'avança vers la petite buvette où elle avait l'habitude de boire un jus d'orange, le matin, après sa course.

Son libraire, Emmanuel, y était attablé, qui prenait un café avant d'aller ouvrir sa boutique. Elle le salua, et lorsqu'il lui fit signe gentiment de prendre place en face de lui, elle ne refusa pas. Elle lui raconta son voyage à Tokyo, il l'écouta attentivement, lui posa des questions sur la ville, sur ses sentiments, ses meilleurs souvenirs et ce qu'elle aimait dans ces voyages. Probablement cette sensation de dépaysement qu'elle ressentait plus que partout ailleurs.

— Et puis, dit-elle, car elle avait envie de se confier, il m'est arrivé quelque chose, quelque chose de singulier.

— Je vous écoute ?

— Je crois que je suis fascinée par un homme, comme je ne l'ai jamais été de ma vie.

— Vous croyez, ou vous en êtes sûre ?

— Je ne suis plus sûre de rien, Emmanuel. C'est bien ça, le problème.

— Qui est l'heureux élu ?

— Un homme sincère, sensible, à l'écoute, qui a une belle âme, une intelligence hors du commun. Une finesse et une élégance extrêmes.

— Dites-m'en davantage ?

— Un homme très cultivé. Il connaît tout, avec une précision incroyable. Il a une façon de réfléchir qui m'épate. Il est à la fois complexe, et clair. Il me subjugue par son intelligence, et sa clairvoyance. Il envisage tout d'une façon dialectique. C'est un philosophe.

— Ah, un philosophe. Vous voulez dire, un professeur ? Ou un philosophe, quelqu'un qui philosophe.

— Les deux, en fait. Pourquoi ?

— Il y a des philosophes qui n'enseignent pas. Et il y a des professeurs de philosophie qui ne sont pas philosophes. Vous voyez ce que je veux dire ?

— À peu près...

— Bref... Qui est l'heureux élu de votre cœur ?

— Vous ne voyez pas à qui je pense ?

— Je devrais ?

— Mais oui, vous le connaissez ! Vous le connaissez même très bien !

— Vraiment ?

— Voyons, il est très proche de vous. Vous ne voyez toujours pas ?

Juliette le vit pâlir.

— Vous êtes tout bizarre !

— Non... Je ne vois pas...

— Vraiment ? C'est vous qui m'avez mise sur son chemin...

— Moi ?

— Vous !

— Dites-m'en un peu plus ? Comment est-il ?

— Il est particulièrement intelligent...

— Oui, j'avais compris.

— Et aussi, il est vraiment très très... beau !

— Ah, il est beau, dit Emmanuel.

— Il est beau, oui, mais d'une beauté spirituelle, intellectuelle et morale... D'ailleurs c'est pour ça qu'il exerce une telle fascination sur moi.

— Par son intelligence, donc ?

— Non, par son physique. Il est brun, avec des yeux sombres, un sourire qui me fait craquer. Et quelque chose en plus, que les autres n'ont pas.

— Alors vous l'aimez pour son apparence ou son intelligence ?

— Comment dissocier le corps et l'esprit ? Ce serait absurde.

— Ça s'est passé là-bas, à Tokyo ?

— Oui là-bas.

— Il est japonais, je présume.

— Mais non !

— Expatrié ?

— Non plus. Il habite quelque part en France. Enfin je crois, je ne sais pas. Il pourrait habiter à l'étranger, aussi. Mais d'après le fuseau horaire, il me semble que c'est plutôt la France. Nous conversons par Skype.

— Ah je vois... un site de rencontres ?

— Non, pas du tout. C'est le site de philo, celui que vous m'aviez conseillé !

— Ah bien sûr ! Bien sûr. Comment n'y ai-je pas pensé avant ?

— Ce sont des amis à vous qui le font, m'aviez-vous dit ? Connaissez-vous Jean-Luc Constant ?

— Oui, je le connais. Garçon sympathique, en effet.

— Dites-m'en plus sur lui ! Il est marié ? Divorcé ? Il a des enfants ?

— Non, pas que je sache.

— Il est croyant ?

— Croyant ? Je n'en ai pas la moindre idée.

— Il n'est pas moine, au moins ? Ou ecclésiastique. Avec un nom pareil.

— Non, pas le moins du monde.

— Vous êtes sûr qu'il n'est avec personne ?

— À chaque fois que je le vois, il est seul. Seul comme un chien. Personne ne veut être avec lui.

— Pourquoi ?

— Pourquoi ? Parce qu'il n'est pas sympathique, voilà tout.

— Vous disiez qu'il était sympathique.

— Il l'est en un sens. Et il ne l'est pas. Mais alors, pas du tout. Certains même le trouvent franchement imbuvable.

— Vous le connaissez depuis longtemps ?

— Il vient de temps en temps à la librairie. Je ne sais pas ce qu'il y fait, car il n'a jamais acheté aucun livre. Mais c'est ainsi que nous avons commencé à parler, lui et moi. Un jour il m'a déposé sa carte et je n'ai fait que vous la remettre, lorsque vous m'avez fait part de votre désarroi.

— Vous êtes notre messager, notre Amphitryon.

— Vous ne croyez pas si bien dire.

— Écoutez-moi bien. Je dois absolument le voir. Pouvez-vous s'il vous plaît organiser une rencontre ? Je n'ai jamais ressenti une telle fascination intellectuelle pour quelqu'un. Je suis comme hypnotisée.

— Tout ça à travers Skype ?

— Nous menons une véritable conversation. Nous discutons de beaucoup de choses. Nous sommes même devenus amis, je crois.

— Juliette, vous êtes en plein bovarysme !

— Qu'entendez-vous par là ?

— Cette tendance à l'ennui qui fait que l'on va s'amouracher du premier venu, ce sentiment que la vraie vie est ailleurs, cette fuite dans l'imaginaire dès que l'occasion se présente ! L'idéalisation à partir d'un petit élément du réel ! Cet état d'insatisfaction permanente qui invite à projeter n'importe quoi, sur n'importe qui, n'importe quand ! Cette façon de construire une vision du monde à partir des romans et des livres que l'on a lus ! Ce romantisme qui confine à la naïveté ! Cette vision livresque de l'existence ! Ou devrais-je dire, skypesque ?

— Vous vous trompez ! Je ne suis pas l'Emma Bovary du Net. Je suis en train de suivre une cure de désintoxication de l'amour. Je suis juste fascinée. C'est différent.

— Ne préférez-vous pas les jeux concrets de l'amour vrai ?

— Je vous dis qu'il n'est pas question d'amour. Mais je voudrais le rencontrer, oui. Promettez-moi, je vous en supplie, de m'aider.

— Puisque vous me le demandez, je le ferai, Juliette, ou du moins j'essayerai, murmura Emmanuel.

Juliette jeta un coup d'œil sur sa montre et s'aperçut qu'elle avait trop parlé, il lui fallait partir au plus vite pour le bureau. Elle le salua, mit son sac en bandoulière, se précipita dans la rue, enfourcha un Vélib', et pédala à toute vitesse pour ne pas être en retard, ce que son chef ne manquerait pas de lui faire remarquer, même si elle était supposée être en free-lance et aménager son temps comme elle l'entendait.

La journée se déroula à un rythme prenant, de réunions en comptes rendus de réunions, et de réunions sur les comptes rendus des réunions. Son patron n'avait pas son pareil pour organiser des meetings qui n'avaient d'autre objet que de le mettre en valeur et de contrôler le pouvoir qu'il avait sur son équipe, qu'il déstabilisait en public par des remarques assassines ou en dressant les employés les uns contre les autres.

Avec lui, on ne savait jamais à quoi s'attendre. Parfois il était excessivement joyeux, chaleureux et sympathique, et, d'autres fois, désagréable et colérique, il se déchaînait contre une victime choisie au hasard, à coups d'insultes et de vociférations qui résonnaient dans tout l'open space.

Ce jour-là, néanmoins, Bruno Campani était de bonne humeur et Juliette en profita pour lui rappeler qu'elle avait demandé un changement de son statut, mais il lui répondit, comme à son habitude, qu'il considérerait sa requête à la prochaine étape. Son chef lui expliqua qu'en se montrant loyale et en faisant les bons choix stratégiques pour la marque, elle finirait par obtenir ce qu'elle voulait. Il la maintenait sous pression, avec toujours plus de travail, sans prendre vraiment en compte ses revendications. En lui posant la main sur l'épaule dans un geste paternaliste, il lui assigna une nouvelle « mission ».

— Lorsque vous m'avez embauchée voilà bientôt quatre ans, vous m'aviez dit que vous alliez me payer en honoraires les deux premiers mois pour voir si l'on s'entendait et qu'on trouverait un accord ensuite. Depuis, rien n'a changé, insista Juliette.

— C'est que je vous confie des tâches ponctuelles.

— Mais je fais des heures de bureau comme tout le reste de l'équipe, et je suis votre subordonnée. Les notes d'honoraires tous les mois représentent un salaire. Sauf qu'il n'y a pas de treizième mois, ni de sécurité de l'emploi. En revanche, lorsque j'ai pris deux jours pour déménager, l'été dernier, vous me les avez retirés de mes honoraires, comme vous le faites pour les salaires. Tout ça n'a pas de sens.

— Dites-moi ma petite Juliette, vous n'allez pas me la jouer syndicaliste ?

Pourquoi pas ? se demanda Juliette. Elle songea que cette façon de la rétribuer s'appelait du salariat déguisé, et permettait à son chef de ne pas payer de charges sociales. Aux prud'hommes, il pourrait être condamné lourdement, en plus de l'arriéré des charges de l'URSSAF qu'il devrait rembourser.

Bruno Campani la regarda de haut en bas, comme s'il devinait ses pensées, avec un rictus, et l'expression d'un profond mépris.

— Je vous paye suffisamment cher, n'est-ce pas ?

— Pas si cher, dit Juliette, pour ce que je vous apporte. Considérez le succès mondial de la campagne « Vous êtes prédestinés ». Et tous les produits que nous avons créés avec cette idée ! Nous sommes en train d'étendre notre marché aux hommes, c'est-à-dire à la moitié de la population qui ne regardait même pas ce que nous vendions ! Grâce à ce concept, nous parvenons à leur vendre des crèmes, des savons, des parfums, et toute la gamme des produits capillaires.

— Bienvenue dans le monde du capitalisme sauvage, Juliette. Si vous préférez avoir la sécurité de l'emploi, allez donc voir du côté du public ! Vous m'en direz autant, pour les salaires ! Sérieusement, avec toutes les charges que nous devons payer, c'est encore trop tôt pour vous. Nous verrons ça plus tard, je vous le promets.

Dépitée, elle ne traîna pas au bureau le soir. Elle décommanda un rendez-vous, et se dépêcha de rentrer. Elle concocta rapidement son repas grâce à sa livraison végétarienne du site QuiToque, un curieux gratin de polenta aux champignons et aux poireaux, qu'elle avala en appelant ses parents par Skype. Elle leur donna des nouvelles de son mari, dont par bonheur elle avait retenu le nom, Alexis.

— Quel charmant garçon ! s'extasia sa mère. Nous l'avons croisé par hasard au jardin la semaine dernière. C'est lui qui nous a reconnus. Il est tout de suite venu vers nous, nous avons pris un café ensemble. Tout à fait agréable, ce garçon. En fait d'import-export, il est PDG d'une grosse boîte de cosmétiques. Il ne pourrait pas te trouver du travail au lieu de te laisser croupir dans ce poste qui ne mène à rien ? Bien sûr, tu n'oses pas lui demander, ça se comprend. Tu veux garder ton indépendance. Il nous a annoncé la date de votre mariage ! C'est formidable, choupette ! Tu aurais pu nous le dire, quand même. Il a fallu que ce soit lui qui nous l'apprenne.

— La date de mon mariage ?

— Petite cachottière ! Il a demandé ta main à ton père d'une façon très formelle. Vraiment, très classe ce jeune homme. Je suis sûre qu'il aura une excellente influence sur toi... Ce qui est étrange, c'est qu'il ait perdu ton numéro de téléphone. Nous le lui avons donné, bien sûr. Voilà ma chérie, tu vois, tant que tu as trouvé ton bonheur, nous sommes heureux !

Juliette n'osa pas montrer sa stupéfaction devant sa mère, et se dit que le jeune homme avait dû comprendre qu'elle lui avait donné un faux numéro. À quel jeu jouait-il ? Elle caressa un instant l'idée de l'appeler pour lui demander de cesser de l'importuner, mais elle se rendit compte qu'elle-même n'avait pas son numéro. Elle prit un bain, s'apprêta, s'habilla, refit son maquillage, vérifia dans le miroir que tout était à sa place, comme si elle se rendait à un dîner. Elle déposa une touche d'anti-cernes sous ses yeux. En proie à une grande tension, elle avait peur que le professeur Constant ne fût pas là, ou qu'il y eût quelqu'un d'autre à sa place. Elle s'imagina le pire, qu'il avait eu un accident, peut-être, et qu'il n'allait pas pouvoir répondre. Tout son être était tellement tendu vers cet événement qu'elle ne parvenait pas à appréhender le bonheur que ce serait de le vivre, tant il lui paraissait grand et incommensurable.

Mais non, c'était lui, avec son sourire, son noble visage, sa barbe de trois jours qui lui donnaient l'air un peu rebelle, ses yeux sombres qui la détaillaient. Il passa une main dans ses cheveux, la regarda tel un félin face à sa proie, lui décocha un sourire, puis il prit la parole :

— Bonsoir, Juliette.
— Bonsoir, Jean-Luc.
— Vous êtes de retour à Paris ?
— Oui.
— Bien.
— Vous êtes prête à vivre l'expérience la plus intense de votre vie ?
— Je suis toute prête à entendre votre leçon sur la passion. À vrai dire, je l'attendais même avec passion !

— Parfait. La passion, disions-nous. La passion est un état de conscience modifié, une perte de contact avec la réalité, une transformation du réel. Sachez, Juliette, que la passion est une drogue dure et sachez vous en prémunir. C'est comme une maladie qui touche toutes les zones du cerveau, et également le système cognitif de l'individu, qui s'en trouve modifié, car la passion transforme les aires liées à la motivation et à la récompense, ainsi que celles qui servent à la cognition sociale, c'est-à-dire que la passion rend l'individu inapte à la socialisation. De plus, elle inhibe les aires du cerveau liées à la peur ou à l'agressivité et en cela elle rend l'individu certes inoffensif, mais également sans défense. En revanche, les zones liées à l'attention et notamment de l'attention à soi, sont très sollicitées, c'est pourquoi la passion rend égoïste, voire égotiste. Enfin la dernière fonction mise en mouvement par la passion est celle du gyrus angulaire, qui nous permet de faire des mathématiques complexes et de la sémantique.

— Je ne vois pas le rapport.

— Moi non plus, mais c'est pour le signaler. En outre, sachez que la passion résulte d'un phénomène biologique aujourd'hui bien connu, qu'a établi notre programme génétique. Il est lié à la reproduction de l'espèce. Depuis toujours, l'enfant a besoin de ses deux parents, car pendant que l'un s'occupe de lui, l'autre doit chercher à manger et assurer sa protection. Comme le montre la biologiste Lucie Vincent, pour pouvoir faire en sorte que ces deux êtres humains restent ensemble, la nature a utilisé un habile subterfuge : l'amour. L'alchimie amoureuse permet de créer les conditions de la survie de l'espèce. Dans ce cadre, il faut souligner le rôle capital de l'odeur qui transmet des informations génétiques essentielles sur le système immunitaire du partenaire. Si celui-ci est apte à défendre les enfants contre les agressions, il pourra grandir en bonne santé grâce à une diversification de son système de défense. Voilà la raison pour laquelle la passion, Juliette, c'est avant tout une question d'odeur, et ce n'est rien de plus que cela.

— C'est vrai que l'odeur est importante, mais...

— C'est aussi la raison pour laquelle les hommes sont séduits par les femmes jeunes, car elles peuvent porter des enfants, et les femmes cherchent un mâle puissant, capable de les protéger et assurer leur survie matérielle. La passion amoureuse dure trois ans, à cause de l'accoutumance des zones du cerveau à la modification hormonale engendrée par la rencontre. Pourquoi trois ans ?

— Je ne sais pas !

— À partir de trois ans, l'enfant devient autonome, il est capable de marcher et de manger tout seul, de ce fait, il n'a plus besoin que d'un seul parent pour s'occuper de lui. C'est pourquoi le corps produit une hormone fondamentale, sans laquelle rien de tout cela ne serait possible : il s'agit de l'ocytocine, l'hormone de l'attachement, celle que l'on secrète en faisant l'amour ou en allaitant. Cette hormone induit un sentiment de bonheur et favorise un bon système immunitaire. Elle crée du bien-être. Autrement dit, pas de passion sans ocytocine. Mais également, pas d'ocytocine sans passion. Vous me suivez ?

— Pourquoi me dites-vous toutes ces horreurs, professeur Constant ?

— Pour vous prévenir, pour éloigner de vous ce danger, qui, dans l'état de fragilité psychique et émotionnelle où vous êtes, pourrait bien vous surprendre et vous emporter. Car la passion, en plus d'être dépendante des hormones, détruit tout sur son passage. Observez Phèdre, tout entière à son amour enchaînée, qui a perdu la raison et même jusqu'à la pudeur. Qui va se jeter à la tête de son propre beau-fils ! Voulez-vous un discours amoureux qui soit vrai ? le voici : *Ah ! cruel, tu m'as trop entendue ! je t'en ai assez dit pour te tirer d'erreur. Eh bien ! connais donc Phèdre et toute sa fureur.* Toute sa vie tourne autour de cet aveu, qui signe sa folie, ou sa monstruosité, plus que son sentiment. Car la passion mène au ridicule. Considérez Tristan et Iseult et leur philtre d'amour qui les lie à tout jamais l'un à l'autre quand bien même il n'a plus d'effet, et les conduira dans le désespoir de n'être ni bien ensemble ni bien séparés, sauf quand la mort les rassemble. Anna Karénine qui va jusqu'à abandonner son propre enfant pour suivre Vronski, et finit par sombrer dans la dépression la plus noire lorsque, enfin, ils décident de vivre ensemble. Tous morts, détruits, ravagés par la passion.

Morts et enterrés. Ou d'ailleurs même pas enterrés car ils se sont suicidés.

— Ils ne sont pas enterrés car ils ne sont pas morts ! Ils sont éternels ! La passion les a rendus sublimes, à tout jamais. Allez-vous jeter toute la littérature, professeur ? Sans la passion que reste-t-il ?

— Ariane et Solal dans leur villa de Nice ! La passion ne mène pas à la mort, mais à la banalisation du quotidien qui devient soudain insupportable, et tous ces héros ne meurent pas d'amour comme on pourrait le croire, mais de ne plus aimer. Ou plus exactement, de comprendre qu'ils n'ont jamais réellement aimé, puisqu'ils sont incapables de vivre ensemble. C'est cela qui les tue. Car la passion n'est qu'un leurre.

— Ce sont là des personnages de roman !

— Voulez-vous une expérience de vie ? Vous rencontrez un homme. Vous tombez amoureuse. Vous pensez à lui le soir en vous endormant et le matin, en vous réveillant. Vous rêvez de lui toute la journée, en vous lavant, en mangeant, en travaillant, en marchant. Vous faites des choses que vous n'avez jamais faites. Vous prenez des avions, des trains et des bateaux pour le rejoindre. Vous vous surprenez vous-même. Vous inventez des stratagèmes pour le voir. Vous surmontez tous les obstacles, plus rien n'est impossible. Tout vous semble dérisoire, vos parents, vos amis, vos collègues. Vous n'avez plus goût à rien d'autre que lui. Soudain, vous n'êtes plus vous-même, vous êtes devenue lui. Il vous suffit, il vous remplit, il vous assouvit. Vous avez besoin de le voir, de l'entendre, de le sentir, de le toucher. Vous lui dites que vous ne supportez plus d'être loin de lui, et alors...

— Alors ?

— Alors il vous veut et vous vivez ensemble. Ce que vous pensiez être le bonheur absolu sombre aussitôt dans l'atroce banalité du quotidien. Bien sûr, au bout d'un moment, il finit par vous tromper, et vous finissez par l'apprendre. Vous êtes déçue, vous êtes malheureuse, vous êtes détruite. Votre vie n'a plus de sens. Vous vous rendez compte que votre quotidien, enchanté et illuminé par l'amour que vous croyiez réciproque, est minable. Vous ne le supportez pas ; vous ne vous supportez pas. Vous tombez dans une profonde dépression et peu à peu vous sombrez dans...

— Dans quoi, professeur ?

— Dans l'alcool.

— L'alcool !

— Non, pas l'alcool. Je voulais dire, dans le cynisme, la perte de foi en tout ce que vous croyiez, et cela simplement parce que vous vous êtes bercée d'illusions et que vous avez été la victime de chimères. Une fois de plus, cette désillusion vous mène au désespoir.

— Cela vous est-il arrivé, professeur ? interrompit Juliette. Vous en parlez comme si vous le connaissiez. Cette femme, peut-être ?

Le professeur Constant eut un moment d'hésitation. Il semblait plus agité que d'habitude, son débit était saccadé, son regard dirigé vers le bas, comme s'il lisait des notes. Soudain, il leva les yeux et la regarda.

— Oui j'ai connu ce sentiment d'exister pleinement, ce bonheur total, cette renaissance à la vie. L'existence, dans cette optique, consiste en deux choses : vivre ces moments de bonheur et attendre les prochains. La vie devient une immense salle d'attente. Vous êtes droguée. Vous ne pouvez plus vous passer de lui.

— Je crois que je sais ce dont vous parlez…

— Vous êtes suspendue à un fil. Votre quotidien s'organise désormais autour d'une chose, dont vous ne pouvez plus vous séparer : votre portable. Qui devient l'objet transitionnel entre vous et lui. On vous enlève votre portable et vous êtes capable de commettre un meurtre. N'est-ce pas ridicule ?

— Si, un peu…

— Pour mieux comprendre l'impasse du sentiment amoureux, faisons appel à Jean-Paul Sartre. Dans *L'Être et le Néant*, Sartre analyse la relation humaine à partir de la thématique du regard qui confisque et qui fige. Par exemple, celui qui surprend quelqu'un qui regarde par un trou de serrure le fixe dans son attitude de voyeur et lui fait ressentir de la honte. Cette honte naît du sentiment de chosification par le regard de l'autre, de la transformation du *pour-soi,* c'est-à-dire de l'être de liberté qu'est l'homme, en un *en-soi*, c'est-à-dire en chose : l'être qui n'est que ce qu'il est. De la même manière, le regard amoureux fait de moi un objet. L'objet de son désir. Ainsi dans l'analyse sartrienne, la caresse me forme, m'informe, me modèle selon la volonté de l'autre, qui m'objective et me rend chair pour que je lui appartienne. La caresse est un langage, comme le dit Sartre : *Le désir s'exprime par la caresse comme la pensée par le langage*. Et ce langage vise à s'approprier le corps de l'autre. Ainsi en étant caressée, vous échappez à votre transcendance. Caresser, c'est donc transcender la transcendance de l'autre. Mais en le caressant, moi aussi je me fais chair et me pose dès lors, comme objet. Je m'incarne pour pouvoir faire de l'objet un objet. Deux êtres qui font l'amour : deux libertés devenues des *en-soi*.

— Donc l'amour est un conflit entre deux sujets-objets ? Un véritable rapport de forces ? La dialectique du maître et de l'esclave, comme vous le disiez ?

— L'amour, comme relation à autrui, est un vol. Ou pour être plus précis, un viol. Autrui me vole mon être. Par l'amour, je m'empare de la liberté de l'autre, et j'accapare non pas seulement son corps, mais sa conscience. L'amour est une tyrannie. Et vous avez là aussi la source profonde du désespoir amoureux. Car l'amant ne désire pas posséder une chose, sinon une liberté. Dès qu'il sent qu'il a soumis l'objet de son désir, il ne s'y intéresse plus. Ainsi donc, comme le dit Sartre : *L'amour rate toujours sa cible*. Ou encore : *L'amour, comme mode fondamental de l'être pour autrui, a dans son projet la racine même de sa destruction.*

— Ah professeur, faut-il renoncer à aimer ? Hier vous sembliez dire le contraire ! Vous disiez que l'amour est tout ! Qu'il donne de la couleur au ciel lorsqu'il est gris ! Je ne comprends plus rien !

— C'est simple, Juliette. Je suis en train de gravir la montagne, de l'autre côté. Voulez-vous réellement comprendre quelque chose à la passion ?

— Oui.

— Ne me demandiez-vous pas de vous guérir de l'amour ?

— Oui, c'est la raison pour laquelle j'ai commencé cette thérapie.

— Alors, laissez-moi vous guider ! Faites-moi confiance. Il faudra à présent en passer par la psychanalyse. Sigmund Freud évoque l'amour en ces termes : il parle d'énamoration, ce que Jacques Lacan traduira en tant qu'hainamoration. L'amour est très proche de la haine. L'amour dans la psychanalyse se définit à partir du transfert. Comprenez bien ce qu'est le transfert, et vous verrez à quoi nous en sommes réduits avec ce que l'on appelle l'amour : lors de la cure analytique, le patient tombe amoureux de son analyste. Freud s'en est aperçu à partir de la thérapie d'une jeune femme hystérique, Anna O., par le docteur Breuer. Freud comprend que ce processus est en fait un canal obligé de la cure, et il va s'en servir pour en faire même le mouvement essentiel de l'analyse. C'est-à-dire qu'en psychanalyse, c'est précisément l'amour qui guérit. Cet amour-là, Freud l'appelle le transfert. C'est ce qui permet au patient, par la projection de ses sentiments sur l'analyste, de sortir de sa névrose.

— C'est en tombant amoureux que l'on peut sortir de son trouble névrotique ?

— En effet, mais ne vous y trompez pas : l'amour de transfert est bien réel, c'est un amour vrai. Ce qui est déstabilisant, c'est que le transfert est systématique, aux antipodes de ce que l'on dit de l'amour comme étant né du hasard d'une rencontre.

— Cela signifie que, dès lors que l'on se met à parler avec quelqu'un, en se livrant, en évoquant ses angoisses et qu'il vous écoute, sur une base hebdomadaire, régulière, on tombe forcément amoureux de lui ?

— Freud dit que le transfert est inévitable. Son mécanisme est le suivant : c'est un déplacement de l'affect d'une représentation refoulée sur un objet de substitution. Il s'agit donc d'une répétition d'un schéma infantile que l'on connaît bien. Freud appelle complexe d'Œdipe cette phase que traverse chaque enfant, et par laquelle le petit garçon tombe amoureux de sa mère, avant de s'apercevoir qu'il ne pourra pas l'épouser, et c'est la même chose pour la petite fille et son père. Freud était fasciné par le personnage d'Œdipe qui, contre sa volonté, soumis au destin, finit par tuer son père et épouser sa mère. Il fit de ce mythe la matrice du comportement amoureux. Ainsi donc, à l'âge adulte, nous ne faisons que rechercher le paradis – ou l'enfer – des amours enfantines, lorsque nous étions épris de notre père ou notre mère, et que nous voulions éliminer son conjoint pour être seuls avec lui. D'où la plupart des triangles amoureux. Un homme, une femme, un amant ou une maîtresse : cette structure reproduit le trio parents-enfant.

— Alors, comment différencier l'amour de transfert des autres amours ? Tout amour est-il transférentiel ?

— Oui, on peut dire cela. Cela n'invalide pas la puissance du sentiment. L'analysant n'en ressent pas moins des sentiments très vrais et forts envers son analyste, même s'ils sont établis et programmés. C'est à cause du transfert en partie que Freud se décide à faire évoluer la cure par l'hypnose en thérapie par la parole, lorsqu'il comprend que le transfert est un processus nécessaire, qui définit l'essence de la relation entre le malade et son médecin. Comme le dit Freud : *Rien ne nous permet de dénier à l'état amoureux, qui apparaît au cours de l'analyse, le caractère d'un amour « véritable »*. L'importance du transfert en analyse montre bien que c'est grâce au sentiment que porte le patient à son analyste qu'il va pouvoir travailler psychiquement et passer outre les résistances qui l'empêchent de progresser. Bien entendu l'analyste, lui, n'est pas dans la séduction, il pratique plutôt l'écoute flottante et la neutralité bienveillante – à moins qu'il ne vive lui-même un contre-transfert.

— Existe-t-il le même processus dans la philothérapie ?

— Ce n'est pas tout à fait pareil, puisque c'est moi qui vous parle. Et je ne pratique pas l'écoute flottante, mais au contraire l'entendement précis et minutieux de votre problème.

— Mais vous utilisez bien cette méthode de la maïeutique, qui ressemble un peu à la psychanalyse, en ce qu'elle pousse le patient jusque dans ses retranchements, et le met face à lui-même ?

— La maïeutique fait accoucher les esprits, elle ne rend par amoureux. Je vous l'ai dit, elle met à jour la vérité. Et cette vérité, quelle qu'elle soit, elle la fait entendre.

— Pourtant vous disiez qu'Alcibiade est amoureux de Platon… Alcibiade débarque ivre, en dernier, au fameux banquet, et, lorsqu'il doit prononcer son discours sur l'amour, il évoque sa relation passionnelle à Socrate, qui le fuit et dont il est maladivement jaloux.

— Alcibiade est amoureux de Socrate malgré sa laideur, parce qu'il est amoureux de son âme et de son intelligence.

— N'est-ce pas un transfert ?

— Ce serait plutôt une forme d'ivresse, comme vous l'avez noté. Alcibiade est amoureux de Socrate car il l'écoute. Et Socrate envoûte ses disciples, c'est un enchanteur. Ses discours procurent une forme de transe qui ressemble à celle de l'excitation sexuelle. Fasciné, on ne peut que s'y attacher et en redemander. Pourquoi ? Parce qu'il nous parle de l'Absolu et de ses différentes figures, le vrai, le bon, le beau. Et nous sommes amoureux de ce discours. Si belle que soit la beauté d'un corps ou d'un visage, elle ne restera pas telle qu'elle est, et tôt ou tard, elle déclinera. C'est pourquoi on ne peut en être éternellement épris. C'est la raison profonde pour laquelle vous vivez tant de déceptions amoureuses. Sans doute parce que vous vous attachez aux apparences et non à l'âme.

— Ne peut-on se satisfaire des plaisirs juste au moment où l'on en jouit, comme si chaque instant était l'éternité ?

— Tout plaisir meurt de sa jouissance, c'est là son paradoxe. C'est pourquoi après le plaisir vient la tristesse. La beauté de Socrate est incorruptible et c'est en cela qu'elle est captivante.

— Alors, si je tombais amoureuse de vous, ce ne serait pas un transfert, mais plutôt une ivresse ?

Il la regarda, l'air troublé. Comme s'il était à court d'arguments, ou rendu soudain timide par sa question.

— Ce serait quoi ?

À nouveau, il la considéra pendant un instant, puis :

— Ce serait de l'amour.

— Mais vous disiez que l'amour est dans son essence transférentiel.

Ils se regardèrent pendant un instant, un peu gênés, comme dépassés par leur parole, comme s'ils étaient en train de perdre pied.

— Cet amour, d'où vient-il ? demanda Juliette.

— Du fait de penser que l'autre vous connaît vraiment, qu'il porte votre vérité. Ainsi, en l'aimant, vous pourrez vous connaître et vous aimer à travers son regard. En aimant, on s'aime aimé. Aimer, disait Lacan, c'est donner ce qu'on n'a pas. C'est reconnaître son manque et le donner à l'autre, le placer dans l'autre. Ce n'est pas donner ce que l'on possède, des biens, des cadeaux, c'est donner quelque chose que l'on ne possède pas, qui va au-delà de soi-même. Pour cela, il faut assumer son manque, sa *castration*, comme disait Freud. Car le père est là pour empêcher l'enfant de désirer la mère, et de prendre sa place. Il est la loi qui le castre symboliquement. En cela, l'amour est féminin. C'est peut-être la raison pour laquelle Platon fait appel à une femme pour en parler.

— Si aimer rend femme, est-ce que cela signifie que les hommes ne savent pas aimer, professeur ?

— Aimer, c'est plus compliqué pour un homme. Il y a l'orgueil, l'agressivité, le refus de la dépendance, de la faille, de la blessure d'amour. Il est plus commode pour un homme de désirer des femmes qu'il n'aime pas, que de se laisser aller à aimer une femme qu'il désire. Selon les psychanalystes.

— Et selon vous ?

— Je pense que l'homme, comme la femme, est souvent en quête d'ailleurs. Le fameux objet a, dont parle Lacan.

— Qu'est-ce que l'objet a ?

— C'est le premier objet perdu qui provoque la course au désir à travers les objets de substitution.

Le professeur Constant se leva. Juliette vit alors sa silhouette, svelte, son corps musclé apparaissait sous sa chemise bordeaux, cintrée, glissée dans un jean noir. Il apporta un tableau magnétique blanc, disposé sur un chevalet.

Tout en parlant, il traça les sigles sur le tableau : S. I. R.

— C'est ce qui fait naître le désir dans le fantasme. À partir de la notion de jouissance, Lacan en arrive à la conclusion d'un dysfonctionnement entre les sexes. L'amour est un échec car il est tout simplement impossible d'être un quand on est deux, ce qui est l'utopie même de la passion amoureuse. Grâce à Lacan, nous pouvons sortir de cette illusion. En prolongeant Freud qui opposait imaginaire et réel, Lacan propose une nouvelle topique, qu'il schématise ainsi : S-I-R. Symbolique, Imaginaire, Réel.

Juliette nota les sigles sur son cahier, pendant qu'il parlait.

— L'imaginaire, c'est l'ordre des représentations que l'on se fait, de l'image du monde et de soi. Le symbolique, c'est ce qui est relatif au langage, et le réel, c'est ce qui est en dehors de l'imaginaire et du symbolique. Ce qui signifie que le réel, c'est l'impossible car nous n'avons accès au réel qu'à travers notre imaginaire, lui-même d'ailleurs dépendant du langage et du symbolique.

— Et l'amour, de quel ordre est-il ?

— Pour Lacan il y a une dimension comique de l'amour qui est aussi une *catastrophe psychologique, un phénomène imaginaire provoquant une véritable subduction du symbolique*, qui est du côté la pulsion de mort. C'est ainsi que Lacan va jusqu'à dire que l'amour est une forme de suicide. Pour Lacan, la passion amoureuse n'est autre que cette confusion, cette identification entre le regard de soi et le regard de l'autre. C'est pourquoi l'amour *rend fou*. Le sujet va jusqu'à nier son moi pour l'autre. C'est-à-dire que l'amour appauvrit le moi, tout autant qu'il tente de capturer l'autre dans soi-même. C'est la raison pour laquelle l'amour est un suicide, qui se situe du côté de la pulsion de mort.

— La castration, dont vous parliez ?

— On ne peut imaginer l'amour sans évoquer la thématique du phallus, objet imaginaire qui représente la toute-puissance, et la perfection. Or dans l'amour il s'agit d'être aimé, donc de renoncer à la perfection, c'est-à-dire au phallus. Le coup de foudre, ou encore dépendance mortelle, représente ce que l'amour peut entretenir comme relation avec la pulsion de mort. L'amour, *c'est son propre moi qu'on aime, son propre moi réalisé au niveau imaginaire*.

— Est-il possible de faire en sorte que l'amour sorte du narcissisme ?

— Ce serait une forme d'amour absolu, un amour mystique. Jacques Lebrun, dans son livre *Le Pur Amour de Platon à Lacan* dit qu'il est un amour inconditionnel dont l'ultime critère serait le refus de toute récompense, un amour qui trouverait sa jouissance dans la ruine de toute jouissance et entraînerait avec la perte de soi, la perte de l'amour et même celle de Dieu. Un amour extrême, limite, qui vient de la théologie puis a été rejeté par l'Église pour investir tout le champ de la littérature. Un amour qui, comme dans le discours de Diotime, nous permet d'accéder à la perfection, la connaissance ultime, et c'est ce qui fait que la vie vaut d'être vécue. C'est sans doute ce que vous recherchiez, Juliette, dans votre quête de l'amour absolu ?

— Et qui n'existe pas, professeur ?

— Un amour pur, délivré de tout narcissisme ? Non, cela n'existe pas.

— Mais comment concevoir un autre amour que celui-ci ?

— La querelle sur le pur amour au XVIIe siècle, sur laquelle porte l'ouvrage de Fénelon, *Explication des maximes des saints sur la vie intérieure,* tente de penser l'amour dans son essence, l'amour tel que vous en rêvez. On en revient à l'amour *Agapé,* défini par saint Paul, dans sa « Première Épître aux Corinthiens », celui qui ne cherche pas son intérêt. L'homme peut-il ressentir un amour entièrement désintéressé ? Celui-ci se prouverait dans l'exercice du sacrifice de soi, de son plaisir, de son bonheur. *Mon Dieu, si par impossible vous me vouliez condamner aux peines éternelles de l'enfer, sans perdre votre amour, je ne vous en aimerais pas moins,* dit Fénelon. Seul un amour qui se donne dans le désespoir peut être pur, car il n'attend aucun bénéfice. Le présupposé de la querelle de l'amour pur est que le mal réside dans le soi, ou l'intérêt pour soi, l'amour-propre, qui est selon Pascal, haïssable. Dans le pur amour, on s'adonne à Dieu pour ne plus vouloir que ce qu'il veut, sans intérêt pour son bonheur, sans espérance de salut. On n'aime pas pour soi, on aime l'autre pour l'autre, pour ce qu'il est. L'amour est un anéantissement du soi, un abandon total. D'une manière plus radicale encore, l'homme ne devrait rien aimer qui puisse lui apporter du bonheur, ce qui serait le signe que cet amour ne serait pas pur. Mais une volonté peut-elle se nier elle-même sans s'affirmer dans ce sacrifice absolu ? Cette idée mystique, Mme Guyon, auteur du XVIIe siècle, l'a décrite dans l'un de ses livres : *Tout m'est indifférent ; je ne puis plus rien vouloir, souvent je ne sais si je suis là ou pas*.

— L'amour ultime exigerait donc la négation de soi ?

— Oui, si nous parlons de l'amour absolu. Mais cet amour, nous l'avons montré, n'existe pas. L'amour, au sens où vous l'entendez, veut toujours plus. Comme le dit Lacan, l'amour demande l'amour. Il ne cesse pas de le demander. Ce que le discours analytique montre, c'est que parler d'amour est en soi une jouissance. D'où le lien indissociable que vous aviez noté en début de thérapie, entre l'amour et le discours sur l'amour. Si le phallus représente la toute-puissance sur le plan imaginaire, l'amour, lui, est inscrit dans la dimension du manque. Or l'être humain, pour aimer, doit renoncer à la pleine jouissance. C'est précisément ce que l'on appelle la castration. Il faut renoncer à la mère, tout comme il faut renoncer à connaître vraiment l'autre, à le dominer, à le circonscrire, dans un *entre-soi* qui serait le même, il faut renoncer à être un, la pleine jouissance est interdite. L'amour est bel et bien un renoncement, ou bien il n'existe pas.

— Pour aimer, il faut renoncer à aimer ?

— Le rapport entre les sexes est caractérisé par l'incomplétude. C'est là où la question de l'amour resurgit, amour que Lacan écrit : *amur*. Le mur du langage et du rapport sexuel, qui est un non-rapport : *Il n'y a pas de rapport sexuel,* dit Lacan.

— Là où le sexe ne peut pas faire un avec deux, l'amour ne le pourrait-il pas ?

— L'amour, c'est donner ce qu'on n'a pas à quelqu'un qui n'en veut pas... Aimer, c'est manquer et donner ce manque à l'autre. C'est donner quelque chose au-delà de soi, c'est se placer à ce niveau de transcendance. Ce qui n'est pas donné à tout le monde, si je peux me permettre ce jeu de mots.

— Donc, plus on aime, plus on manque ? L'amour est aussi fort que le manque ?

— Et plus on manque, plus on aime. Voyez comme la passion se nourrit d'obstacles. Plus l'obstacle est grand, plus la jouissance est forte. La passion porte l'état amoureux à une jouissance hors limite, hors temps, hors langage. L'importance psychique d'une pulsion croît avec sa frustration. L'idée de concilier les revendications de la pulsion sexuelle avec les exigences de la civilisation est impossible. La passion, pour en revenir à notre thème du départ, est une surestimation sexuelle qui fait penser à une compulsion névrotique, et qui se ramène ainsi à un appauvrissement du moi en libido au profit de l'objet. Pour Freud, la société domestique la vie amoureuse de la façon suivante : la satisfaction d'un besoin amoureux entraîne une baisse de la valeur de cet objet. Il faut un obstacle pour susciter la libido. C'est pourquoi les hommes ont inventé des lois et des normes pour pouvoir jouir de l'amour. Sans ces lois, l'amour serait sans valeur. *L'art naît de contraintes et meurt de liberté* ; on peut dire la même chose de l'amour. C'est la raison pour laquelle la libération de l'amour a tué l'amour. Le mariage d'amour tue l'amour. En fait, c'est l'amour qui tue l'amour.

Le professeur Constant considéra Juliette et ajouta, avec un étrange sourire :

— C'est sur cette note pessimiste que le cours s'achève aujourd'hui… Je vous avais prévenue que le chemin ne serait pas toujours plaisant ni apaisant. Mais si vous désirez toujours me suivre, Juliette, je vous promets d'autres surprises et d'autres rebondissements… Sur le désir, justement, qui sera le sujet de notre prochaine leçon.

— À bientôt, professeur.

Le visage du professeur Constant disparut de l'écran, Juliette eut envie de le toucher. Elle attendit encore, devant son ordinateur, perplexe. Ainsi il avait répondu à sa question. Il avait détruit une à une toutes ses idées sur la passion amoureuse. Maintenant qu'elle savait, elle le regrettait presque. Elle se demandait si elle n'aurait pas préféré garder ses illusions. Qu'était-elle venue chercher avec cette philothérapie ? Qui était donc Jean-Luc Constant ? Que voulait-il ? Était-ce lui ou la philosophie qui la laissait tellement décontenancée ? Elle était malmenée, tiraillée entre des sentiments contradictoires. Il lui ouvrait la conscience du monde, mais, en fait, cette conscience n'apportait aucune vérité, sinon d'autres questionnements et encore plus de désenchantements. Plus elle apprenait, plus elle avait soif de savoir et plus elle était décontenancée par son savoir.

Elle ouvrit Google, et commença à faire des recherches plus approfondies sur le Web, avec les mots « Jean-Luc Constant », « professeur », et « philosophie ». Or, elle trouva beaucoup de Jean-Luc Constant, beaucoup trop, des experts-comptables, des boulangers, des médecins de province, mais en croisant son nom, et les mots « philosophie », ou « agrégé », ou « professeur », elle ne voyait rien. Aucune occurrence, aucune photo, ni dans « copains d'avant », ni dans Facebook ni dans Linkedin, qui aurait permis de trouver sa trace. Et s'il s'agissait d'un pseudonyme ? Une référence à Oscar Wilde, peut-être ? Dans *L'Importance d'être Constant*, l'auteur évoquait un personnage qui s'inventait un ami, Constant, ou Ernest en anglais, pour lui permettre d'échapper à toutes sortes de tracas sociaux et sentimentaux. Elle eut envie d'appeler Emmanuel, afin qu'il lui répète qu'il l'avait vu, en vrai, mais il était trop tard, la librairie était fermée, et elle n'avait pas son numéro de téléphone personnel.

Si Jean-Luc Constant n'était pas lui, qui était-il ? Quel était son nom véritable ? Était-il réel ou virtuel ? Allait-il disparaître, soudainement de son écran, pour ne jamais réapparaître ? Cette idée la paniqua. Elle ne vivait plus que pour ces rencontres. Tout le reste lui paraissait dérisoire. Elle pensait à lui en se levant, en travaillant au bureau, en sortant, en se couchant. Elle se rendait à la librairie tous les jours pour acheter des livres de philosophie. Conseillée par Emmanuel, elle s'était constitué toute une petite bibliothèque sur l'amour, qu'elle avait élargie à l'histoire de la philosophie, Platon, Aristote, Kant, Descartes, Hegel, Husserl, Heidegger, ceux que Jean-Luc – ou un autre, si ce n'était pas son nom – appelait « les sept grands ». Elle voulait tout savoir, tout connaître, et surtout, elle désirait ardemment le rencontrer, mais comment faire ?

Était-elle comme ce personnage du film *Her*, amoureuse d'un logiciel ? Non puisque, derrière l'écran, la personne était bien réelle. Mais lui, l'était-il ? Ou n'était-il qu'une fiction, un personnage du Web, comme il s'en créait tant sur les sites de rencontre, où tout le monde pouvait s'inventer une identité, une personnalité et même un physique à la mesure de ses inspirations. Pourtant, leur relation n'était pas virtuelle. Ils étaient bien maître et élève. Ils conversaient ensemble. Ils discutaient de choses sérieuses, importantes. Et elle ne s'était jamais autant livrée qu'à travers ces discussions philosophiques où elle tentait de savoir qu'elle ne savait pas. Et en même temps, elle rêvait de lui. Elle le regardait. Il lui plaisait. Elle le désirait, elle fantasmait sur lui. Elle aurait souhaité qu'il l'approche, qu'il l'embrasse, qu'il l'enlace et la prenne dans ses bras, pour lui faire cette caresse dont il avait dit qu'elle chosifiait l'autre. Elle voulait être rendue objet par lui.

Elle n'avait jamais autant souhaité s'abandonner, corps et âme, et devenir chair pour être la chair de sa chair, sa chose, son néant.

Elle se rendit à la salle de bains, vérifia son image : la courbe de ses yeux soulignés d'un trait de khôl, son nez poudré, la couleur et la texture de ses lèvres, l'allure de ses cheveux. Peut-être les teindre en châtain ? Ou blond ? Avant les séances, elle passait de plus en plus de temps à se préparer. Elle voulait se montrer à l'écran sans appréhension pour pouvoir s'oublier.

Son cœur palpita lorsqu'elle décida d'ouvrir l'ordinateur pour se reconnecter à Skype : il fallait qu'elle puisse l'entendre, le voir lui était devenu nécessaire, elle avait besoin de savoir qui il aimait. Elle était jalouse de cette femme dont il lui avait parlé. Il était tard déjà, mais il lui répondit, son image s'afficha sur l'écran.

— Bonsoir, Juliette, dit-il. Vous avez oublié quelque chose ? vous avez une question, peut-être ?

Il semblait différent, plus détendu, plus libre. Il la regardait avec attention, comme s'il détaillait son visage, puis son corps, ce qui la gêna, en même temps que cela lui procurait des frissons.

— Non, pas une question. Plutôt une interrogation.

— C'est drôle, dit-il. Je pensais justement à vous.

— Je pensais que vous pensiez à elle.

— Qui ?

— Votre Dulcinée, celle dont vous m'avez parlé. La femme dont vous êtes amoureux.

— Celle dont je parlais, dit-il. Mais oui, c'est ça, je pensais à elle, comme tous les jours et toutes les heures, c'est devenu une obsession. Je suis asphyxié. Scotché. Bloqué, si vous voulez.

— Ce ne doit pas être simple de déconstruire l'amour alors que vous aimez ?

— C'est un peu comme monter la montagne, de l'autre côté.

— Et s'apercevoir, au bout du compte que l'amour et le non-amour sont les deux faces de la même montagne ?

— Et s'apercevoir, au bout du compte, que l'amour est au sommet.

— Vous ne deviez pas me décourager d'aimer ?

— En effet, c'était mon rôle. Mais mon cœur, lui, ne le permet pas.

— Que dites-vous ?

— Quoi ? Vous n'avez pas compris ?

— Non ?

— Cette femme à laquelle je pensais, que je désire, que j'écoute et à qui je parle depuis plusieurs semaines… C'est vous !

— Moi ?!

Quoi ? Elle était stupéfaite de l'entendre se déclarer ainsi, avec autant de spontanéité. Elle n'aurait jamais imaginé qu'il pût avoir des sentiments pour elle. Était-il en train de se moquer d'elle ?

— Vous aviez dit que vous la connaissiez depuis longtemps ?

— C'est parce que j'ai l'impression de vous connaître depuis toujours.

Pendant un moment, ils se regardèrent en silence.

— Je ne comprends pas ce que vous cherchez.

— Je vous aime, Juliette.

— Moi aussi, répondit-elle un peu trop vite. Mais comment en être sûrs, nous ne nous sommes jamais vus !

— Nous nous voyons, là ! Dès que je vous ai vue, j'ai su.

— Vous avez su quoi ?

— J'ai senti que je vous aimais.

— Quand pouvons-nous nous voir, Jean-Luc ?

Il regarda à droite puis à gauche, d'un air un peu paniqué, comme s'il perdait sa contenance.

— Je ne peux pas, vous savez bien, je n'ai pas le droit de rencontrer de clientes.

— Mais dès que nous aurons fini les cours, vous serez libre ?

— Je pense que oui.

— Alors finissons-les !

— J'ai encore des choses à vous dire, vous savez. Vous avez bien payé pour dix séances.

— Je crois que je sais l'essentiel, à présent. Nous avons commenté *Le Banquet*, exploré la philosophie sartrienne, la philosophie du langage amoureux, la dialectique hégélienne, la psychanalyse de Freud à Lacan. Tout ce qu'il faut pour savoir qu'on ne sait pas. C'est-à-dire, je sais que je ne sais rien de l'amour. N'est-ce pas, professeur ?

— Vous ne répondez pas ?

— Je ne veux plus savoir, je veux vous voir, Jean-Luc, me permettez-vous de vous appeler ainsi ?

— Oui.

— Mais vous, qui êtes-vous en réalité ?

— Qui suis-je ?

— Je ne parviens pas à trouver votre nom, sur le Net.

— Ah ça ! J'ai pris un pseudo, pour ne pas être importuné.

— Vous avez peur de vos élèves ?

— Non, mais je me protège.

— Me direz-vous votre nom ?

— Je ferai mieux que cela, Juliette. Je vous le donnerai.

Elle resta un instant à le regarder, interdite. Que voulait-il dire par là ? Il la regardait attentivement, d'une façon si immobile qu'elle crut que l'image s'était figée.

— Je dois vous laisser, à présent, dit-il.

— Dans trois jours, je pars pour New Delhi. Je vous contacterai de là-bas.

— À bientôt, Juliette.

— À bientôt, Jean-Luc. Ou qui que vous soyez.

Son image disparut de l'écran.

— Je suis tellement heureuse que nous nous soyons parlé, soupira-t-elle.

Elle mit son ordinateur en veille. Son cœur battait la chamade, elle était comme une adolescente. Il l'aimait, donc ! Il voulait lui donner son nom ! Quelle charmante ambiguïté sur l'expression ! Elle était prête, toute prête à dire oui. Elle embrassa son ordinateur avec une tendresse folle. Elle n'avait plus faim, plus envie de rien, elle était remplie, remplie de désir et de bonheur, elle était comblée. Elle bondit sur son lit, de joie et d'exultation. Elle avait l'impression de revivre. D'être elle-même, d'exister, et de mourir à elle-même au même moment, dans cet instant de félicité suprême où elle savait qu'elle aimait, et elle s'aimait en aimant, elle l'aimait de pouvoir s'aimer ainsi, de se réconcilier avec elle-même, d'être aussi exaltée et consciente et heureuse d'exister.

Leçon 6

La trahison amoureuse

Le lendemain, Juliette se sentit à la fois exaltée et triste, elle était entre le vide et le plein, comme suspendue dans les airs. Après lui avoir fait un portrait épouvantable de la passion, son professeur lui avait déclaré la sienne. Qu'est-ce que cela pouvait bien signifier ? Quelle était la portée de cette annonce, et quelle était sa cohérence ? Fallait-il toujours être cohérent ?

Elle prit son courrier, posé devant sa porte par la gardienne. Un petit colis était arrivé par DHL, qu'elle ouvrit, le cœur palpitant : c'était les paillettes de sperme de Brandon ! Soigneusement gardées dans une boîte de congélation. Elle les déposa vite dans son congélateur, entre les glaces et les haricots bio. Il ne restait plus qu'à trouver la mère et l'aventure pouvait commencer. Elle en profita pour se verser un verre de lait de soja, et avant de travailler à une présentation PowerPoint pour son séjour à New Delhi où elle participait à un séminaire sur l'image de la marque. Elle voulait absolument donner le meilleur d'elle-même afin de décrocher le poste qu'elle convoitait. Quatre points par fiches, dix fiches, dix images pour présenter son sujet. Une idée par diapositive. Un message fort. Quelques graphiques pour être professionnelle, des démonstrations réduites à trois phrases. Elle se repassa les images avec les textes, tout en prononçant son commentaire bien rodé, énoncé en slogans, sous forme de listes. Pas de phrases, des verbes à l'infinitif. Bref, concis, schématique. Son chef n'aurait rien à lui reprocher, et ainsi il ne pourrait pas lui refuser ce qu'elle demandait.

Mais au bureau, sur son Vélib', chez elle, devant le PowerPoint, où qu'elle aille, elle ne pouvait s'empêcher de penser au professeur Constant, à tout ce qu'ils s'étaient dit, à cet instant troublant et inouï où ils s'étaient avoué leur amour. Elle tentait de se résonner et de mettre de la distance, mais elle ne pouvait lutter contre le sentiment qui envahissait sa vie. Elle avait connu, auparavant, de grands enthousiasmes, et des mouvements de cœur profonds mais celui-ci, elle le sentait, était différent.

Elle était troublée. Sans cesse elle se posait la question : était-elle une amoureuse virtuelle ? Elle repensa au premier regard, elle trouva qu'il y avait eu quelque chose, et cette façon qu'il avait de la considérer parfois, qui ne cadrait pas du tout avec ce qu'il disait. Il était étrange, dans ses silences… La dernière fois, tellement différent. Mais non, elle n'aimait pas qu'une image. Elle avait été ravie, c'est-à-dire à la fois capturée et enchantée. Elle n'avait plus qu'un désir : c'était de le voir, en chair et en os. Mais quand ?

Elle enfourcha un Vélib', et pédala jusqu'à un magasin bio, non loin de chez elle. Elle eut plaisir à toucher les fruits, les légumes, à voir les pâtes à la spiruline, et les galettes de sarrasin, à se laisser guider au gré de ce qu'elle voyait et qu'elle choisissait autrement que sur proposition de Google, d'après ses achats antérieurs, de façon à être sûre de ne pas faire de découvertes inopinées. Arrivée chez elle, elle posa ses sacs de courses, et consulta machinalement son portable. Elle trouva plusieurs messages de Gabriel sur son portable, mais aussi de Sandor sur AdopteUnMec.

— *Comment vas-tu ? Tu me manques. Chaque jour, je repense à un épisode de notre vie. Aujourd'hui, c'était notre rencontre, te souviens-tu, cette poignée de main un peu trop longue ? Puis je t'ai interrogée sur les hommes de ta vie, tu étais surprise par mon audace. Tu étais alors assez désespérée. Tu sortais d'un chagrin d'amour.*

Ce texto était accompagné d'une photo d'elle, avec des lunettes de soleil, l'air heureux, avec lui, sur un bateau pendant des vacances en Corse.

— *Où êtes-vous, belle Silvia ?* demandait Sandor. *Dans quel lointain pays avez-vous fui ?*

— *À Los Angeles,* mentit-elle. Qu'allait-elle faire s'il lui redemandait un rendez-vous ?

— *Je ne parviens jamais à vous attraper quand vous êtes sur Paris. Peut-être me le direz-vous un jour, pour que l'on puisse se voir ?*

— D'accord, Sandor. Et vous ?

— Que désirez-vous savoir ?

— Votre métier. Qui soignez-vous ? Les enfants, les adultes ?

— Les deux. Plutôt les adultes. Mais je vois aussi des adolescents.

— Vous êtes à l'hôpital ?

— Je travaille à l'hôpital, et dans mon propre cabinet.

— Vous soignez quel genre de troubles ?

— Dépression, angoisses, et troubles psychiatriques plus graves…

— Vous avez des enfants ?

— J'aimerais beaucoup en avoir. Nous en avions parlé avec ma compagne, mais elle n'a pas voulu.

— Comment ça, elle n'a pas voulu ???

Juliette était stupéfaite de la mauvaise foi de son ex. Elle eut envie de répondre : « Mais si elle était prête. C'est toi qui ne l'étais pas, espèce de menteur ! »

— Je pense qu'elle n'était pas prête. C'est bizarre, vous avez mis trois points d'interrogation.

— Vous êtes sensible au langage…

— C'est normal, c'est mon métier. Chacun a ses tics, ses façons de s'exprimer, qui fait qu'on le reconnaît. Pour moi, une expression, un mot, est une signature plus qu'un visage. Et vous, parlez-moi de vous ? Avez-vous des enfants ? Sinon, avez-vous envie d'en avoir ?

— Oh oui. Je quitterais tout pour avoir un bébé.

— Vous avez l'âge, c'est vrai.

— Vous me trouvez vieille ?

— Ce n'est pas ce que je voulais dire.

— Ça ne vous fait pas peur d'avoir des enfants ? Parfois les hommes le redoutent.

— Plus maintenant. Pourquoi ça n'a pas marché avec votre ex ?

— Je crois que je suis trop absolue. Je ne supporte pas la trahison. Parfois, je suis envahie par une nostalgie terrible en pensant à lui.

— Que regrettez-vous ?

— La façon dont il prenait soin de tout, et me traitait avec élégance, classe et délicatesse. Tout ce à quoi il pensait. Les petits détails. Les fleurs, les bouteilles de champagne, les macarons. Avec le recul, je prends conscience de l'amour qu'il me donnait au quotidien, dans le respect et le souci de l'autre. De la violence de l'arrachement, de cet irrationnel absurde qui a déchiré la page que nous écrivions ensemble. J'étais profondément attachée à lui, nous avions si intimement mêlé nos vies... Je me rends compte que cette séparation m'effraie et m'insécurise. Je me sens responsable, et peut-être coupable. J'ai tant envie par moments de lui donner la tendresse et l'amour qu'il désire, et pourtant je ne peux pas.

— Pourquoi pas ?

— Je ne veux pas lui donner de faux espoir.

— J'espère que vous vous retrouverez. Peut-être faut-il parler, encore et encore. Il y a tant de choses, apparemment, que vous n'osez pas faire ni dire. Les non-dits sont maudits...

— J'ai tellement de sentiments pour lui, c'est fort, passionnel, tendre à la fois, et intense ce que je ressens, je veux m'assurer que tu vas bien.

— Vous avez fait un lapsus calami !

— Lequel ?

— Vous avez dit : « tu ».

— Oui, pardon. C'est en écrivant rapidement.

— J'ai aimé ce tutoiement.

— Voulez-vous ?

— Pourquoi pas ?

— Je n'ose.

— Il est troublant.

— Il vient un peu trop tôt.

— Exact.

— C'est ça qui est troublant.

— On continue, alors ?

— Le vous ou le tu ?

— Le rapprochement.

— D'accord.

— Concernant votre ex, Silvia, je pense qu'il est temps pour vous de panser vos blessures, de retrouver la sérénité et la légèreté, de se reposer, de laisser les sentiments faire leur chemin, et chacun de trouver les réponses à ses questions. Mais s'il n'y a plus d'espoir, dites-le-lui clairement.

— Je ne sais pas.

— Vous ne savez pas où est votre désir ?

— Avez-vous lu Loin de Chandigarh *?*

— Non ?

— Un roman de Tarun Nejpal, un Indien, sur la fin du désir dans le couple.

— C'était votre problème ?

— Comme tout le monde. Nous nous couchions chacun avec notre ordinateur sur le ventre.

Mais toujours dans la tendresse. Je ne sais pas pourquoi ce livre me vient à l'esprit, tout d'un coup.

— Alors quel était le problème ?

— Le problème, c'est que j'ai une idée trop haute de l'amour et au moindre grain de sable, je me dis que ce n'est pas ce que je croyais. Ce qui fait de moi un cœur d'artichaut. Quelqu'un qui passe d'un amour à un autre, en étant toujours déçu. Vous voyez ?

— Oui, je commence à comprendre. Vous me faites terriblement penser à mon ex.

— Cela vous fait souffrir, peut-être ?

— Non, cela me fait du bien. C'est comme si je parlais avec elle.

— Vous êtes redoutable, Sandor ! Je voulais vous faire parler de vous et c'est moi qui parle de moi.

— Déformation professionnelle, je vous l'avais dit.

— Et vous, quel était le problème ?

— Je pense qu'elle s'est lassée. Je n'ai pas répondu à ses attentes. Elle a pris le premier prétexte pour partir. Peut-être a-t-elle quelqu'un ?

— Le premier prétexte !! Ce fameux SMS sans doute ? De qui était-il ?

— C'est un atroce malentendu.

— Lequel ?

— Une femme est venue me voir à mon cabinet. Une sorte de folle, une patiente qui m'a sauté dessus. Un transfert un peu trop... réussi.

— C'est ce qu'ils disent, tous...

— Non je vous assure.

— Après, vous vous êtes laissé faire ?

Non, voyons ! je l'ai repoussée.

— Avant ou après avoir fait l'amour ?

— Avant, en fait. Je vous trouve un peu sarcastique à mon égard.

— Je vous demande pardon. Je me projette dans cette histoire. Moi aussi, j'ai été quittée, et ce n'est pas simple. J'imagine que votre compagne a dû trouver un SMS douteux sur votre téléphone.

— Oui, cette femme m'a harcelé. Elle m'appelait son « petit lapin ». C'était son père qui l'appelait ainsi, quand elle était petite. Il avait toute une série de petits mots mignons... pour cacher sans doute la maltraitance psychologique et physique qu'il exerçait sur son entourage, et en particulier sur ma patiente.

— Pourquoi ne pas l'avoir dit à votre compagne ?

— Comment savez-vous que je ne l'ai pas dit ?

— Je le suppose. Elle ne vous aurait pas quitté si vous lui aviez expliqué.

— J'ai essayé de la convaincre que ce n'était rien, mais elle ne me croyait pas. Je ne pouvais pas en dire davantage, à cause du secret professionnel.

— Elle la connaissait ?

— Oui.

Juliette s'arrêta, interdite. Qui cela pouvait bien être ? Une amie ? Une collègue ? Une voisine de palier ? Qui ???

— Qui était-ce ?

— Oh ce n'est pas très important.

— Dites-moi donc, cela m'intéresse.

— Pourquoi ?

— C'est une histoire singulière. Alors ?

— Je n'ai pas trop le droit d'en parler.

— Sans donner de nom...

— Il s'agissait de sa mère.

— Sa mère ??? Comment ça, sa mère ? La mère de qui ?

— Vous avez encore mis trois points d'interrogation. La mère de ma compagne est venue me voir en consultation.

— Et... vous l'avez reçue ?

— Elle n'allait pas bien. Elle avait des angoisses, des idées suicidaires. J'ai pensé que je pouvais l'aider. Mais je ne pouvais rien faire pour elle, elle a développé une forme d'hystérie qui m'a broyé. Je lui ai dit que je ne pouvais plus la recevoir, étant donné mes liens avec sa fille. Cela faisait de moi un menteur, et je ne le supportais plus. Elle s'est mise à me haïr. Elle voulait juste me détruire. Et je ne l'avais pas vu ! On ne peut jamais soigner ses proches, c'est bien connu. Bref. Je ne sais pas pourquoi je vous raconte tout ça. Ou si... À vrai dire, je ne parviens pas à m'en relever. Ne m'en voulez pas, Silvia, si je suis ainsi. Je cherche une solution pour ne pas sombrer. Depuis notre rupture, je suis entraîné dans un désespoir intense, qui ne fait que s'aggraver. Si ça continue, je vais être en burn-out comme les patients que je soigne.

— Je comprends que vous vous sentiez mal...

— Je suis dans un état fébrile, je ne dors plus, je ne mange plus. J'ai du mal à voir les gens en consultation me faire étalage de leurs problèmes

de couple alors que le mien est un désastre, par ma faute, sans doute. Je fais les courses seul et j'ai envie de me pendre. Je pense à mon silence et mon incapacité à dire les choses qui nous ont plongés dans la torpeur et la sidération… Vous êtes toujours là ? Je suis désolé de m'épancher ainsi devant vous.

— Je suis sans voix devant vos révélations.

— Je me sens bête d'être aussi nul, aussi lamentable. Je ne vous connais pas et je vous confie tout. Peut-être car je me sens en confiance avec vous. Et puis, c'esst plus facile, derrière un écran. Je suis content d'avoir réussi à écrire. Cette conversation m'a fait beaucoup de bien. Je vous remercie de m'avoir écouté. Ou plutôt lu.

— Je vous en prie. À bientôt, Sandor.

— À bientôt, Silvia. Contactez-moi à votre retour de voyage, si le cœur vous en dit.

Juliette referma son ordinateur, son corps battait la chamade. Une sueur froide glissait sur ses tempes. *Sa mère ?* Comment était-ce possible ? Comment sa mère s'était-elle jetée à la tête de son compagnon, et avait-elle mis fin à son couple, alors qu'elle prétendait se soucier de son mariage ? Comment osait-elle lui dire qu'elle regrettait Gabriel et qu'elle n'aurait pas dû rompre avec lui ? Ou peut-être… n'était-ce pas possible ? Son ex avait-il inventé toute cette histoire pour émouvoir Silvia ? Mais comment le savoir ? Et pourquoi l'aurait-il confiée à une inconnue ? D'où l'aurait-il inventée ? Elle tenta de se calmer, de maîtriser les battements de son cœur en déroute. Elle prit un verre de whisky, qu'elle avala d'un trait et appela sa mère, par FaceTime. « Mère » ? Comment pouvait-elle encore utiliser le mot de « mère » face à un être aussi abject ?

Celle-ci était chez la manucure. Toujours impeccablement coiffée et maquillée, elle offrit à l'écran son sourire le plus sympathique. Le baiser de l'araignée, pensa-t-elle.

— Bonjour Choupette ? Tout va bien ? Tu as l'air bizarre ! Tu manges bien, au moins ? Tu n'as pas l'air dans ton assiette, aujourd'hui. Tu es toute verte. Tu as dû manger trop de chou kale ? Tu sais le bio c'est bien, mais…

— Est-ce que tu es allée voir…

Soudain Juliette se dit qu'elle ne pouvait pas trahir le secret médical de Gabriel. De plus, en lui livrant cette information, elle allait brûler sa source. Or elle aurait voulu continuer à converser avec son ex. *Elle ne pouvait pas parler à sa mère.*

— Voir quoi ?

— Voir rien…

— On s'appelle plus tard, quand j'aurai fini ! Au revoir, mon petit lapin !!

Juliette raccrocha, le cœur battant à tout rompre. Elle prit son portable, et, de toutes ses forces, elle le lança contre le mur. Il explosa contre la paroi, la vitre se brisa en mille morceaux. De rage, elle le piétina jusqu'à ce qu'il crache la carte Sim, qu'elle récupéra d'une main tremblante.

Elle sortit ; l'air lui fit du bien. Elle avait le vertige. Ses yeux lui brûlaient. Tout tournait autour d'elle. On parlait bien d'amour maternel comme étant le modèle de tout amour ? Qu'est-ce qui avait bien pu traverser l'esprit de sa mère pour qu'elle aille se jeter à la tête de Gabriel ? Quelle était l'étendue de la duplicité de cette femme ? De quel monstre était-elle l'enfant ?

Peut-être ne fallait-il pas avoir d'enfant afin de ne pas se risquer à une telle ignominie. Sa mère et Gabriel ? Phèdre, évidemment. La passion amoureuse ? Sa mère était-elle tombée folle amoureuse de Gabriel ? *Un transfert un peu trop réussi*, avait-il dit. Mais dans ce cas, pourquoi se déclarer ? Qu'elle soit amoureuse de lui était déjà incompréhensible en soi, mais le lui dire, voilà ce qui la rendait ignoble. Parce que, pourquoi le dire si ce n'était pour être payée en retour ? Derrière l'aveu, se cachait l'espoir. Était-ce de l'amour ou du pur narcissisme qui lui faisait confondre les générations, se rendant coupable d'inceste symbolique ?

Toute cette histoire l'écœurait, au plus profond d'elle-même. Comment sa mère, avait-elle pu trahir à la fois son mari, sa fille et son gendre ? Quel genre de folle était-ce ? Le genre de folle amoureuse, évidemment. Le genre de collectionneuse d'amants, comme elle se le disait depuis longtemps, dans son for intérieur. Il fallait donc qu'elle se débarrasse à tout jamais de l'amour qui n'avait pas de limite, pas de loi, même pas d'identité, qui ne reconnaissait plus ni père ni mère ni enfant. Elle était décidée, plus que jamais, à poursuivre sa philothérapie sans se laisser berner par les beaux yeux de son professeur. Elle devait le voir, pour lui expliquer qu'ils ne devaient plus jamais parler d'amour et que rien ne se produirait entre eux. Que c'était fini, avant d'avoir même commencé.

Elle se rendit chez Apple pour acheter un nouveau téléphone, elle synchronisa les photos, les SMS et tous les contacts, puis, de rage, elle bloqua celui de sa mère et elle effaça les images qu'elle avait avec elle, et qui dataient de son dernier anniversaire.

Sur le chemin du retour, elle s'arrêta à la librairie. Son libraire était là, avec une cliente qui semblait fascinée par ce qu'il lui disait. Elle s'approcha doucement de lui quand il eut fini de lui parler. Il sursauta en la voyant.

— Bonjour Emmanuel, vous allez bien ?

— Ça va et vous ?

— Oh ça va. Je viens d'avoir une révélation. Dans tous les sens du terme.

— Dites-moi, cela m'intéresse.

— L'amour maternel est un mythe.

— Thèse défendue par Élisabeth Badinter, dans son livre *L'Amour en plus*. Mais ne confondez pas l'ambivalence avec le manque d'amour. Certaines mères ont du mal avec la maternité, ce n'est pas pour cela qu'elles n'aiment pas leurs enfants. Moi, par exemple, c'est étrange, mais ma mère ne m'a jamais pris dans ses bras. Mon père était plus affectueux qu'elle... J'ai dû m'inventer un monde pour trouver un peu de chaleur. Ce monde, c'était les livres. Mais vous n'êtes pas là pour m'entendre parler de mes parents. Vous cherchez un livre, peut-être ?

— Non, je cherche un homme.

— Ah oui, ce Jean-Luc Constant !

— Avez-vous songé à ce que je vous ai demandé, l'autre jour... organiser une rencontre ?

— Je l'ai contacté, en effet. Je crois qu'il ne souhaite pas rencontrer ses élèves.

— Vous avez son numéro ?

— Je l'ai.

— Donnez-le-moi, je vous en prie !

— Je ne peux pas sans sa permission.

— Soyez gentil, je vous jure que je n'en abuserai pas. C'est important, vous savez. C'est même essentiel. Il me faut ce numéro. C'est une question de vie ou de mort.

— C'est impossible, vous dis-je. Je ne peux pas donner les numéros de mes clients à mes autres clients. C'est pas un club de rencontres, ici.

— Et pourquoi pas ? Vous pourriez peut-être sauver votre librairie de la faillite ? On organiserait des rendez-vous entre célibataires, chez vous ? D'ailleurs... vous, Emmanuel, avez-vous quelqu'un ?

— Moi ?

— Oui ! Aimez-vous ? Êtes-vous marié ? Divorcé ? Père de famille ?

Il la regarda, interdit pendant un instant alors qu'elle tentait de le manipuler, et d'user de son charme pour obtenir ce numéro.

— Cela fait bientôt dix ans que vous venez ici, presque chaque semaine, et vous ne m'avez jamais posé cette question. Pour tout vous dire, je suis seul.
— Vous avez des enfants ?
— Non.
— Êtes-vous amoureux de quelqu'un ?
— Eh bien, je crois simplement que j'ai fait une erreur. Une erreur platonicienne. Je me suis intéressée à une apparence, sans m'apercevoir qu'il n'y avait rien à l'intérieur qu'une coquille vide.

Elle le regarda, surprise. Emmanuel, amoureux d'une femme très belle ?

— Vous devez vous demander comment je peux être amoureux d'une femme très belle, avec mon physique ?
— Oh non. Je me demandais dans quelles circonstances vous êtes tombé amoureux.
— Cela revient au même. Je vais vous raconter. Un jour, elle est entrée dans ma librairie. Et j'ai compris que c'était elle. En deux secondes, c'était fait.
— Vous vous êtes déclaré ?
— Non, pas directement.
— Vous n'avez pas osé ?
— Maintenant vous vous demandez comment un être avec un physique aussi peu avantageux

que le mien pourrait se déclarer à une femme aussi belle ?

— Non. Ce n'est pas ce que je...

— Voilà, Juliette. Peut-être me suis-je trompé, non pas sur elle, mais sur moi. Je pensais que j'étais amoureux mais j'étais simplement séduit par sa beauté, je n'ai considéré ni son âme, ni son cœur.

— Je comprends, oui... bien sûr. Vous ne m'avez pas raconté votre histoire ? Celle dont nous parlions l'autre jour ?

— Quelle histoire ?

— Celle qui vous a fait arrêter l'enseignement.

— Une histoire triste.

— Racontez-moi.

— Vous savez Juliette, dit le libraire. Je ne viens pas d'ici. Je suis né en Normandie, où j'ai grandi et fait mes études. Je tiens de cette région un tempérament un peu sauvage, parfois sombre, mais capable de belles éclaircies. Un romantisme, sans doute, à toute épreuve. Une détermination sans faille. Mes parents étaient agriculteurs, des gens simples et peu fortunés, qui vivaient dans la peur du lendemain et l'incertitude que procure ce genre de métier. Enfant, j'étais passionné par la lecture, et je voulais comprendre le monde. C'était mon refuge à moi. Je lisais tout le temps, le soir, le matin, à table, dans mon lit, en cachette, jusque très tard dans la nuit. J'empruntais les livres à la bibliothèque municipale et je passais mon temps dans ma chambre, heureux, au grand dam de mes parents qui auraient préféré que je les aide dans leurs activités agricoles. Je n'avais pas beaucoup d'amis, et pas de petite amie non plus. J'étais enfant unique, avec des parents qui parlaient peu. Je rêvais beaucoup d'amour et de femmes. Après le bac, j'ai fait une hypokhâgne, puis une khâgne à Paris, j'ai rencontré un professeur extraordinaire, un maître qui m'a ouvert l'esprit et le monde, et c'est cela sans doute qui a décidé de ma vocation philosophique. J'ai été reçu au concours d'entrée à l'École Normale Supérieure, et je dois dire que là, ma vie a changé. Jusqu'alors, j'avais toujours été… comment dire… complexé par mon physique… Un peu mis à l'écart, par les élèves, par les gens. Je n'avais pas beaucoup de succès auprès des femmes.

— Voyons Emmanuel, arrêtez donc de vous déprécier ainsi. Ce n'est pas juste. Vous êtes charmant. Et comme vous le dites, la beauté physique n'est pas tout.

— Je suis lucide, Juliette. Je connais mes atouts et mes points faibles. J'ai découvert à Ulm un univers où l'esprit régnait, une abbaye de Thélème. Je m'y suis senti très bien, pendant quatre ans, durant lesquels j'étudiai la philosophie, je préparai l'agrégation en prenant mes cours à la Sorbonne. J'avais des camarades, qui étaient dans le même état d'esprit que moi. Nous passions nos soirées à refaire le monde. J'approfondissais l'histoire de la philosophie. Je m'intéressais en particulier à la philosophie morale, à la psychologie, à la psychanalyse.

« Puis, après mes études, je suis retourné en Normandie, sur mes terres natales, où j'ai enseigné en terminale. Il fallait en passer par là, avant de faire une thèse pour avoir un poste à la fac, ou faire de la recherche, ce qui était mon intention première. Plus que tout, j'aimais l'enseignement. J'aimais voir dans les yeux des élèves s'allumer cette flamme, cette lueur d'espoir qui change la vie. Une année, j'ai eu un étudiant particulièrement doué. Il était le meilleur de la classe. Il avait un esprit philosophique évident et une profondeur singulière. Je l'avais tout de suite remarqué. Il y avait quelque chose en lui de différent, de plus mûr, de plus réfléchi, et aussi, je le découvris plus tard, de plus sombre. Après l'année de terminale, il s'est inscrit à la fac de Caen, et nous sommes restés en contact. On se revoyait de temps en temps, et je le poussais à préparer l'agrégation. Il m'appelait régulièrement, puis pendant plusieurs années, je n'entendis plus parler de lui. Jusqu'au jour où j'eus un appel de sa mère. Elle m'annonça que son fils était mort. Il s'était suicidé.

« Je compris qu'il cherchait des réponses à ses questions à travers la philosophie, à ses questions existentielles. Je me souvins d'un exposé qu'il avait fait sur l'angoisse. J'ai mesuré alors la responsabilité que j'avais, et tout ce que je n'avais pas su entendre. Tout ce que je n'avais pas pu lui apprendre. Je compris sa détresse et cela me parut insupportable. Trop lourd à porter… Alors j'ai arrêté d'enseigner, je suis passé par un séminaire, j'ai fait une retraite pendant deux ans dans un monastère, en Normandie.

— Vous étiez moine ?

— Je l'ai été, oui. J'ai vécu des instants d'une grande intensité dans le silence, la prière, et le don de soi. J'ai cru, pendant un moment, que Dieu est amour. J'ai ressenti en moi l'appel de cette vocation, de cette mission qui est de lui vouer ma vie, c'est-à-dire de consacrer ma vie à l'amour. J'ai voulu comprendre le message du Christ, interprétation de la parole juive : « Tu aimeras ton prochain comme toi-même. » Comment peut-on commander d'aimer ? Comment l'amour peut-il faire l'objet d'une injonction, d'une loi ? Faut-il imposer l'amour au monde pour lutter contre la violence ? Mais alors, quel amour ? L'amour charnel, l'amour spirituel ? L'amitié, la passion, la tendresse ? J'ai cru que cet amour-là, ce commandement d'amour était au-dessus de tout et je me suis astreint à ne vivre que pour lui et que par lui. Puis j'ai découvert la vie dans la communauté des hommes, au monastère. Les luttes pour le pouvoir avaient raison de ce bel idéal. Un soir, j'ai réalisé que je ne pouvais pas laisser de côté le monde, la chair, l'amour, bref... Ce n'était pas pour moi. Alors je suis revenu à Paris, et j'ai ouvert cette librairie.

— Dans laquelle vous dispensez votre enseignement, de temps en temps...

— Plus pour longtemps, hélas.

— Pourquoi ?

— Depuis Amazon, le métier est devenu très difficile. Tellement plus simple de commander un livre de chez soi, en un clic !

— Oh Emmanuel, ne partez pas, je vous en prie ! Qu'allons-nous faire, sans vous ?

— Vous vous débrouillerez très bien avec Amazon.

— Mais Amazon ne donne pas de conseils de lecture, ne fait pas de commentaires sur les livres, ne les met pas en perspective les uns avec les autres…

— Amazon fait tout cela, et même plus. Amazon, repère vos goûts et vous propose des livres similaires à ceux que vous avez commandés. Juliette, ne nous voilons pas la face. Amazon, c'est moi, démultiplié en centaines de millions !

— Comme pour les chaussures, oui. Sauf que les livres ne sont pas des chaussures.

— Pour tout dire, je pense que bientôt les livres n'existeront plus. Tout le monde aura des tablettes. Est-ce un bien ? Est-ce un mal ? C'est ainsi que nous avons commencé à écrire. Entre le Tigre et l'Euphrate, à la fin du IVe millénaire. Il ne faut jamais sous-estimer l'importance du support. C'est grâce à l'argile et son côté malléable que l'écriture est devenue abstraite, et qu'elle s'est répandue à travers les continents. De même, le volumen, feuilles de papyrus enroulées sur elles-mêmes, fut un médium qui perdura pendant trente siècles, jusqu'à la création du codex : les feuilles reliées en cahier ont été une révolution dans le geste. Avant, on déroulait pour lire, il fallait être plusieurs pour tenir le rouleau. Le codex, on peut le lire seul, on tourne les pages. C'est toute une façon de penser le monde qui est en jeu. Une individualisation du geste. Le parchemin est dans la continuité. Le codex, dans la discontinuité.

On passe d'une page à une autre. On ferme le livre. C'est fini.

— Et maintenant Internet a inventé un nouveau rapport à la lecture, grâce à l'hypertexte et l'hypermédia.

— Exact. On peut passer de texte en texte et naviguer à l'infini sur la toile. On ne tourne plus, on ne déroule plus, on clique. Puis on reclique, et ainsi de suite. On passe de lien en lien, sans lien. On retrouve une forme de continuité dans la discontinuité. Une liberté aussi vertigineuse que fausse, puisqu'elle est guidée par les moteurs de recherche de Google, qui nous analysent alors que nous croyons les observer. Que pouvons-nous faire face à une telle puissance ? La librairie virtuelle est en train de tuer les librairies réelles.

— Comme l'amour virtuel avec l'amour réel ?

— Oui, on est en train d'en finir avec l'idéal amoureux romantique. Aujourd'hui tout passe par le choix : est-il un partenaire pour moi ? Comment savoir si cette personne est la bonne ? On rationalise tout. L'amour est entré dans l'ère de la consommation. Le virtuel, telle est notre nouvelle réalité. La vitesse de propagation de la connaissance et l'accès à la multitude ne cessent de grandir. Désormais on navigue, de texte en texte, d'homme en homme, de femme en femme. On peut d'un clic faire apparaître quelqu'un ou quelque chose et recommencer dès le lendemain. Ce qui a disparu, c'est la linéarité, aussi bien dans la lecture que dans l'amour. Et aussi, le vivre-ensemble. Avec Internet, chacun, chez soi, se connecte à une communauté virtuelle infinie et mondiale. Il n'y a plus d'obstacle à rien, dans le monde virtuel, tout est possible, n'importe quand. Je crois, Juliette, que le capitalisme a libéré l'énergie libidinale et en a fait son miel, allié à la technologie. Sur ce thème, ajouta-t-il, je vous conseille le remarquable livre d'Eva Illouz, *Pourquoi l'amour fait mal, l'expérience amoureuse dans la modernité*.

— Croyez-vous que l'amour ne se pose plus en termes d'absolu ?

— L'amour devient une affaire commerciale individuelle, on sort ensemble pour consommer un bien de loisir, on dépense de l'argent pendant l'acte de la rencontre, la liberté et l'autonomie sont bien plus importants que l'engagement comme valeurs. On a même inventé la Saint-Valentin pour faire marcher les restaurants et les magasins.

— Eh bien, moi, on ne peut pas dire que ce sont les obstacles qui manquent dans mon histoire d'amour virtuelle, ni même l'intensité.

— Mais comment parler d'amour pour un homme que vous ne connaissez que par Skype, Juliette ?

— Skype ou pas skype, qu'est-ce que ça change ?

— Ce n'est pas le fond qui compte, c'est la forme. Le message, c'est véritablement le médium. Autrement dit, le support dicte sa loi. Ainsi, pour en revenir à votre histoire d'amour par Internet, la véritable histoire n'est pas l'amour, mais bien Internet, et sa virtualité folle. Réfléchissez à quoi cela vous mène. Vous pouvez en effet vous connecter depuis le monde entier et entrer en relation avec cet homme, le faire venir et partir à loisir. Sauf que vous n'êtes pas en relation avec lui, mais avec Skype.

— Justement, je ne veux plus me raconter d'histoire. Je souhaite le rendre réel. Et je ne le peux qu'avec un numéro qui me permettrait de l'appeler, et de le voir, en chair et en os.

— Au risque d'être déçue ?

— J'ai eu tellement de déceptions que j'ai atteint le point d'anesthésie. Je ne peux plus être déçue. Surprise, oui, mais pas déçue.

— Je croyais que vous ne croyiez plus à l'amour, et vous êtes tombée amoureuse ?

— Non, je veux lui expliquer que ce qui s'est produit l'autre soir entre lui et moi ne doit plus jamais avoir lieu.

— L'autre soir ? Que s'est-il produit ? Je ne comprends rien. Je pensais qu'il vous faisait des cours, dont vous sembliez très satisfaite.

— Après le cours, je l'ai rappelé, et il m'a déclaré sa flamme.

Emmanuel la regarda, l'air parfaitement stupéfait.

— Il vous a parlé, comme ça, tout seul ?

— Tout seul ? Il est toujours tout seul… Il m'a dit qu'il m'aimait et qu'il désirait me donner son nom.

— Ce n'est pas du tout déontologique… Ça sort du cadre de la relation de maître à élève. C'est même intolérable.

— Il mérite donc que je l'appelle, et lui dise ma façon de penser, n'est-ce pas ?

Ayant fini par arracher à Emmanuel le fameux numéro, Juliette rentra chez elle. Elle poursuivit ses recherches approfondies sur Google, mais elle ne trouva décidément rien de plus sur Jean-Luc Constant. En revanche, elle trouva bien Emmanuel Deloffre, son rang d'entrée à Ulm, premier, et les détails de son parcours universitaire. Sa licence, sa maîtrise sur la caresse chez Emmanuel Lévinas et Jean-Paul Sartre, son agrégation, son poste à Caen.

Intriguée, elle poursuivit son enquête en contactant l'association des agrégés, mais le nom de Jean-Luc Constant ne figurait pas non plus dans le fichier. Alors elle se décida à lui envoyer un SMS : « *Professeur Constant, qui êtes-vous en réalité ?* » Une heure après, elle reçut une réponse :

— *L'impossible, c'est le réel, Juliette.*

— *Quel est votre véritable nom ? C'est étrange, je n'ai rien trouvé sur Google.*

— *C'est un nom d'emprunt.*

— *Pourquoi Constant ? Pourquoi ne vous affichez-vous pas sous votre vrai nom ? Il est connu ? Vous avez peur, de quoi, de qui ?*

— *Mon nom ne vous dirait rien, comme je vous l'ai fait comprendre, je préfère mettre cette distance entre mes élèves et moi.*

— *Pour quelle raison ? Vous craignez qu'elles ne tombent amoureuses de vous ?*

— *Je préfère n'avoir pas de relation avec elles, en dehors des cours.*

— *Donc vous avez peur d'avoir une aventure avec l'une de vos élèves ?*

— En général, je n'ai pas cette crainte. Ce qui s'est produit l'autre jour est une sortie de route. Cela n'aurait pas dû être, et je m'en excuse auprès de vous.

— L'autre soir, vous disiez m'aimer.

— Je disais cela ?

— Vous avez oublié !

— Mais non, je vous testais. Cela faisait partie de notre thérapie.

— Notre thérapie ? Qui consiste en quoi ? À jouer avec le cœur des élèves ? Et moi, je vous dis que j'avais besoin, pour vous aimer, de sortir de l'imaginaire, à défaut du symbolique. Ou du virtuel, si vous préférez.

— Avez-vous remarqué que le réel a deux antonymes : imaginaire et virtuel.

— Cela revient donc au même ?

— Non. Le virtuel n'est pas l'imaginaire, car il pourrait exister.

— L'imaginaire également. Vous disiez que pour aimer, il fallait se constituer un imaginaire de l'autre ?

— D'accord Juliette.

— Quel imaginaire avez-vous de moi ?

— Je vous imagine en devenir. Je crois que vous avez en vous un désir d'être pleinement vous-même et vous attendez de l'amour qu'il vous comble et apporte la réponse à toutes vos questions. En cela, sans doute, vous vous trompez.

— Et je vous imagine comme étant celui qui me fera accéder à ce savoir.

— Mais je n'ai pas de réponse, je vous l'ai dit, je n'ai que des questions. Des questions parfois dérangeantes.

— Comme...

— Comment peut-on aimer une construction imaginaire ?

— Vous disiez m'aimer l'autre soir, pourtant.

— C'était vrai, et ce ne l'était pas.

— Vous jouez avec moi.

— Je vous avais dit que je vous ferais accéder à votre vérité, malgré vous, en vous faisant accoucher, tel un maïeuticien, de vous-même. Vous n'êtes pas au bout de vos surprises. Alors, toujours prête pour l'expérience la plus intense de votre vie ?

Leçon 7

Le désir

Juliette ne savait plus du tout si elle était prête pour l'expérience la plus intense de sa vie. Elle était terrassée par la révélation de Gabriel concernant sa mère. La nuit, elle se réveillait en faisant des cauchemars. Elle avait l'impression d'être dans un jeu, où son professeur soufflait le chaud et le froid, sans qu'elle comprît réellement pourquoi. Ils avaient parlé selon leur cœur, l'autre soir, elle en était sûre. Elle ne pouvait pas se tromper sur ce sentiment qu'elle avait eu, de communier avec lui en ce moment singulier, d'avoir été sincère et lui aussi. Mais peut-être n'était-ce qu'un moment, comme le pensent les Japonais ? Peut-être ne fallait-il pas espérer davantage de lui ?

Pourquoi tenait-il un double langage ? Est-ce que cela faisait partie de la thérapie qu'elle suivait, et de la désintoxication de l'amour qui était l'objet de sa thérapie ? Étaient-ce les travaux pratiques d'un cours théorique ? Comment pouvait-il lui faire une telle déclaration, et redevenir si distant ensuite ? Comme s'il était double. Et que dire de Sandor, le diable séducteur, alias Gabriel, l'ange toujours présent à ses côtés. Les deux peut-être ? Comment comprendre que Gabriel lui déclare son amour fou, pendant que Sandor tentait de séduire une femme au même moment ? La duplicité amoureuse. C'était, semblait-il, le cœur du problème.

Quelques jours après le dernier cours de philosophie, elle devait embarquer pour New Delhi, accompagnée de sa collègue Margaux. Dans l'avion, Juliette lui parla de ses rencontres virtuelles. Depuis qu'elle avait commencé sa philothérapie, en dehors d'AdopteUnMec où elle ne conversait qu'avec Gabriel sous sa fausse identité, elle avait arrêté de se rendre sur les autres sites de rencontres. Elle ne comprenait plus vraiment comment il était possible de s'épanouir dans une sexualité sans histoire, sinon pour avoir simplement des relations sans histoires, à moins que ce ne soit des histoires sans relations. Mais quel intérêt ? En retirait-elle quelque plaisir ? Au moins, commenta Margaux, elle vivait quelque chose. Elle en faisait l'expérience. Cela mettait du mouvement dans sa vie et la distrayait de l'ennui. Toujours l'ennui, se dit Juliette. Depuis qu'avec le professeur Constant, elle avait identifié le problème, elle faisait mieux face à sa solitude, sans avoir besoin de remplir sa vie par une consommation effrénée de biens Internet en tous genres, les hommes, les vêtements ou la nourriture.

Juliette découvrit New Delhi, ses mille couleurs, son énergie, ses lumières, ses échoppes bigarrées, ses tissus chamoisés, et toute la vie qui s'en dégageait malgré la pauvreté et la détresse. Les rues, les restaurants aux saveurs épicées, les vélos, les pousse-pousse, les camionnettes avançaient dans le bruit et la poussière, comme des survivances d'un ancien monde qui livrait un combat contre le nouveau, le high-tech et les technologies de pointe. Une femme habillée à l'occidentale se promenait à côté d'une autre vêtue d'un sari. Ici et là, les gens se déplaçaient dans une sorte de lenteur, de langueur et de nonchalance. Les hommes aux chemises blanches gardaient les mains dans les poches, les femmes en sari orange et rose faisaient leurs courses, frôlées par les vélomoteurs sur lesquels se trouvaient deux ou trois personnes, parfois un père ou une mère avec son enfant, dans les bruits de klaxon et les odeurs d'épices et de friture. Elle pensa à *Loin de Chandigarh*, qui décrivait si bien l'écartèlement entre les mondes anciens et nouveaux, à partir des relations entre les hommes et les femmes. Et cette phrase, incroyable, qui concluait le livre : « Le sexe n'est pas le ciment le plus fort entre deux êtres. C'est l'amour. »

Elle eut une journée chargée de rendez-vous et de travail avec les relations publiques de la succursale de la firme, pour tenter de définir une nouvelle identité pour la marque, « en rapport avec la diversité », telle était la consigne. La marque devait représenter toutes les femmes et les tous les hommes. Les Noirs, les Blancs, les Asiatiques, les Hindous, les minces, les gros, les petits, toute la population, pas seulement ceux qui sont beaux comme les mannequins occidentaux photoshopés des publicités. Elle déjeuna avec les employées du bureau indien, et la conversation dévia sur Tarun Tejpal, l'auteur de *Loin de Chandigarh*, qui était une vraie star en Inde, et sur sa conception de l'amour.

— Est-ce que les Indiennes sont libres comme les Occidentales ? demanda-t-elle.

— Il y a une différence entre nos mères et nous, répondit l'une d'elles, qui devait avoir une trentaine d'années. Je pense que nos mères n'étaient pas libres, mais nous sommes une génération qui peut faire ce qu'elle veut. Moi, par exemple, j'ai une formation en communication et marketing, alors que ma mère n'a pas fait d'études.

— Moi j'ai fait un mariage arrangé par mes parents, dit une autre.

— Vous ne leur en voulez pas ?

— Je sais que chez vous, en France, vous avez des relations amoureuses avant de vous marier, mais, en Inde, ce n'est pas la même chose. J'ai rencontré mon mari pour la première fois le jour de mon mariage.

— Et vous l'aimez ?

— Je ne suis pas amoureuse de lui, mais je suis très heureuse dans mon mariage.

— Ça se passe bien entre vous ?

— Je m'occupe de lui, je lui prépare à manger, il est content. Bientôt mon fils sera en âge de se marier et mon mari et moi nous lui trouverons une femme, car nous savons ce qui est le mieux pour lui.

— Sans qu'il choisisse, alors ? Ce sera une femme indienne ?

— Les Indiens fantasment beaucoup sur les filles blanches, car ils pensent qu'elles sont libres. Moi aussi, j'aimerais bien rencontrer un homme blanc, un jour...

— Votre mari vous le permettrait-il ?

— Oh non ! C'est juste un fantasme...

Puis Juliette leur parla du voyage qu'elle devait faire à Anand pour procéder au choix de la femme qui allait porter l'enfant qu'elle avait acheté sur Internet.

— Oh je connais bien cette ville ; ici on parle d'esclavage et d'exploitation de pauvres femmes, qui sont souvent mineures. Ou pire, elles sont mariées et elles ont des enfants, qui ne voient pas leur mère à la maison pendant neuf mois car elle n'a pas le droit d'avoir des relations sexuelles, de peur qu'elle n'attrape une maladie. Puis ils constatent qu'elles vendent l'enfant qu'elles avaient dans le ventre, et se demandent ce qui va leur arriver. C'est d'une grande cruauté, n'est-ce pas ?

Juliette avait reçu par courrier le contrat pour la location de l'utérus de la mère, envoyé par la juriste de la firme. Celui-ci précisait que si cette dernière était diagnostiquée avec une maladie mortelle à la fin de la grossesse, elle serait maintenue en vie par voie artificielle pour protéger la qualité du fœtus afin d'assurer une naissance en bonne santé pour le compte des acheteurs du bébé.

Mais une question la taraudait. Que se passait-il si l'enfant avait un problème ? Par exemple, s'il avait une maladie quelconque, s'il était trisomique, ou autre ? La femme qui avait loué son utérus n'est pas payée, lui avait-on répondu, froidement, par mail. Et l'enfant ? On en fait quoi ?

Le soir, elle rentra fatiguée à l'hôtel, un Boutique Hôtel au style minimaliste, tout de rouge et de noir, qui avait obtenu 578 avis positifs sur Booking.com. Elle fit couler un bain, se détendit puis elle s'installa pendant un instant sur son lit, le corps couvert par sa serviette de bain, pour faire des recherches sur le Net, au sujet de la GPA. Elle trouva le cas de jumeaux, commandés par un couple d'Australiens, dont l'un était trisomique. Ils n'avaient pris que celui qui était « normal ». Ils ne voulaient pas de l'autre. Que faire de lui, dans ce cas ? Qui voudrait de lui ? Finalement, il est resté chez la mère que l'on dit « porteuse », c'est-à-dire celle qui a accouché de lui : car elle était bien sa mère, elle qui n'avait pas payé pour l'avoir, mais qui n'avait pas le cœur de l'abandonner. Elle vivait dans une seule pièce avec ses trois enfants, en Thaïlande.

Soudain elle pensa aux neuf mois d'attente de livraison du bébé. Neuf mois, c'était long. Cela donnait le temps. Le temps par exemple d'imaginer, de lire et de se demander de quoi sa vie serait faite, désormais. Qui allait s'occuper de ce bébé pendant qu'elle serait au travail ? Qui allait le nourrir, le langer, s'affoler lorsqu'il pleure ? L'accompagner chez le docteur faire ses vaccins ? L'emmener au judo, à la danse, en vacances ? Et le soir ? Comment faire pour sortir ? Et s'il y en avait deux, à cause de la stimulation hormonale ? Un bébé, ça ne coûtait pas seulement vingt mille dollars. C'était juste le début d'une longue, très longue série de dépenses. Tout cela prenait un temps, une énergie et un argent fous. Et sa vie de femme, aussi, allait être changée…

Elle réfléchit pendant un moment. Il était encore temps d'arrêter. Elle envoya un mail à son contact à Anand, pour remettre son rendez-vous. Elle relut le contrat pour voir quelles étaient les conditions d'annulation de la commande de bébé. Ce n'était pas trop tard. Elle respirait. Elle se sentit mieux. Elle venait de renoncer à acheter un enfant. Mais aussi, elle eut comme une vague de tristesse intense. Elle se rendit compte que ce projet l'avait remplie d'espoir. Un enfant, c'était ce qu'elle voulait. Elle aurait pu se consacrer à lui, lui donner tout son amour. Il aurait rempli sa vie et aurait répondu à ses questions, en même temps qu'elle répondait aux siennes. Elle repensa soudain aux paillettes de sperme de Brandon. Qu'allait-elle en faire ? Elle pouvait peut-être les revendre sur eBay ?

Elle ne pensait désormais qu'à une chose : son cours de philosophie, à l'heure prévue. La leçon porterait sur le désir. Elle avait hâte d'entendre son professeur. Elle entra les mots désir, Freud, Lacan, dans Google, et elle tomba sur la fameuse phrase de Lacan qui avait fait couler beaucoup d'encre, « le rapport sexuel n'existe pas ». Il n'y a donc pas, même et surtout au moment de l'acte sexuel, au moment de l'union la plus totale et la plus absolue, un véritable rapport à l'autre. Chacun restait en soi, enfermé dans son quant-à-soi, sans jamais se fondre en l'autre comme dans le mythe platonicien. Voilà ce que le professeur pensait de l'amour, et il n'avait sans doute pas tort. Il était temps qu'elle sorte enfin de ses illusions.

Elle regardait sa montre avec impatience. Encore deux heures. Elle avait rendez-vous avec Margaux dans le lobby de l'hôtel pour aller dîner. Les deux jeunes femmes se rendirent dans un restaurant renommé de Delhi, où elles commandèrent des currys de légumes et de poissons, avec une bonne bouteille de vin. Juliette repensa à sa mère, lorsqu'elle lui proposait son curry, et elle se demanda comment elle pourrait lui reparler sans lui dire ce qu'elle savait et qu'elle n'était pas censée savoir. Elle raconta alors à sa collègue qu'elle avait commencé une relation avec son ex, sur un site de rencontre, sous une fausse identité, sans oser lui dire qu'elle avait pris sa photo pour son profil. Cela l'avait beaucoup déstabilisée de voir qu'il répondait à ses avances alors que, par ailleurs, il protestait de son amour.

— Voilà, conclut Juliette, je me suis amusée avec le virtuel et c'est le réel qui m'a sauté au visage.

— Mais c'est toi qui as créé ton propre drame. Il ne t'a pas trompée ! Sinon avec toi-même ! Tu te rends compte ? Il est tout simplement en train de tomber amoureux de toi une deuxième fois ! Et toi, tu en es où, avec lui ?

— Je ne sais plus quoi penser. Je suis toujours dans le doute et l'observation. Et puis par ailleurs, j'entretiens une relation avec un homme par Skype.

— Une relation amoureuse ?

— Non. C'est une thérapie. Par la philosophie. Une philothérapie.

— Une philothérapie ? C'est quoi ?

— Je suis des cours de philo, et en même temps je me soigne.

— De quoi ?

— De l'amour.

— Tu es malade de l'amour ?

— Oui.

— Et comment ça se soigne ?

— J'élargis mon horizon et je fais la chasse aux préjugés.

— Depuis combien de temps ?

— Quelques semaines. Je suis devenue accro à ces rendez-vous virtuels.

— Je connais ce sentiment. J'ai ressenti la même chose, un jour, avec un homme sur Gleeden.

— Étrange, je ne connais pas ce site ?

— C'est normal, tu n'es pas mariée. Gleeden, c'est le site des infidèles, ceux qui veulent avoir des aventures extraconjugales… Je m'ennuyais le soir. Mon mari rentrait tard, les enfants se couchent tôt. Au début, je l'ai fait juste par curiosité. Pour voir, tu vois. J'ai eu une relation épistolaire avec un homme marié lui aussi, qui a duré pendant des mois. J'étais très attirée par lui. On parlait de tous les sujets, on échangeait des photos de nous, et même de nos enfants. C'était sympa. On a même skypé plusieurs fois. En peu de temps, je suis devenue accro. Je guettais ses messages, ses SMS. C'était de plus en plus intense, obsédant. Je lui écrivais pendant la journée, au bureau. C'était comme une présence, dans ma vie. À la maison, j'étais plus heureuse, détendue. Mon mari, du coup, était content parce que je ne lui faisais plus de reproches. Je ne vivais que pour les échanges avec mon infidèle virtuel. J'attendais le moment où nous allions nous connecter, c'était devenu l'horizon de ma journée, le but de ma vie. On s'envoyait des textos sur WhatsApp, qu'on effaçait aussitôt. Puis un jour, au bout de six mois, on a enfin décidé de se voir.

— Que s'est-il passé ?

— On s'est retrouvés dans un hôtel, à Paris. J'avais l'impression de faire quelque chose qui était à la fois mal et banal. Il était fuyant, il n'osait pas me regarder dans les yeux, il n'avait rien à dire, c'était pathétique. Il était sans doute très gêné par la situation. C'était la première fois, pour tous les deux, sur un site. J'étais horriblement déçue, toute la magie de l'écriture était rompue.

— Et alors ?

— Rien, on ne s'est plus jamais revus, ni écrit, sauf pour la nouvelle année, un texto sur WhatsApp.

— Et ton mari, il n'en a jamais rien su ?

— Oh non, mais en revanche…

— Quoi ?

Margaux saisit son verre de vin, qu'elle termina. Elle regarda Juliette, d'un air bizarre.

— Je peux te faire une confidence ?

— Je crois que oui, répondit Juliette.

— C'est vrai. Je te fais confiance. Je n'ai pas beaucoup d'amies, dit Margaux, mais je sens que je peux te faire confiance.

— Oui, dit Juliette, heureuse de s'être fait une amie en vraie.

Elle non plus n'avait pas vraiment de personnes proches d'elle, même si elle avait beaucoup d'amis sur Facebook. Elle se rendit compte que c'était agréable de se dire qu'elle avait quelqu'un à qui elle pouvait se fier, se confier, ouvrir son cœur sans enjeux, sans crainte d'être jugée ou analysée, avec qui il était possible de rire et de pleurer, sans le filtre de l'écran. Chacune avouait ses failles, ses faiblesses, et se confiait à l'autre, sans orgueil, juste pour partager un moment ensemble.

— En regardant les photos des nouveaux venus sur Gleeden, dit Margaux, juste comme ça un soir, pour passer le temps, j'ai eu la désagréable surprise de voir apparaître celle de mon mari, avec le pseudo : Don Juan 86.

— C'est pas possible !

— Si. Hélas. J'aurais pu comprendre, je l'avais fait, mais soudain voir l'autre le faire, je ne sais pas, ça m'a bouleversée. Soudain, je ne comprenais plus rien.

— Donc, il te trompe ?

— Certainement, avec plus de succès que moi, vu son pseudo.

— Et ça te fait quoi ?

— Ça me rend dingue. Mais qu'est-ce que tu veux que je dise ? Je suis assez *geek*, tu sais. D'ailleurs Campani vient de me confier toute la techno de la boîte.

— Quelle chance. Il t'aime bien, j'ai l'impression.

— Tu crois ?

— Alors tu as fait quoi avec ton mari ?

— Je me suis mise à le pister, sur ses ordis, à le géolocaliser à son insu, j'ai même réussi à télécharger son WhatsApp sur ma tablette, grâce à un nouvel item qui permet de le faire, en scannant son téléphone.

— Donc tu lui as pris son téléphone ?

— Je l'ai fait lorsqu'il était sous la douche.

— Tu avais son code ?

— Oui, je l'ai observé à son insu pendant qu'il le faisait.

— Et alors ?

— C'est plutôt occasionnel. Comme moi... De temps en temps, il voit une fille, ça dure un après-midi ou entre midi et deux et il rentre le soir.

— Tu ne lui as rien dit ?

— Que dire ? J'ai fait pareil.

— Tu penses qu'il t'aime ?

— À sa façon. Je suis la mère de ses enfants. Voilà comment il m'aime. Mais il ne me désire plus. Apparemment, c'est dur de désirer la mère de ses enfants pour un homme. Le fameux syndrome de la Maman et la Putain.

— Quand je vois tout ça, dit Juliette, je me dis que j'ai raison de renoncer à l'amour, au couple, et tout ce qui s'ensuit.

— Mais non. Tu as tort. Il y a, malgré tout ce qu'on vit, et tout ce qu'on ne vit pas, de très bons moments, je t'assure… Enfin je me demande lesquels, à vrai dire. Mais je suis sûre qu'ils existent.

— Tu devrais divorcer… C'est pas une vie pour toi.

— Pour quoi ? Pour qui ? Des mecs nuls rencontrés sur Gleeden ou AdopteUnMec ? Des mecs mariés qui trompent leur femme ? Qu'est-ce que j'aurais gagné, dis-moi ?

— Tu es vraiment désespérée.

— Mais non, seulement mariée et mère de famille.

— Tu as de la chance, dit Juliette, en pensant à l'enfant, son enfant qui n'était pas son enfant et qui ne l'aurait jamais été. Son enfant réduit à des paillettes de sperme dans le casier inférieur de son congélateur. Son enfant glacé à tout jamais. Elle eut comme un sanglot qui monta dans sa gorge, et qu'elle fit disparaître avec une gorgée de vin.

— À propos, ton Don Juan à toi, il en est où ? demanda Margaux.

— Moi c'est différent. Il ne veut pas me rencontrer.

— Il habite où ?

— Je ne sais pas. Son appartement est plutôt branché, il ressemble à un loft new-yorkais.

— Peut-être est-il à Hong Kong, ou en Amérique du Sud, ou de l'autre côté du globe. Ça expliquerait pourquoi il ne peut pas te voir.

— C'est vrai, je n'y avais pas pensé.

— Connais-tu son adresse IP ?

— Non.

— Je peux la retrouver. On va tenter de le localiser et savoir où il vit. Comme ça, au moins tu sauras.

Juliette regarda sa montre. Elle ne voulait pas être en retard pour sa leçon. Elle pressa son amie de rentrer. Elles prirent un pousse-pousse qui les ramena jusqu'à l'hôtel. L'air du soir était doux et humide, les gens étaient dehors, à déambuler, au calme, dans les rues. Elles étaient gaies, un peu ivres, et se mirent à rire pour un rien. C'était un moment léger et délicieux, hors du temps, qui leur fit du bien et scella leur amitié.

Dans sa chambre, Juliette disposa son ordinateur sur la table basse, et alluma la lampe qui se trouvait sur un guéridon à côté du canapé, sur lequel elle prit place confortablement. Puis elle vérifia son maquillage et sa coiffure sur l'écran de son ordinateur, elle rajusta son chemisier, et se connecta à Skype.

— Bonjour Juliette, dit-il. Ou devrais-je dire, bonsoir ?

Le professeur Constant était encore plus beau que d'habitude. Il portait une chemise bleu nuit qui mettait en valeur son regard. Sa bouche aux lèvres charnues s'ouvrait en un large sourire, dont on apercevait les fossettes sous sa barbe de trois jours. Il s'était assis sur son canapé, devant la fenêtre dont il avait baissé les stores. Il avait allumé une petite lumière tamisée sur la table d'à côté.

Quelle heure était-il chez lui ? Elle mourait d'envie de le savoir. Son fuseau horaire serait une bonne indication de sa position géographique.

— Bonjour, Jean-Luc. Il fait déjà nuit, chez vous ?

— Pas tout à fait... Comment allez-vous ?

— Ça pourrait aller mieux... J'ai appris que ma mère m'avait trahie, et que j'avais largué mon compagnon pour des mauvaises raisons. Je viens de renoncer à avoir un enfant, et ça me chagrine. J'ai noyé mon désespoir dans l'alcool. Mais je suis prête à vous écouter, ça va mieux, maintenant.

— Comment avez-vous renoncé ?

— Je l'avais commandé sur un site. Je me suis aperçue que c'était une erreur.

— Eh bien... je pense que vous avez bien réagi.

— Je suis soulagée et en même temps, je suis triste... C'est difficile de renoncer à un désir aussi fort, presque un besoin.

— Voici une bonne introduction pour notre cours d'aujourd'hui. Le désir. On pense aujourd'hui que le désir fait loi. Que l'on devrait combler tous les désirs. Ceux des enfants, par exemple. Et aussi les désirs d'enfant. Que parce que certains couples ou certaines femmes, certains hommes veulent un enfant, ce désir devrait être comblé par la société. On pense que le désir est un droit. Et pour cela on organise un marché. On en vient donc à vendre des enfants, et cela s'appelle la GPA. Grossesse pour argent. Mais tout cela ne se fait pas du jour au lendemain. Il faut d'abord changer de paradigme. Effacer l'amour de nos consciences, ou plutôt faire de l'amour un marché pour dissocier la naissance de la relation du couple. Nous faire entendre que l'amour, que ce soit pour un conjoint ou pour un enfant, est aussi sur le marché. Et ainsi, on prend, on rend, on reprend, et on se met à vendre et à acheter des enfants sur le grand marché des sentiments. Ai-je répondu à votre question ?

— Oui… Mais je ne peux m'empêcher d'être triste. Cet enfant, c'était toute ma vie. Puis-je vous demander de patienter une minute, professeur ? J'ouvre au service de chambre.

Juliette se leva, essuya la larme qui montait malgré elle dans ses yeux et alla chercher un plateau de thé, qu'elle disposa sur la table, à côté de son iPad, sur lequel elle prenait des notes, à l'aide d'un clavier.

— Il me semble, Juliette, que l'on n'achète pas un enfant comme on achète un chien. Et même un chien, vous voyez à quel point il peut être un compagnon humain pour l'homme, parfois même plus humain que l'homme !

— J'ai un désir d'enfant, pas de chien ! Mais ce serait mieux si j'en étais la mère. N'est-ce pas, professeur ?

— Il me semble que oui. Il faut reprendre les choses à l'endroit.

— Donc, croire à l'amour ?

Juliette sirota une gorgée de thé. Il y avait quelque chose d'enivrant à converser ainsi, sans se toucher, quelque chose de formidablement excitant, de l'ordre de cette transgression dont le professeur Constant avait parlé. Était-ce le support vidéo qui magnifiait ainsi le fantasme ? Ou était-elle réellement amoureuse ? C'était comme s'il était là, dans la chambre d'hôtel, et pourtant, il existait entre eux un mur transparent, celui de l'espace et du temps. À y réfléchir de près, c'était proprement surréaliste.

Mais il fallait qu'elle sache, qu'elle en ait le cœur net. Elle voulait le rencontrer, et surtout comprendre si ses sentiments étaient partagés, s'il ressentait la même chose, au même moment. Elle prit une autre gorgée de thé, et dit, d'une voix nouée par l'émotion :

— J'ai beaucoup repensé à notre conversation. À vous, à moi. On dirait que vous me fuyez, que vous avez peur.

— Ce qui fait peur n'est pas ce qui se passe à ce moment entre nous dans cet écran, c'est tout ce que cette situation ouvre comme possible. C'est le vertige de la liberté. C'est la boîte de Pandore. Comment conserver l'amour dans la liberté assumée, telle que nous la professons ?

— Vous voulez dire, quand tout est possible ?

— Quand on passe à l'acte. C'est un bouleversement de tous les repères. On se laisse aller au plaisir. Et l'on comprend alors que l'unique objet du désir n'existe pas, que le désir est multiple, imprévisible, il n'a pas de loi sinon sa loi propre. Et cela remet violemment en cause toutes nos certitudes. Quelque chose qui nous dépasse et qui relève du corps uniquement. Comme si l'esprit avait quitté la chair pour se laisser dominer, guider par elle. L'impression d'être emmené loin de soi, et étrangement près de soi, et de perdre tout contrôle. Ne plus savoir où l'on en est, ni qui est qui, ni où l'on est, se perdre dans cet hubris. Le plus surprenant est la perte de soi. Le plus déroutant est l'anarchie du désir qui ne connaît d'autre loi que la sienne. Donc qui se réalise dans l'oubli des conventions, de ce qui doit se faire et ne se fait pas, le dépassement des limites que la société nous impose. Se débarrasser de tous les tabous et exister dans un espace de liberté pure afin d'écouter ses sensations et s'abandonner à elles. Mais il faut d'abord différencier le désir et la pulsion.

— Qu'est-ce qui est le plus fort ? Le désir ou la pulsion ?

— Le désir, c'est ce qui nous pousse à vouloir l'autre, dans une appréhension intellectuelle et charnelle, la pulsion, c'est le corps brut qui s'exprime, de façon presque animale.

— Ça me fait penser au film *La Femme d'à côté* de Truffaut : le sentiment qui relie les personnages malgré eux est très pulsionnel.

— Le désir et la pulsion ont la même finalité, mais pas la même intentionnalité. Le désir agit par rapport à une représentation du réel. La pulsion vient combler un besoin. La pulsion est immédiate, incontrôlable, subite, involontaire. Le désir passe par une médiation, par une élaboration, une conscience, la pulsion est du domaine de l'instinct, elle est sans filtre. La pulsion, voilà le tabou absolu de la société, ce qu'elle cherche sans cesse à contrôler, à limiter, à annihiler. Finalement, la société nous enseigne essentiellement à renoncer à nos pulsions pour accepter nos désirs. Le désir va canaliser et ordonner le chaos de la pulsion, qui nous entraîne, malgré nous, vers un lien indissoluble avec l'objet. Par la pulsion, je suis lié à l'objet, par le désir, je donne un sens à ma pulsion et la soumets à la loi de la volonté et de la conscience de soi. Si je ne suis plus l'objet de mes pulsions, je peux être reconnu comme conscience. Le désir prouve à l'homme qu'il n'est pas déterminé par l'instinct comme un animal. Que par un acte de liberté, il s'affranchit du déterminisme de la pulsion.

— Et pourtant, s'accorder l'espace d'un instant, la possibilité d'être pulsionnel, c'est enivrant, parfois ? Comme… ce qui s'est produit entre nous, l'autre soir ?

Il se tut, comme si cette question le laissait sans voix.

Elle le regardait, et sentait les accélérations de son cœur dans sa poitrine. Elle avait tout prévu, visualisé, fantasmé, avant de le revoir, mais finalement rien ne se passait comme elle le pensait. C'était plus sombre, plus âpre, plus neutre, plus cru, plus dense.

Elle se lova confortablement sur le canapé. Quoi de plus intime que de partager le désir ? Elle essayait d'atteindre cet espace de liberté absolue que le professeur avait évoqué, loin de tout interdit, de toute norme, de toute convenance.

— Le désir, donc, est notre thème d'aujourd'hui, reprit le professeur. Que désire-t-on ? Qui désire-t-on ?

— L'autre ?

— Non. Ce n'est pas l'autre. Ou alors si, mais dans les relations sexuelles sans lendemain, ou dans les films pornographiques qui consistent à mettre en scène la domination du corps de la femme, qui devient un objet. En vérité, ce que l'on désire, Juliette, c'est le désir, dit-il.

— On désire le désir ?

— Rappelez-vous Hegel, et la dialectique du maître et de l'esclave. Les deux consciences qui s'affrontent. Chaque conscience est désir, pour soi et pour une autre conscience de soi. Ainsi pour elle-même elle est certitude de soi, mais pour l'autre elle est un objet. Chacune doit se faire reconnaître par l'autre. Cette reconnaissance mutuelle, telle que les individus se reconnaissent comme se reconnaissant réciproquement, est essentielle : la conscience pour exister doit être reconnue par l'autre conscience. Pour cela, elle doit capter son désir. Ce que montre la dialectique du maître et de l'esclave, c'est la médiation suivante : on désire le désir de l'autre.

Juliette prit une gorgée de thé, et ouvrit son carnet, sur lequel elle commença à noter cette phrase : *On désire le désir de l'autre*.

— D'autre part, poursuivit le professeur, on désire ce que désire l'autre. Cette idée a été développée par René Girard, d'un point de vue philosophique et anthropologique. Pour lui, à l'origine de la culture, on trouve le fait religieux. Et le sacrifice qui vise à canaliser la violence fondamentale, présente en toute société. Ce qu'il appelle la mimésis définit la structure même du comportement humain : on ne désire pas l'objet, on désire ce que désire l'autre. Le désir est essentiellement mimétique. Or tout désir mimétique implique le conflit, puisque deux personnes veulent la même chose. Il n'y a pas de désir sans violence. Le sacrifice vient détourner la violence fondamentale vers d'autres objets. En cela, il l'empêche de se développer et de se répandre. C'est également à travers les romans que René Girard analyse le caractère mimétique du désir. Loin de l'illusion romantique qui postule l'amour fou entre deux êtres qui se reconnaissent l'un et l'autre, le désir est créé par la relation triangulaire, qui met en scène un troisième personnage. Entre le sujet et l'objet, le rapport n'est jamais direct. Ce qui attire et séduit, c'est le médiateur. En cela, il est métaphysique, car ce que le désir désire, c'est la plénitude ontologique attribuée à celui qui possède. Mais en fait de plénitude, il ne rencontre que le manque, c'est pourquoi le désir reste infini. Les romanciers n'ont pas leur pareil pour décrire le travail essentiel du médiateur. Don Quichotte cherche à imiter Amadis de Gaule, Emma Bovary les héroïnes romantiques des romans dont elle nourrit son imaginaire, ou encore les aristocrates dont la brève fréquentation au bal de la Vaubyessard la met en extase, Julien Sorel voudrait être Napoléon. L'illusion romantique consiste à croire dans la toute-puissance du désir. La vérité romanesque dévoile l'intermédiaire qui en est le maître. Car le désir spontané n'existe pas. Le vaniteux romantique veut croire qu'il est lui-même à l'origine de son désir, *inscrit dans l'ordre des choses, la création ex nihilo d'un moi quasiment divin*. Il veut croire dans son autonomie. Mais en vérité, l'expérience du désir est celle du manque, de l'humiliation et de la diminution d'être, face à un médiateur qui, lui, est tout-puissant et qui structure les relations humaines.

— Si l'on désire le désir, le désir est donc infini ? Comment expliquer la fin du désir dans le couple ? Quand le médiateur disparaît ?

— En effet. La fin du désir naît également du sentiment de l'altérité que l'on perd lorsque l'on croit connaître l'autre par l'habitude qui devient une seconde nature.

— Comment faire en sorte que le désir reste désir, accroché à l'éternité d'un fantasme non assouvi ? Ceci n'est possible que si l'autre reste toujours hors de portée ? Ou conditionné au médiateur ?

— Il faut que l'autre reste autre. Le pire ennemi du couple est le quotidien, la monotonie, le fait de se coucher le soir après la journée avec son ordinateur devant soi, l'habitude… le couple comme un résidu de la journée. Pourquoi sommes-nous fascinés par les bals masqués, par la fameuse scène de la soirée ésotérique dans *Eyes Wide shut* ? Parce que, comme le dit Lacan, ce n'est pas lui, ce n'est pas elle. C'est cela même qui est excitant. L'amour d'aujourd'hui est sans transcendance et sans transgression. Quand tout est possible, l'amour devient objet de consommation courante. Il est rationalisé, et il entre dans la logique économique. Le désir se perd sur le marché qui l'organise et le soumet à sa loi.

« Or l'érotisme, la science de l'Éros, c'est la vie, c'est ce qui nous fait sortir de nous-mêmes, c'est une façon de transcender la sexualité. La sexualité, au contraire, disparaît dans la pornographie qui montre le réel d'une façon obscène, brutale, presque animale, sans conscience, sans sentiment, dans une forme de violence où se rejoignent Éros et Thanatos. Étrange jouissance de voir deux êtres copuler sans histoire ni mémoire. L'érotisme, au contraire, est dans le caché, le secret, la transgression, le souvenir d'un interdit. Comme le dit André Breton : « l'Éros, le seul art digne de l'homme et du cosmos, la seule chose capable de le porter plus loin que les étoiles ». La pornographie, c'est l'action du corps comme une mécanique, sans pensée. L'érotisme, c'est le corps qui dépasse la pensée vers une forme de transcendance, d'altérité qui se crée et se révèle. C'est la raison pour laquelle il existe un rapport intime entre l'amour et la philosophie : le philosophe transforme l'Éros en logos. Il est un ami, un amant : il faut commencer par avoir été amant pour penser. Dans *Qu'est-ce que la philosophie ?*, Deleuze et Guattari définissent l'Éros comme condition de l'avènement de la pensée. Selon eux, l'érotisme est une expérience transcendantale. Par le désir, je me perds, en jouissant, je m'efface, je n'existe plus en tant que sujet, « ma jouissance est ma disparition », dit Lacan.

— Pour que le désir reste désir, il faut donc du manque ?

— L'autre est le fuyant pour celui qui aime, qui vit une distorsion du temps. Comme le dit Roland Barthes, dans *Fragments d'un discours amoureux*, l'absence de l'autre est un *affairement*, qui m'empêche de ne rien faire d'autre que de l'attendre. Quand on désire le désir de l'autre, on ne veut pas l'avoir pour soi, on désire ce qui rend désirant – c'est la situation triangulaire. Nous l'avons vu avec le paradoxe du plaisir, le désir de possession s'éteint avec la possession, le désir du désir ne s'éteint pas puisqu'il se poursuit à l'infini du désir, dans son anarchie propre, sa liberté. Mon désir suscite ton désir qui suscite mon désir et ainsi de suite. En désirant le désir de l'autre, on s'élève de la possession d'un corps à la quête de l'âme, selon la description platonicienne, et néanmoins non platonique. Et cela, c'est véritablement l'infini.

— Le désir serait donc spirituel, et la pulsion instinctive et matérialiste ?

— En effet, c'est ainsi que l'interprète la tradition sacrée érotique du *Cantique des Cantiques*, texte majeur que nous avons déjà évoqué ensemble. Tant de phrases sont restées gravées dans les mémoires et les consciences : *Je suis malade d'amour, mon aimé est à moi, et je suis à mon aimé, tes yeux m'ensorcellent, l'amour est fort comme la mort.* On l'interprète souvent comme l'allégorie de la relation de Dieu au peuple juif. Cependant une lecture littérale permet de faire un parallèle intéressant entre la relation érotique et la relation à Dieu : le peuple juif désire Dieu dans l'absence comme l'absence du fiancé creuse la faim de sa fiancée. Finalement, on se demande, en le lisant, si l'amour est vraiment une force positive ou dangereuse, tant il est comparé à un feu brûlant, que rien n'éteint, une maladie, un manque, une douleur parfois. Sans cesse les amants s'échappent à eux-mêmes, sans cesse ils se cherchent et ne se trouvent pas. C'est l'essence même de l'amour et du désir, qui, dans son espace sacré, est la consécration du rapport à l'autre en tant qu'autre. À peine croit-on le saisir, qu'il nous échappe. Et lorsqu'il nous fuit, nous voulons le saisir. C'est un texte en mouvement, un texte qui court et qui bondit, qui n'est jamais figé, un texte inquiet et essoufflé. Le sens du *Cantique des Cantiques* est de dire que le feu brûlant de l'amour est celui de Dieu, et la relation érotique, parce qu'elle est manque, désir et infini, nous fait accéder à l'Absolu.

— L'autre jour, dit Juliette, je vous ai donné mon désir, et vous m'avez avoué le vôtre. Voulez-vous en rester là, pour que le désir demeure désir ? Ainsi il atteindrait l'infinité de l'Absolu ?

— Veuillez m'excuser un instant.

Le professeur Constant marqua une pause. Il réfléchit pendant un moment, il hésita, comme s'il allait répondre, puis il se ravisa. Il se leva, fit quelques pas, sortit du champ, elle entendit soudain un murmure. Y avait-il quelqu'un avec lui ? Une femme peut-être ? Puis il revint et son visage apparut, souriant, devant la webcam.

— Que disions-nous ? Il n'y a de désir que s'il y a obstacle. Pas de désir sans loi.

— La loi, c'est ce qui nous sépare. C'est cet écran, n'est-ce pas ?

— Cet écran est ce qui nous rapproche. Ne le sentez-vous pas, Juliette ?

— Si, je le sens.

— Plus l'interdit est fort, plus la transgression est violente, plus le plaisir est intense. L'essence de l'érotisme repose sur l'association entre le plaisir et l'interdit, dit Georges Bataille, qui définit l'érotisme le fait de *se conduire d'une manière qui présente avec les conduites et les jugements habituels une opposition contrastée*. L'érotisme, c'est l'envers du décor, ce dont on a habituellement honte, ce que l'on cache et que l'on ne montre pas. D'où la dimension du sacré et du profane, essentielle à l'érotique. Le sacré, Georges Bataille le définit comme une force qui nous transcende, qui abolit le sentiment de soi, qui réintroduit de la continuité dans la discontinuité propre à la vie, telle une nostalgie des origines ou de l'infini. D'où l'expérience de l'extase, qui se rapproche par ses mots, de l'expérience mystique, comme chez sainte Thérèse d'Avila, ou Saint Jean de la Croix. Tenez...

À nouveau, le professeur Constant se leva, et revint peu après, avec un livre en mains.

— Entendez ce poème de saint Jean de la Croix, un saint mystique espagnol du XVIe siècle, qui a admirablement décrit la passion, au sens chrétien du terme, mais on peut l'entendre comme une définition générale de l'amour vrai :

Tant que je serai loin de toi,
Quelle vie pourrais-je donc avoir
Sinon la mort à recevoir,
La pire qui à jamais soit ?
Pitié je me fais donc à moi,
Puisque j'en suis à m'enhardir
De mourir de ne pas mourir.

Arrache-moi de cette mort,
Mon Dieu, et donne-moi la Vie ;
Ne me retiens pas asservie
Par ce lasso tellement fort ;

Pour te voir, vois mes efforts
Et le mal autant m'envahir,
Que je meurs de ne pas mourir !

— Avec *l'espérance de vous voir*, oui, *ne me retenez pas asservie par ce lasso tellement fort*, dit Juliette. N'est-ce pas, professeur ? Apparition, disparition, voilement, dévoilement...

— Dévoilez-vous, Juliette, dit-il soudain.
— Que voulez-vous dire ?
— J'aimerais vous voir. Telle que vous êtes, montrez-m'en un peu plus... Montrez-vous à moi...

Elle entendit comme un bruit, derrière la caméra de son interlocuteur. Pendant un instant, l'écran s'assombrit, et il se déconnecta. Décontenancée, elle fit plusieurs tentatives pour l'appeler, et il réapparut au bout de quelques minutes, l'air serein.

— Pardonnez-moi, je crois qu'il y a eu un problème technique. Mais c'est bon maintenant.

Il était étrange, un peu différent de d'habitude, moins réservé ou masqué par ses mots, avec une étrange lueur dans le regard.

— Je disais que j'ai envie de vous découvrir. Je voudrais vous voir.
— Pardon ?

Il la considérait, intensément. Elle ne parvenait pas à résister à son appel. Elle était troublée.
— Pourriez-vous changer l'orientation de la lumière... vous apparaissez en contre-jour.

Juliette s'exécuta, elle prit la lampe qui était posée sur le guéridon pour la mettre sur le bras du fauteuil, intriguée par cette demande.

— Merci c'est mieux... Beaucoup mieux. Je me disais bien que cette chemise qui paraissait sombre sur mon écran, en fait était blanche, et presque transparente maintenant.

— Que voulez-vous, professeur ?

— Voyez-vous Juliette, tout est jeu d'ombres et de lumière, pour l'esprit et pour le corps.

À nouveau, il y eut un drôle de bruit, puis :

— Votre chemisier ? dit-il. C'est de la soie ou du coton ? C'est un Calvin Klein ?

— Pardon ?

— Oui, de la soie ou du coton ?

— De la soie. Pourquoi ces questions ?

— C'est bien ce que je pensais... la soie, c'est plus doux, la soie épouse les courbes du corps... j'aime deviner ce qui se cache au-dessous.

Juliette le regarda, décontenancée, mais il poursuivait :

— Rien n'est plus érotique que le dévoilement, lorsque l'ombre s'éclaire, c'est comme un enchantement. Là...

Il se tut, la regarda attentivement.

— Là je devine votre sein, tout droit sous votre chemise, mais je voudrais en savoir plus. Déplacez encore la lampe, vers la droite...

— Comme ça ?

— Oui... encore un peu... Là je commence à bien vous voir, ouvrez un bouton supplémentaire, s'il vous plaît. Je vois la forme de votre sein gauche...

— C'est étrange… Personne ne m'a jamais regardée comme ça.

— Détachez encore un bouton. Et tournez-vous vers la droite pour révéler vos deux seins… j'aime l'idée qu'ils soient là. Fermez les yeux, imaginez mes mains qui effleurent votre peau… Vous êtes belle. Enlevez votre chemisier, maintenant.

Soudain, l'écran devint sombre. Il s'était déconnecté, la laissant dans sa nuit obscure. Elle resta là, devant l'écran, pendant plusieurs minutes, sans savoir que faire. Fallait-il l'appeler ? Attendre qu'il la rappelle ? Elle se rhabilla, chancelante, troublée. Elle avait le cœur qui battait la chamade. Il était là, devant elle, et il n'était pas là. Elle pouvait lui parler, mais impossible de le voir en réalité, ni de le sentir.

Elle était de plus en plus déroutée par la tournure que prenait cette thérapie philosophique. Il l'avait prévenue que ce serait un voyage intense, mais elle ne s'attendait pas à ce qu'il fût de cette nature. Il lui parlait de désir, et il lui montrait son désir. Il l'attirait implacablement et il la fuyait. Et elle ne pouvait plus lui résister, alors même qu'elle ne cherchait qu'à fuir. Elle attendait un signe de lui, un appel, qui témoignerait de son envie de la voir, pour de vrai, mais il semblait vouloir s'échapper, sans cesse. Elle avait le cœur palpitant, et son corps était envahi d'une tension presque insoutenable.

De tout son être, elle vibrait de désir, d'une inclination folle qui la portait vers lui, inexorablement. Qu'elle le voie, qu'elle le touche, qu'elle l'embrasse, qu'il la prenne dans ses bras. *Ne me retiens pas asservie par ce lasso tellement fort... Pour te voir, vois mes efforts, et le mal autant m'envahir.* Elle mourait d'envie de le voir. Elle mourait de ne pas mourir.

Nuit obscure illuminée soudain par le clignotement de son téléphone, indiquant l'arrivée d'un mail. Son cœur bondit dans sa poitrine. Était-ce lui qui la rappelait à son désir ?

— *Vous me demandiez où j'en étais, l'autre soir. C'est une longue histoire, que j'aimerais vous raconter, de vive voix. Je voudrais vous voir, si c'est possible et si vous le souhaitez ? Entre deux voyages, c'est vous qui décidez. Dites-moi où et quand ?*

Leçon 8

La rupture amoureuse

Juliette relut le message de Sandor, envoyé à Silvia. Ainsi donc, il insistait vraiment pour la voir. Comment allait-elle s'en sortir ? Que lui raconter pour le faire patienter sans le perdre ? Au moment où elle allait lui répondre, elle reçut un MMS de Gabriel sur son portable, une vidéo d'elle et lui, à Venise, les cheveux aux vents, sur son bateau, lors d'une croisière qu'ils avaient faite en Italie. Elle riait, heureuse, amoureuse, amusée de ce cliché toujours ressuscité, comme si elle voulait y croire, comme s'il fallait toujours y croire. Cet amour de Gabriel qui la protégeait, la rassurait, l'humanisait. Il était venu la chercher sur sa gondole, pour lui faire traverser l'Acqua Alta, à travers les ruelles, les venelles, vers des lieux secrets et précieux, à l'endroit même de l'amour. Cet amour sur l'eau coulait comme la vie, l'emportant sur les flots de la passion, dans les méandres des fleuves jusque vers l'immensité de la mer. La nuit, sur leur embarcation, ils se réveillaient pour se dire qu'ils s'aimaient, et se rendormaient dans les bras l'un de l'autre, comme des bienheureux.

Ô Romeo, Roméo ! Pourquoi es-tu Roméo ? Voilà les mots d'amour les plus vrais, les plus tendres et les plus durs : on aime l'autre, mais sans aimer l'idée qu'il soit autre, c'est tout le paradoxe amoureux : l'altérité est ce qui nous attire chez l'autre, et c'est ce qui nous repousse aussi. La rupture est la consécration du lien amoureux, la reconnaissance ultime de l'altérité de l'autre, le sommet de ce qui nous relie en nous éloignant, puisque ce qui nous réunit est cela même qui nous éloigne.

Elle reçut alors un autre message de Gabriel, avec la photo d'une table et de chaises qu'elle reconnut : c'était ceux du café en bas de chez elle, où ils s'étaient vus pour la première fois. Il les avait achetés au restaurateur : pour lui, ces objets n'avaient pas de prix. Elle fut charmée et bouleversée par ce geste. Pendant un instant, elle eut envie de le voir, de le toucher, de se retrouver comme avant, dans ses bras, lorsqu'ils étaient encore ensemble.

Que de souvenirs, de moments partagés dans l'intimité, lorsque semblait se dessiner encore une vie commune. Des mots, des étreintes, des baisers dans les rues, des dîners dans les restaurants, des rires et des conversations interminables. Quel était le sens de ces MMS ? Lui rappeler combien ils étaient amoureux, ou lui dire que cette époque-là était finie, révolue à tout jamais ? Pourquoi cette pensée lui brisait-elle le cœur, alors même que son esprit était ailleurs ? Quelle drôle d'idée d'avoir acheté cette table et ces chaises. Elle faillit l'appeler, pour entendre sa voix, puis elle renonça. Elle lui répondit par SMS.

— *Pourquoi as-tu fait ça ?*

— *Je me suis assis à cette table, ce matin, au café et j'avais l'impression que je t'attendais. Alors j'ai emporté la table et les chaises avec moi. Je voudrais tant que tu ouvres les yeux, que tu me voies tel que je suis, et que tu considères notre histoire. C'était terrible, d'être assis à cette table où je t'ai attendue, la première fois. Je l'ai achetée pour toi, en fait. Quand puis-je te la faire livrer ?*

— *Je préfère qu'elle reste là où elle est.*

— *Non, c'est un cadeau. Dis-moi.*

— *Je ne sais pas... Je ne veux pas que ma maison devienne un mausolée de notre amour.*

— *Cela signifie que notre amour est mort pour toi ?*

Elle ne savait pas quoi écrire. Il était le seul être avec qui elle avait gardé un fil, un fil ténu et transparent, mais un fil rouge quand même qui la reliait à l'amour. Elle préféra se reconnecter à AdopteUnMec, pour vérifier s'il était sincère, ou s'il lançait simplement des perches à droite et à gauche, sans que cela ait de sens. Mais que répondre à Sandor qui demandait à nouveau à la rencontrer ? Qu'elle ne voulait pas le voir ? Pour quelle raison ? Ou bien, ne pas lui répondre ? Mais elle ne voulait pas le perdre.

— *Comment allez-vous, Sandor ?* lui écrivit-elle.

— *La voyageuse est de retour ! Dans quels pays avez-vous été ?*

— J'ai été au Brésil, à Tokyo et à New Delhi. Je vais bientôt à New York. Il pleut et j'ai le cœur en berne. Moi aussi, j'ai eu une désillusion amoureuse. Je ne pensais pas qu'après toutes ces trahisons il y en aurait encore. Je ne pensais pas qu'on pouvait être double quand on dit aimer. Je ne croyais pas me tromper, c'est-à-dire être trompée, puisqu'être trompée n'est pas autre chose que se tromper soi-même. Je n'imaginais pas qu'encore une fois l'amour n'en était pas. Sinon du jeu, de la pratique, du blablabla, de la séduction, du donjuanisme, bref du n'importe quoi. Et vous ? Qu'en dites-vous ?

— Vous avez l'air bien désespérée aujourd'hui, Silvia. Moi aussi, j'ai comme une tristesse. Mon ex ne répond pas à mes questions. Je pense qu'elle veut vraiment en finir. Je n'arrivais pas, jusque-là, à me dire que c'était terminé, j'étais certainement dans une forme de déni. Je me disais qu'elle était en crise et qu'elle me reviendrait certainement, après avoir accompli un chemin personnel, ou une thérapie. Mais je crois que non. Elle ne veut plus me voir. Elle ne veut même pas de mes cadeaux.

— Mais pourquoi vous êtes-vous inscrit sur un site de rencontres si vous l'aimez toujours ?

— J'ai commencé à venir sur ce site, parce que beaucoup de mes patients m'en parlaient. Avec le métier que je fais, je voulais voir ce que les gens échangeaient entre eux dans la virtualité. C'est vrai que mon couple battait de l'aile. Je ne cherchais pas quelqu'un, je voulais juste un ailleurs. Un imaginaire qui me permette de revenir à elle. Je m'aperçois que c'est une illusion. Je l'aime encore, et je ne pense qu'à elle.

— Vous l'aimez, donc ? À présent, vous en êtes sûr ?

— Parfois, une crise permet de découvrir la vérité. On peut alors apprendre beaucoup sur soi-même, par cette remise en question radicale qu'est la rupture amoureuse. Comprendre aussi que l'on est au bout d'un système. Changer de point de vue sur l'amour et ses mythes, et sur le danger de chercher les solutions à l'extérieur. Sortir de l'enfance, faire de soi un être plus solide, plus mûr, plus dense, plus profond. Et plus sincère aussi. C'est ainsi que, depuis ma rupture, j'ai erré, je suis sorti dans les bars, les boîtes, et les fêtes, j'ai bu pour noyer mes insomnies qui me tenaient éveillé jusqu'au bout de la nuit, et me rendaient indisponible pour faire mon métier et écouter mes patients. Et au milieu de la foule des noctambules, j'ai compris qu'une seule femme pouvait susciter une telle dévotion : la sienne.

— La sienne ?

— C'est-à-dire, la mienne.

— La vôtre ? Mais elle n'est plus vôtre ?

— C'est étrange, mais je ne me suis jamais senti aussi proche d'elle.

— Parce que sans la voir, vous êtes sans doute proche de l'idée que vous vous faites d'elle.

— Je crois connaître des choses sur elle, que même elle ignore.

— Que pensez-vous savoir ?

— Je ne sais pas si elle est capable de sortir des schémas de son enfance. Je pense qu'elle a eu un Œdipe compliqué... Elle ne parle jamais de son père, qui se montre toujours absent par rapport à sa mère écrasante, omniprésente. Sa

mère est très ambivalente avec elle. On dirait qu'elle est en rivalité avec sa fille qui a un complexe de Raiponce : la belle jeune fille enfermée dans sa tour par la méchante sorcière. Il y a là une forme de manipulation qui tend à la rendre dépendante d'elle, mais elle n'en est pas du tout consciente. Dans sa vie amoureuse, elle semble passer de ravissement en ravissement, sans parvenir à se fixer, car son idée de l'amour est toujours au-dessus de la réalité de ce qu'elle vit. Tout simplement parce qu'elle manque d'estime de soi. Ainsi elle ne trouve pas le bonheur parce qu'elle pense, au fond, qu'elle n'en est pas digne.

Juliette fronça les sourcils, elle fulminait de se voir ainsi exécutée en quelques phrases : il pensait l'avoir percée à jour, comme si elle était sa patiente, ou une patiente.

— *En effet, vous semblez l'avoir bien analysée, docteur Freud.*

— *Et vous, parlez-moi de vous, belle Silvia ?*

— *Moi aussi je dois m'occuper de moi. De ce que je voudrais pour ma vie. De qui je suis et où je vais. À travers tous ces voyages, c'est moi que je cherche. Après avoir été étouffée par le regard dominateur de mon ex, qui pense avoir tout compris sur tout le monde sans jamais songer à se remettre en cause, je suis maintenant en quête de ma liberté. Je cherche mon identité. Il me maintenait bien au chaud dans son cadre de vie étriqué et minable. Je crois que je peux aller jusqu'au bout et tenter de voir les choses avec un peu de distance. Je veux être moi-même, sans attendre le Prince Charmant et sans me faire croire que je ne peux être moi-même que par l'amour.*

— C'est ce que l'on appelle en psychanalyse, l'individuation. Un chemin difficile, mais nécessaire… C'est le processus grâce auquel nous sortons de l'enfance afin de nous différencier des autres, et nous orienter vers ce que nous sommes vraiment, la totalité de la personnalité individuelle, notre self, loin de la persona qui est définie par notre entourage, et en particulier votre ex, qui semble avoir voulu vous écraser pour résoudre son problème d'ego.

— Je ne pensais pas que cette conversation sur AdopteUnMec prendrait un tour aussi personnel.

— Moi non plus, Silvia. C'est étrange, j'ai l'impression de vous connaître depuis toujours.

— Moi, j'aime vous découvrir. Ce que vous dites m'intéresse beaucoup.

— Dites-moi, Silvia, quand nous voyons-nous pour évoquer tous ces sujets passionnants ?

— Pourquoi se voir, si nous n'avons pas d'espoir de tomber amoureux l'un de l'autre, puisque nous sommes pris ailleurs ?

— C'est ainsi, quand tout est perdu, que les grandes histoires commencent.

— Vous cherchez à noyer votre chagrin dans les bras d'une femme ?

— Non, mais je pense que nous pourrions peut-être nous parler, et mon métier m'a appris que la parole soigne.

— Lundi prochain, à 18 heures. Au bar du Royal Monceau.

Leçon 9

La séduction

Juliette regarda la ville, qui brillait de mille feux et d'une énergie qui n'appartenait qu'à elle. Une activité trépidante l'animait, les pas pressés des passants étaient le reflet des battements de son cœur. Ses hauts bâtiments s'élançaient vers les cieux telles les tours de Babel, qui bruissaient de milliers de langues et de nationalités différentes. Nul ne pouvait arrêter sa course effrénée vers l'argent, vers tout ce qui permettait d'en gagner, la nourriture, les vêtements, les objets électroniques, les voitures, les clubs de sport, les sociétés de services en tout genre, les petites épiceries ou les magasins surdimensionnés, les musées, les universités et les instituts, les cinémas et les théâtres, et l'argent lui-même courait après l'argent. Il fallait progresser, plus loin, plus haut, plus cher, plus grand… Comme si toute la ville était elle-même sous amphétamines, ou sous une perfusion permanente de cocaïne, qui la forçait à en vouloir davantage. Le téléphone portable vissé sur l'oreille, les femmes en baskets, les hommes en costume cravate, certains en rollers, d'autres en skates, traversaient les rues, bondissaient dans les taxis, qui avançaient entre les immenses camions de Fed Ex, les véhicules surdimensionnés, et les calèches. Entre deux gratte-ciel, une église. Des hommes déguisés en personnages de *Toy Story* embrassaient des enfants devant les magasins de jouets, pour leur enseigner très tôt la loi immuable de la consommation.

À New York, lorsqu'elle était étudiante et qu'elle effectuait une année à Columbia University, elle avait appris à ses dépens les règles du Dating System. Règle numéro un : il fallait doubler le temps de réponse à un texto. Si un homme mettait deux heures à écrire, il était nécessaire d'attendre quatre heures pour envoyer la réponse. De même pour les mails. Règle numéro deux : si elle plaisait à un homme, il la conviait à dîner, c'était la première *date*. Si elle était d'accord pour commencer une *relationship*, elle pouvait se laisser inviter, sinon il fallait partager l'addition. Au bout de ce dîner, le partenaire demandait s'il pouvait faire un *good night kiss,* et ce n'était pas un simple bisou sur la joue. Il fallait dire : oui ou non. Mais éviter en toutes circonstances de minauder en attendant qu'on lui vole un baiser, à la Fragonard. Deux jours après, un deuxième rendez-vous était proposé, autour d'un repas qui ressemblait étrangement à un entretien d'embauche avec une liste des points suivants : métier des parents, fratrie, salaire et espérances de salaire, nombre de *dates* qu'elle avait déjà faites, nombre d'enfants qu'elle désirait avoir, nom des psychologues qu'elle était allée voir, médicaments s'il y en avait, et récapitulation de son histoire sexuelle. Le troisième *date* avait lieu en général au cinéma, puis à l'issue du quatrième, il était question d'avoir des relations plus intimes. Au bout de plusieurs mois, avant de se déclarer officiellement ensemble, on précisait s'il s'agissait d'une *open relationship*. Règle numéro trois : il fallait dire si on était intéressé ou pas intéressé (*interested or not*). Au risque de ne pas paraître droite, et de passer pour une menteuse ou une manipulatrice, il fallait fortement se déterminer. Dans ce système, il n'y avait pas beaucoup de place pour la séduction ni pour les jeux amoureux, le marivaudage, car tout était parfaitement encadré. Or, le problème, c'est que la séduction comme l'amour reposait sur le mystère. Vouloir formaliser, réduire, enfermer l'inattendu même de la rencontre dans des règles rendait l'amour inopérant, comme si deux robots échangeaient des informations.

Une sorte de mélancolie tomba sur elle, comme un désespoir profond. Peu à peu, de leçon en leçon, elle apprenait à désapprendre. Tout ce qu'elle croyait, ce sur quoi elle avait bâti le socle de ses croyances, sa cathédrale intérieure, s'effondrait, tel un château de cartes, dont le professeur Constant retirait une à une les fondations. Que restait-il ? Rien, rien que le vide de rêve, de charme, de sens… Comme un grand silence, une nuit obscure. New York, sous la pluie, et des millions de larmes qui coulaient sur feu l'amour. Dehors, circulaient les taxis jaunes, devant l'Empire State Building où s'étaient donné rendez-vous les personnages de *Elle et Lui*. Et aussi ceux de *Nuits blanches à Seattle*. Toutes les comédies romantiques. Ces rendez-vous manqués, et le hasard qui tente de contrôler la fatalité et de contrecarrer son projet de réunir les deux parties de l'androgyne. Mais le destin est plus fort que tout, et les mène irréversiblement l'un vers l'autre, les réunissant dans le meilleur des mondes, comme par une théodicée amoureuse.

Tout le monde, ici, marchait d'un bon pas. Mais vers où ? Ces Sisyphe heureux, perfusés de comédies romantiques, portaient leurs sacs, sachets de courses, sacoches de travail, en haut de leurs tours, avant de redescendre et d'accomplir le même parcours, chaque jour, dans la joie et la bonne humeur, à grand renfort de : *Nice to meet you ! How are you today ?* Quelque chose flottait dans l'air : à chaque coin de rue, on pouvait imaginer cette réunion improbable de deux êtres humains séparés par la vie, forts de cette impression qu' « elle et lui » avaient eue en se retrouvant sur un bateau, ces deux cœurs désabusés, si jeunes et déjà usés, ces deux existences en perdition qui n'auraient jamais pensé qu'aimer était possible à nouveau. Et toutes les comédies romantiques racontent la même histoire. Le premier amour n'est jamais le bon. Le vrai amour n'est jamais le premier, c'est toujours le second. Il faut avoir échoué en amour pour trouver l'âme sœur. Il faut s'être trompé pour être clairvoyant. Il faut avoir aimé pour pouvoir aimer.

Soudain, la sonnerie de son ordinateur portable retentit. Cette sonnerie qu'elle attendait, le cœur haletant. C'était l'heure de son rendez-vous philosophique. Elle s'émut en voyant apparaître son professeur, avec son regard sombre, ses cheveux raides un peu longs, sa barbe de trois jours, et une belle chemise blanche qui mettait en valeur sa musculature. À chaque fois qu'elle croisait ses yeux, c'était le même sentiment de ravissement, qui l'emportait vers un autre monde, une étrange ardeur. Elle installa son écran devant elle, pour mieux le considérer. Elle vérifia dans l'encadré la disposition de ses cheveux et de son maquillage.

— Bonjour, professeur Constant. Me direz-vous un jour qui vous êtes, en réalité ?

— Je suis là, pour vous, chez vous, quand vous le souhaitez. Vous voyez bien. Où que vous soyez…

— Comme Dieu, vous avez le don d'ubiquité ?

Il la regarda sans répondre.

— La question vous gêne-t-elle ?

— Non. Elle me surprend. C'est vous qui semblez avoir le don d'ubiquité ! Où êtes-vous cette fois, Juliette ?

Elle déplaça son portable vers la fenêtre, pour lui montrer l'Empire State Building.

— New York ! Quelle voyageuse. Vous n'êtes pas fatiguée de faire le tour du monde ?

— Dites-le à mon patron.

— Il doit vous apprécier beaucoup, n'est-ce pas ?

— Non je crois plutôt qu'il cherche à se débarrasser de moi. Professeur Constant, puis-je vous poser une question ?

— Je vous écoute, Juliette.

— Êtes-vous marié ou en couple ?

— Je suis célibataire.

— Vous n'aimez personne ?

— Oh si, j'aime une femme, très belle de l'intérieur et de l'extérieur, qui me transporte lorsque je la vois, qui m'intéresse follement lorsque je l'entends, une femme dont j'attends la visite, à laquelle je me prépare sans cesse, que j'ai envie d'impressionner, que je rêverais de rendre heureuse, une femme que j'ai du mal à quitter à la fin de nos échanges… C'est une personnalité forte aussi, qui a mené sa vie telle qu'elle l'entendait, et qui s'est concentrée sur sa carrière. Mais elle en a oublié sa raison d'être. Car j'ai vu en elle une corde sensible, quelque chose qui aspire à l'infini.

— Et cette femme…

— C'est vous, Juliette. C'est vous, ma lumière, ma raison d'être. Depuis que je vous ai vue, sur mon écran, je ne pense plus qu'à vous.

— Ne vous moquez pas de moi.

— Pourquoi pensez-vous que je me moque ? Je suis sincère, lorsque je vous dis que je vous aime. Que je vous ai aimée dès le début, dès le premier regard, et que cet amour s'est approfondi, et, en même temps, cela n'a rien à voir avec la connaissance que je peux avoir de vous car c'est comme une évidence...

— Mais alors pourquoi ne pas se voir ? Depuis l'autre soir, vous me fuyez...

— Juliette, vous savez bien pourquoi. Je n'ai pas le droit de voir nos clientes.

— Quel était le sens de ce qui s'est passé entre nous, à New Delhi ? Cela fait-il partie de votre thérapie ?

— C'était l'expression intime de ma flamme.

— Mais, professeur, écoutez-moi ! Déconnectons-nous et rappelons-nous par votre adresse personnelle, cette fois sans grand patron au-dessus de nous.

— Non je ne peux pas. Ce serait déloyal.

— Avouez que quelque chose ne colle pas. Vous êtes marié, c'est ça ? Vous êtes marié jusqu'au bout des ongles et vous avez quatre enfants.

— Pas du tout, Juliette. Je suis libre. Et je n'ai pas d'enfant.

— Alors ? C'est très simple ; j'arrête les cours, je vous donne mon numéro, nous nous appelons et nous nous voyons comme des gens normaux. Vous n'êtes plus mon philothérapeute et je ne suis plus votre cliente, comme vous dites.

Il y eut un silence.

— Je ne peux pas. Je suis désolé.

Juliette sentit sa gorge se serrer, sous l'effet de la vexation.

— Oubliez ce que j'ai dit. Et poursuivons la leçon, si vous voulez bien ?

— Si vous le souhaitez, oui.

— Oui, je souhaite... Non je ne le souhaite pas. Je ne supporte plus de vous voir ainsi, sans vous voir, jamais. Et puis la dernière fois, lorsque vous m'avez demandé de me déshabiller, je me suis retrouvée ridicule. Que voulez-vous de moi ? Je crois que vous êtes simplement en train de jouer un jeu. Professeur Constant, êtes-vous un séducteur ?

Un silence, à nouveau.

— Et si nous abordions le thème de la séduction ? répondit-il. Connaissez-vous *Le Journal du séducteur*, de Sören Kierkegaard ?

— Oui, je l'ai lu, il y a longtemps.

— Très bien ! Alors je vais vous rafraîchir la mémoire. Ce philosophe danois, chrétien, est l'un des fondateurs de l'existentialisme. Lui-même a vécu une histoire d'amour folle avec une jeune femme, Regina Olsen, avec laquelle il s'est fiancé, avant de décider de rompre, brutalement.

— Pourquoi ?

— Leur rencontre eut lieu en mai 1837, alors que Regina n'avait que quatorze ans. Trois ans plus tard, il la demande en mariage, ce qu'elle accepte. Ils se fiancent. Un an après, il décide de rompre. Regina, qui en est bouleversée, tente de se suicider. Quelque temps plus tard, elle se marie avec un haut fonctionnaire. Néanmoins Kierkegaard et elle continuent de se voir lors de promenades, ou à l'église, jusqu'au moment où le mari de Regina les en empêche, à la suite d'une lettre du philosophe qui lui avoue son amour pour sa femme.

— Il voulait à nouveau être avec elle ?

— Non, mais simplement lui dire que le lien entre lui et Régina était plus fort que tout.

— Pourquoi le dire au mari ?

— Sans doute, l'illustration d'une forme de désir triangulaire, dont parle René Girard. *Le Journal du séducteur* est directement inspiré de l'histoire des fiançailles. Il met en scène un homme, Johannes, qui fait tout pour séduire une jeune fille dont il est épris, Cordélia.

— Pourquoi veut-il la séduire, d'après vous ?

— Par jeu, par défi, par intellectualisme. Il pense que si l'on étudie bien le comportement d'une personne, on peut parvenir à ses fins. Cela fait partie d'un plan pour conquérir un grand nombre de femmes, afin d'avoir un sentiment intense d'exister. *Aimer une seule est trop peu ; aimer toutes est une légèreté de caractère superficiel ; mais se connaître soi-même et en aimer un aussi grand nombre que possible, enfermer dans son âme toutes les puissances de l'amour de manière que chacune d'elles reçoive son aliment approprié, en même temps que la conscience englobe le tout – voilà la jouissance, voilà qui est vivre.*

— Alors il est épris, comme vous dites, mais il ne l'aime pas.

— Il joue à aimer.

— Pourquoi ?

— Sans doute, par angoisse, par ennui. Tout comme Emma Bovary, Anna Karénine, Adolphe,

Mathilde de La Mole, ou encore Ariane Deume. L'ennui et le doute de soi, voici les premiers moteurs du désir de séduction. L'ennui a existé de tout temps, et il est ce qui relie les hommes et les époques. L'ennui vient avec le sentiment de la perte de sens, d'un grand vide et d'une profonde angoisse. L'ennui, c'est le sentiment le plus brutal et le plus fort de l'existence.

— Plus que l'amour ?

— L'ennui et l'amour sont les deux faces d'une même montagne. Comme le dit Arthur Schopenhauer, le monde oscille entre la douleur et l'ennui, qui pour lui se résume à la question : *la vie vaut-elle ce qu'elle nous coûte, et, si nous étions libres de choisir, ne ferions-nous pas un marché de dupe en acceptant l'existence ?* La vie est insignifiante et stupide, la plupart des hommes s'agitent jusqu'à la mort, telles des horloges qui marchent sans savoir pourquoi. Chaque existence n'est qu'une image insignifiante du temps qui passe. Ses trois phases sont le vouloir vivre, l'effort et la souffrance. Avec en son sein, l'ennemi le plus redoutable : l'ennui. *L'ennui n'est pas le moindre de nos maux ; il met à la longue sur les figures une véritable expression de désespérance.*

— Je comprends ce sentiment. Il m'est familier.

— L'ennui est donc cet état de langueur, cette attente sans objet qui nous met face avec l'essence de l'existence. Face à lui, trois chemins sont possibles. Celui qui lui résiste, grâce à la volonté, telle qu'elle se présente chez les héros ou les personnages historiques. La connaissance, la contemplation des Idées, et l'intelligence, qui définissent la vie des génies. Enfin, la léthargie et l'attente sans but, où se fige la vie. Mais l'ennui, Juliette, c'est surtout la voie royale vers…

— Vers ?

— Vers l'amour, bien sûr. Regardez Emma Bovary, Anna Karénine, Frédéric Moreau, Solal, ou encore les plus grands amoureux, ceux qui ont inventé le concept : Tristan et Iseult. Quand enfin, après avoir échappé à tous les dangers, y compris les pièges des quatre félons, surmonté toutes les épreuves pour être ensemble, et avoir eu le courage de fuir la colère du roi Marc, ils prennent la décision de partir ensemble, et de se rendre tous les deux dans la forêt de Morois, savez-vous ce qu'ils font ?

— Non ?

— La forêt de Morois porte bien son nom. Ils sont ensemble, oui, enfin ! Heureux, d'avoir pu braver tous les obstacles et de vivre leur amour loin de tous, seuls au monde. Mais un autre danger les guette, un danger bien plus redoutable que les dragons, la félonie des gens, la jalousie d'un mari qui est aussi le Roi et qui est allé jusqu'à enfermer sa femme avec les lépreux pour la punir de son infidélité. Cet obstacle, c'est l'ennui, Juliette. L'ennui, non pas seul, qui est déjà terrible, mais l'ennui ensemble. Au point que Tristan prend la décision de renvoyer Iseult chez son mari.

— Quelle horreur.

— L'ennui existentiel, métaphysique, l'ennui nous met face à nous-mêmes et nous projette plus que l'amour, vers notre humaine condition. Sisyphe, toujours. Voilà qui ressemble sans doute à cette crise existentielle que vous traversez. Nous poussons toujours la même pierre jusqu'en haut de la montagne. L'amour est une conséquence heureuse de l'ennui.

— Et donc, la séduction, pour échapper à l'ennui ?

— Un deuxième facteur entre en compte, c'est l'angoisse. Car comme le dit Kierkegaard, mélancolie et angoisse sont au fondement même du Moi. La séduction saura-t-elle combler ce vide ? Celle de Don Juan, peut-être, qui mène sinueusement à Dieu ? Mais son mode de vie l'entraîne vers le désespoir. Alors il reste la philosophie. C'est ce que Kierkegaard appelle *le stade esthétique*. L'esthète vit dans l'instant, dans le secret, dans le registre du sensuel. Il repère sa proie, et s'attache à elle par tous les moyens : *c'est cette fille-là que j'aime, celle-là seule qui doit être à moi, qui le sera*. Et pour cela, il faut incarner l'Absolu pour l'objet de la séduction : *ressembler à l'être aimé, ou sortir de son moi pour entrer dans celui de l'être aimé*. Se laisser inspirer par elle, et lui apprendre ce qu'il lui a appris d'elle.

— C'est ce que vous faites, avec moi ?

— Avec vous, je poursuis un chemin différent.

— Mais professeur, vous disiez tantôt que pour philosopher, il faut savoir aimer ?

— S'il suffisait d'aimer, comme dit la chanson, ce serait simple. Pour Albert Camus, dont nous avons parlé lors de notre première leçon, l'amour nous met face à l'absurdité de la vie. Don Juan va de femme en femme avec le même amour, en espérant à chaque fois trouver le sens, et en étant déçu à chaque fois de ne pas le trouver. Pourquoi faudrait-il aimer rarement pour aimer beaucoup ? se demande Camus. Il ne quitte pas les femmes par manque de désir, mais par un trop-plein de désir. Il est fait pour aimer. Or il n'y a de passion sans obstacle. Don Juan est dévoré par un amour libérateur. Loin des légendes : *de l'amour, je ne connais que ce mélange de désir, de tendresse et d'intelligence qui me lie à tel être*. Mais il n'y a d'amour que celui qui se sait *passager et singulier.*

— C'est triste. Je ne peux concevoir d'aimer si ce n'est pour l'éternité. L'ennui et l'amour sont les deux faces d'une même montagne... L'amour est le remède à l'ennui. Séduire, donc, séduire et abandonner, comme Don Juan avec Elvire, comme Sören Kierkegaard et Regina. Séduire, et reséduire. On peut remplir sa vie avec Éros... Est-ce que l'on ne risque pas de se retrouver face à ce qu'on a fui ? L'ennui ? Ou pire même, le désespoir de comprendre qu'on n'échappe pas à l'ennui en le fuyant.

— Parfait ! C'est alors que survient le second stade, le stade éthique. On rencontre alors l'amour inspiré par Dieu, pour son prochain. Celui-ci dépasse la séduction pour rencontrer l'Autre dans cet abandon total et inconditionnel de la vie humaine qu'est l'amour vrai. Cet amour-là est l'amour divin, loin de tout désir charnel. Cet amour-là réclame que l'on refuse le monde, comme le montre l'exemple d'Abraham qui va jusqu'à renoncer à son propre enfant. Abraham est la figure d'un rapport absolu à l'Absolu, lorsqu'il accepte l'idée de faire monter son fils sur la montagne.

— Toujours la montagne…

— Symbole de ce que vous recherchez. Si le stade esthétique, qui caractérise la relation à la femme, est futile, l'amour de Dieu, lui, est profond, et il nous ouvre l'espace de l'éternité, car il se dirige non vers une seule personne, mais vers tous. À l'inverse de la séduction qui élit son objet par sa beauté, l'amour de Dieu est universel. Mais cet amour n'a valeur de vérité que s'il est vécu de l'intérieur. Il fait de moi un sujet qui participe d'une vie spirituelle. L'Amour ne réfléchit pas, ne regarde pas, ne préfère pas. Sans doute est-ce la raison pour laquelle l'amour se raconte plus qu'il ne se vit. Ainsi les philosophes ont peu réfléchi sur l'amour, excepté Platon qui nous raconte des histoires. En revanche, nombreux sont les romans d'amour. Car l'amour se pare de mille feux. Il reste une terre cachée, secrète et hermétique. Imperméable à tout jugement, il est un pur événement, comme le montre, par exemple, *Le ravissement de Lol V. Stein* de Marguerite Duras, où une femme assiste au coup de foudre, soudain et imprévisible, inexplicable et inexorable, de son fiancé pour une autre femme.

— Un pur événement… murmura Juliette, en pensant à ce qui se produisait, lors de chaque leçon, au ravissement qu'elle-même ressentait à chaque nouveau regard.

— Laissez tomber l'amour, Juliette, venez vers la spiritualité. Elle vous remplira et ne vous jouera jamais de tour. Elle sera toujours votre consolation, le socle à partir duquel vous pouvez être une femme nouvelle. Ne perdez pas votre temps inutilement avec les jeux de l'amour. Jetez vos Jane Austen, et supprimez les comédies romantiques de votre compte iTunes. Ne vous laissez pas prendre par les faux-semblants de la séduction et de ses délires. Comme le montre Platon, l'amour est un daïmon, un démon, dont le discours, si l'on s'élève, peut nous faire parvenir à la contemplation du Beau en soi, ce qui est le but ultime de l'existence. L'amour comme discours ? Oui bien sûr. Le fait même de dire *je t'aime* est contradictoire et impossible. *Je t'aime* : quel est le *je* qui aime ? Encore faudrait-il savoir qui est-il. *Je t'aime* : en l'énonçant, ce n'est déjà plus vrai, puisque le sentiment comme le bonheur se perd en se conscientisant. Quand on a conscience d'aimer, on a déjà perdu l'amour. *Je t'aime* : mais le temps de mon amour est compté. Mais en le disant, je le perds. Mais je ne sais pas qui est ce *je*, et qui est ce *tu*, perpétuellement en mouvance, néantisés par eux-mêmes.

— Donc pas d'éternité ?

— Pas cet amour-là. Croyez-moi, Juliette, si vous voulez vivre votre vie, et non vivre à côté de votre existence. Oubliez tout ce que l'on vous a appris ! Les romans d'amour, les histoires d'amour, le mythe d'Aristophane ! Oubliez l'amour !

Leçon 10

La méprise

Lorsque Juliette arriva au bureau ce matin-là, elle trouva Margaux assise à sa place, en train de travailler sur son ordinateur. Elle lui expliqua qu'elle était en train d'installer un logiciel afin de protéger et chiffrer ses activités.

— Au fait, j'ai trouvé l'adresse IP de ton Don Quichotte, ajouta Margaux. Alors, tu veux savoir ?

— Je veux !

— Tu n'auras pas de regrets ?

— Non.

— Finis les fantasmes et les délires, les longues conversations où l'on croit que tout est possible, ces moments où on se lâche, tout ce qu'il y a de meilleur !

— Oui, fini.

— Fini le faux loft new-yorkais !

— Il est provincial ?

— Non.

— Je veux me confronter au réel. Au réel impossible. Je veux sortir de l'illusion et contempler la vérité toute nue !

Quelques minutes plus tard, Margaux sortit l'adresse précise d'où venait la connexion Skype de son interlocuteur.

— Regarde, dit-elle, c'est incroyable. Tu l'as sans doute raté de peu.
— Où ? Tokyo, New York, New Delhi ?
— Tu ne devineras jamais !
— Vas-y !
— Il habite à côté de chez toi.
— Quoi ?
— La rue perpendiculaire à la tienne. Juste à côté de la librairie.
— Comment est-ce possible ? Ce serait un voisin ? Quelqu'un qui me connaît, peut-être, et m'aurait observée ?
— Ce ne peut pas être le fruit du hasard...
— De toutes les façons, fit observer Juliette, il est parfaitement logique qu'il habite le quartier, puisqu'il va à la même librairie que moi...
— C'est tout de même une étrange coïncidence.

Juliette proposa à Margaux d'aller chercher un café, et elle prit place à côté d'elle, alors qu'elle poursuivait l'installation d'un logiciel.

— Est-ce que je peux te demander un service ? lui demanda-t-elle.
— Bien sûr.
— Voilà, c'est simple. Il faudrait que tu te fasses passer pour moi.
— C'est-à-dire ?

— Je voudrais te confier une mission : il s'agirait de te rendre à un rendez-vous à ma place.

— À ta place ? Mais on ne se ressemble pas. Comment je peux me faire passer pour toi ? En mettant une perruque ? Ou un masque à ton effigie ? Tu peux m'expliquer ?

— Il faudrait en fait que tu te fasses passer pour mon avatar.

Alors Juliette expliqua à sa collègue que son ex voulait la voir, ou plutôt, il voulait voir Silvia, le personnage qu'elle avait créé sur AdopteUnMec. Or, la question qu'elle se posait était la suivante : pourquoi désirait-il autant voir Silvia, alors qu'il ne cessait de lui donner des preuves de son amour ? Était-il inconstant, ambivalent, manipulateur pervers ? Et comme c'était pour elle l'épreuve de vérité, il fallait qu'elle sache. Si Margaux acceptait de le rencontrer, même pour une heure, il serait tout à fait en confiance, et il se dévoilerait enfin sur ses véritables intentions. Elle saurait s'il pouvait aller jusqu'au bout de son idée, s'il proposait à Silvia de l'embrasser, ou pas. S'il était prêt à commencer une autre histoire d'amour alors même qu'il disait l'aimer follement.

— Tu veux dire que je vais aller à ce rendez-vous, en me faisant passer pour la personne pour laquelle tu te fais passer ?

— Exactement.

— Mais je ne ressemble pas à ton avatar ?

— Eh bien, en fait si.

— Montre-moi ?

— C'est-à-dire que... J'ai mis une photo de toi, sur le profil.

— Tu as utilisé une photo de moi sans me le dire ? C'est une blague ?

— Oui, je sais, ça paraît fou, mais...

— Et si mon mari me reconnaissait ? Tu imagines ? Comment lui expliquer que c'est pas moi ? C'est dingue, d'avoir fait ça sans me le dire !

— S'il te reconnaissait, ça voudrait dire qu'il est aussi sur AdopteUnMec, et il n'oserait jamais te le faire remarquer. Tout comme toi, tu n'as pas pu lui parler de Gleeden. Écoute, je suis désolée... C'est tout ce que j'avais sous la main, et comme tu es canon... Voilà, j'ai fait ça.

— Je vois...

— Alors tu es d'accord ?

— Si je résume, tu me demandes de me faire passer pour toi qui te fais passer pour moi ? Donc tu me demandes de me faire passer pour moi ? Tu es sûre que ça va ?

— Je suis en pleine désintoxication philosophique et j'avance pas à pas, d'un point de vue strictement rationnel. Il est important que j'ai une réponse à ma question.

— Tu en as parlé à ton philothérapeute ?

— Non, pas encore.

Margaux la regarda, l'air pensif.

— C'est vraiment important, pour toi ?

— Il faut que je sache où j'en suis avec lui. Et par extension, sur l'amour en général. Je ne peux pas continuer à rester en suspens, à mon âge.

— Je comprends que tu aies envie de savoir. Mais tu l'aimes ou pas ? Finalement c'est la seule question qui compte.

— Je ne sais pas, Margaux. Je ne suis plus où j'en suis. Je suis perdue !

— Bravo pour la philothérapie. Tu crois pas que tu devrais arrêter ? Regarde où ça te conduit ! Tiens, prends plutôt cette adresse et va là-bas pour voir à qui tu as affaire. À mon avis, ce type est un charlatan !

Le soir, Juliette commanda un Uber sur l'application de son téléphone. Elle s'engouffra dans la voiture, et arriva, vingt minutes plus tard, à l'adresse indiquée, rue de Chevreuse, non loin de chez elle. Elle ne connaissait ni le code d'entrée, ni l'étage où vivait son professeur. Elle réfléchit, pendant un instant, dans la voiture. Puis elle sortit, et se cacha sous un porche. C'était absurde, elle n'allait pas rester là toute la nuit. Ou toute la vie. Jusqu'à ce qu'elle le voie, de ses yeux. Qu'elle le contemple. Son cœur battait douloureusement, et en même temps naissait en elle l'excitation folle de l'espoir, vers lequel était tendu tout son être. *Je vis sans vraiment vivre en moi, car j'espère d'un tel désir…*

Sur son portable, pour passer le temps, elle commença à faire ses courses sur son Appli Monoprix. De l'eau, du lait de soja, des flocons d'avoine, du blé, des pâtes complètes, de la polenta… Puis elle se rendit sur le site de Ba&sh, sur lequel elle commanda une robe bleue, style bohémienne. Soudain, elle s'arrêta, et fit trois pas en arrière : c'était lui ! Pour la première fois, elle le voyait, en chair et en os. Son cœur se mit à battre la chamade. Jean-Luc Constant sortait de l'immeuble, vêtu d'un jean, d'une chemise blanche et d'une veste. Il était grand de taille, et musclé, solidement charpenté. Son cœur se mit à tambouriner dans sa poitrine. Il portait une pochette en cuir, sa barbe de trois jours et ses yeux bruns. Il paraissait encore plus jeune que sur Skype. Environ, vingt-sept, vingt-huit ans. Elle le suivit jusqu'à une station de taxis, il prit celui qui était en tête, et, tel un agent secret, elle s'engouffra dans le suivant, en lui demandant de le suivre, sans se faire remarquer, ce que le chauffeur exécuta avec amusement.

Son itinéraire lui fit traverser Paris, jusque dans le XVIIe arrondissement, où il s'arrêta devant un hôtel particulier rue de Monceau. Elle fit stopper le taxi, paya et en sortit. Un groupe de jeunes gens élégants arriva devant l'entrée, elle s'y agrégea. Un majordome ouvrit la porte.

À l'intérieur, planait un parfum d'ambiance, à la senteur lourde et ambrée. Les gens déambulaient, une coupe à la main. Il était question d'un vernissage autour d'un projet d'art moderne, appelé *Club Aphrodisia*. Tout le monde se dirigeait vers une pièce, Jean-Luc aussi. Elle lui emboîta le pas. De temps en temps apparaissaient des créatures qui semblaient sorties d'un film de David Lynch. Des jeunes femmes éthérées aux bouches rouges, aux cheveux blonds et aux robes moulantes, dont l'une s'effaça pour la laisser passer. Elle suivit le mouvement jusque dans la fameuse chambre qui était en fait une salle de projection. Il était là, à un souffle, devant elle, dans le noir.

Un film était diffusé. Un homme et une femme déambulaient parmi des œuvres d'art contemporain, et parlaient d'amour. Deux acteurs filmés un peu à la manière d'Alain Resnais, dans *L'Année dernière à Marienbad*.

Soudain elle tressaillit en reconnaissant l'homme : c'était Jean-Luc, *son* Jean-Luc ! Oui, c'était lui, coiffé d'une façon différente, avec les cheveux un peu plus longs encore, et une barbe plus accentuée, qui disait son texte avec la conviction qu'elle lui connaissait. Les deux acteurs rejouaient le mythe d'Orphée et Eurydice. Jean-Luc descendait dans le bas-fond d'une boîte étrange, aux inspirations sataniques, pour ramener la femme vers la lumière, mais il ne devait pas se retourner. Ils parlaient, elle voulait savoir quelle était sa conception de l'art, et soudain il faisait volte-face, et elle n'était plus là. La lumière éclaira la salle, et Juliette s'en échappa avant que Jean-Luc ne pût l'apercevoir. Qui était-il donc ? Un philosophe, un dandy, un psychanalyste, un artiste, un critique d'art ? Ou un comédien ?

Troublée, elle prit un verre et observa l'assistance, qui remontait de la salle obscure. À côté d'elle, était une belle femme d'une quarantaine d'années, blonde, les cheveux courts, élégante, à qui elle demanda si elle connaissait l'acteur du film.

— Oui, bien sûr, lui dit-elle. C'est Niels Fergus, le comédien.

— Comédien, vous dites ? Il ne fait rien d'autre, dans la vie ?

— Non, il est juste acteur. Voulez-vous que je vous le présente ? demanda la femme.

— Non, répondit Juliette. Merci...

— Pourquoi pas ? Pour qui ne regarde pas trop l'intelligence chez l'homme, il peut plaire.

— Comment ça, l'intelligence ?

— Niels n'est ni intelligent, ni cultivé. Mais bon acteur, il faut l'admettre. Et vraiment très très beau. Vous êtes dans la course ?

— La course ?

— La course des femmes qui sont folles de Niels ?

— Oh moi non. Sans vouloir être indiscrète, et vous ? Vous êtes dans la course ?

— J'ai fait le casting pour ce film. C'est moi qui l'ai engagé, si vous voulez. Il est tellement beau que je me suis laissée prendre. Si j'avais su...

— Si vous aviez su ?

— Mon Dieu, que c'est dur de bosser avec lui ! Il arrivait systématiquement en retard, et de mauvaise humeur en plus. Un sale gosse. En plus il ne savait pas son rôle. Il préférait improviser. Un chien fou !

— À ce point ?

— Comment vous dire... Nous avons dû installer un prompteur pour faire défiler le texte devant lui ! Du jamais vu ! Tout ça ne serait rien, s'il était sympathique et de bonne volonté. Le pire, c'est qu'il est arrogant et prétentieux !

Juliette, chancelante, se dirigea vers le buffet, et prit un verre de champagne, qu'elle but, d'une traite. Jean-Luc Constant – alias Niels Fergus – était antipathique ? Il était *arrogant et prétentieux* ? Comment était-ce possible ?

— Juliette, entendit-elle. Vous êtes bien Juliette ?

Elle reconnut le timbre de cette voix. Elle se retourna.

— Jean-Luc ! dit-elle. Ou devrais-je dire plutôt Niels ?
— Niels Fergus, c'est mon nom d'acteur.
— Donc vous vous appelez vraiment Jean-Luc Constant ?
— Non.
— Quel est votre vrai nom ?
— Mon vrai nom, c'est Anthony. Anthony Varva. Mais appelez-moi comme vous voudrez. Ça me fait super plaisir de vous voir ici. Quelle coïncidence !
— Je ne savais pas que vous étiez aussi comédien. Décidément, vous avez plein de cordes à votre arc.
— Eh bien, je...
— Je suis troublée...
— Moi aussi. Mais super content de vous voir, en fait.

— Je pensais que vous ne vouliez pas ? Je vous reconnais, c'est bien vous et ce n'est pas tout à fait vous.

— C'est pourtant moi, Juliette. Vous êtes canon, en vrai ! Encore plus qu'en vidéo !

— Merci, Niels…

— Juliette.

Ils se regardèrent, un instant, tous les deux gênés, sans savoir comment poursuivre.

— Alors, dites-moi ? Pourquoi toutes ces identités ?

— Oh c'est rien. Là je suis moi. Vraiment moi. Et vous êtes encore plus craquante que sur l'écran. Qu'est-ce que vous faites ici ? Sans blague, c'est dingue de vous voir en vrai, j'en reviens pas.

— En fait, Jean-Luc, ou Niels, ou Anthony… Je venais justement vous rencontrer.

— Ah mais vous êtes pas venue par hasard, alors ?…

— Non, pas exactement.

— Comment vous avez su que j'étais là ? Vous êtes trop forte, vous ! Alors là, vous m'épatez, sincèrement, je suis bluffé. Respect.

Soudain la salle s'éteignit. Cette fois, on projetait un film sur un écran géant. Un film en noir et blanc qui montrait des scènes de baisers. Des scènes interminables où un homme et une femme s'embrassaient. Dans son intimité, sa gratuité, le baiser était filmé comme un spectacle. Chacun s'écoulait dans une lenteur infinie, intense et éthérée, humaine et divine, profonde et réfléchie, comme s'il ne recherchait que lui-même.

Anthony (Niels-Jean-Luc) avait disparu. Juliette le chercha, et parcourut la salle à tâtons, elle vit qu'il avait pris place sur un siège, comme d'autres participants. Elle s'installa sur un fauteuil libre devant lui, sans remarquer qu'un autre personnage connu d'elle était assis dans cette salle, et même derrière elle, juste à côté de Niels. Ce même homme, qui avait pris Niels par le bras et l'avait vigoureusement incité à prendre place, n'était autre qu'Emmanuel Deloffre, le libraire et ami de Juliette, vêtu avec élégance d'une chemise blanche sur un pantalon noir. Le même Emmanuel Deloffre, qui lui avait conseillé de suivre cette philothérapie.

— Emmanuel, murmura Anthony. Lâche-moi tu veux bien ?

— Tu t'es mis dans de beaux draps.

— Nous nous sommes mis dans de beaux draps. Qu'est-ce qu'elle fout ici ?

— Je ne sais pas. Elle t'a suivi, sans doute.

— Comment elle aurait eu mon adresse ?

— C'est facile d'y avoir accès. Il aurait fallu protéger l'adresse IP.

— Bon, là je vais pas m'en sortir seul. Dis-moi ce que je dois dire.

— C'est difficile, elle est là, juste devant nous. Dis-lui de ne pas se retourner. Il ne faudrait pas qu'elle me voie.

— Ne vous retournez surtout pas, murmura Anthony en se penchant vers Juliette. Je suis juste derrière vous. Je voudrais vous parler comme… comme…

Emmanuel prit le relais, dans un chuchotement. Ainsi Juliette ne se rendait compte de rien.

— Comme Orphée à Eurydice… poursuivit Emmanuel. Mais ne faites pas comme Orphée qui lorsqu'il se retourna, perdit définitivement Eurydice, parce qu'il ne parvint pas à résister à la tentation de la regarder.

— D'accord, murmura Juliette sans un mouvement. Après tout, ce jeu me plaît beaucoup.

— Je suis là, derrière vous, susurra Emmanuel. Ainsi vous pouvez mieux m'entendre, et donc me connaître, dans la ténèbre profonde où nous sommes plongés.

— Où en étions-nous ?

— Au commencement, chuchota Emmanuel. Pour certains, il n'y a que des commencements, dans les relations amoureuses. Seuls les débuts avec l'excitation de l'inconnu sont à même de les séduire, et ils passent ainsi leur vie, d'histoire en histoire, à rejouer toujours la même scène. Il me semble qu'aimer au contraire, c'est vivre un commencement perpétuel. Non pas un recommencement de la même histoire avec des femmes différentes, mais un renouvellement incessant de l'amour avec une même femme.

— Alors, Niels, vous croyez en l'amour, finalement ?

— Je ne sais pas si je crois en l'amour. Mais je crois en vous. Au commencement, dit-on,

Dieu créa le ciel et la terre, et il créa l'homme, homme et femme. Lorsque je vous vois, aussi sincère qu'au premier temps de l'humanité, comme Adam et Ève, il me semble que mon âme à votre contact se trempe dans le fleuve de l'oubli et devient vierge à nouveau. Et lorsque je vous vois, je suis aussi joyeux qu'un enfant, aussi idéaliste et aimant, aussi rêveur et insouciant qu'une jeune fille. Chacune de vos apparitions est un début d'histoire, vous regarder suffit à faire naître mon regard, je n'aurais pas besoin d'exister, si ce n'était pour vous connaître, car vous connaître, c'est renaître et ma vie commence à peine, puisque je suis l'enfant de notre amour. À chaque fois que je vous vois, c'est la première fois.

— Quelles belles paroles, murmura Juliette.

— Ce sont des paroles de vérité.

— Quand nous verrons-nous, tous les deux, pour prolonger cette conversation ?

— Plus tard… Soyez patiente. Savourez la douceur et la certitude d'être aimée, ainsi dans le noir, devant ces baisers qui symbolisent l'union de deux souffles, la quintessence du rapport amoureux, son début et sa fin.

— Plus tard, quand ? Dites-moi. Je brûle de vous voir, de vous parler, seule à seul, pour de vrai.

— Plus tard, c'est maintenant, souffla soudain Anthony. C'est maintenant que je te sens…

— Que je te sens, oui, reprit Emmanuel, en lui décochant un regard sévère… Ce passage au tutoiement est comme un rapt, un ravissement… Ce parfum, Juliette, l'effluve de ton âme et de ton cœur, à travers ton corps, m'enivre et m'attire vers toi, au-delà des mots. Il me donne envie de plonger tout mon être dans le tien, et de me mélanger à toi, à travers un...

— Un baiser... coupa Niels.

— Un baiser ? dit Juliette.

— Que dis-tu ? souffla Emmanuel à Anthony. T'es devenu fou ?

— Assez de mots, un peu d'action ? Je la sens prête, là. Elle est chaude.

— Que dites-vous ? dit Juliette.

— Je disais que je rêverais, Juliette, si j'osais bien sûr, mais jamais je n'oserai, vous demander de poser vos lèvres sur les miennes avec douceur...

— Maintenant ! dit Niels.

— Maintenant ?

— Attends-moi dans la salle de projection en bas, dans cinq minutes, je t'y rejoins.

Juliette se leva, et sans jeter un œil derrière elle, sortit de la salle.

— Quelle chaudasse, je te le disais bien ! murmura Niels.

— Mais qu'est-ce que tu vas faire, espèce d'imbécile ? demanda Emmanuel.

— À ton avis ? Je vais lui donner ce qu'elle demande.

— Tu ne vas pas faire cela !

— Elle en rêve, moi je te le dis ! Elle va prendre cher !

— Reste ici. Ce n'est pas prévu dans notre contrat. C'est... impossible !

— Considère que c'est un petit plus ! Non facturé !

Avant qu'Emmanuel ait pu faire un geste pour le retenir, Niels avait déjà filé. Le libraire resta seul sur son siège, tout à fait décontenancé, paralysé, incapable d'agir. Il venait d'offrir sa bien-aimée à son acolyte, cet homme dont il avait payé les prestations, depuis plusieurs mois, afin qu'il incarne auprès d'elle le professeur de philosophie idéal, celui qui allait la mener sur le chemin de la vérité, qui devait lui faire découvrir l'amour véritable, et peut-être l'emmener vers lui, à travers le Ciel des Idées Pures.

Au lieu de cela, il l'avait précipitée dans les bras de la bêtise, de la vulgarité et du mensonge !

Leçon 11

Le jeu amoureux

Juliette avait organisé avec le plus grand soin le rendez-vous de Margaux avec Gabriel. Pendant une soirée entière, elle lui avait parlé de lui, et lui avait expliqué tout ce qu'il aimait entendre et voir chez une femme. Qui mieux qu'elle pour connaître ses goûts, ses penchants, ses fantasmes même ? Elle savait tout de lui, dans les moindres détails. Il n'aimait rien tant que le style masculin-féminin, les chemises blanches sur des jeans, les bottes cavalières, les ongles des mains soignés, les rouges à lèvres rubiconds. Il privilégiait ainsi la féminité qui s'assume, plutôt que les femmes timides. Son attirance allait vers celles qui prenaient le pouvoir, l'ascendant sur les gens, qui étaient sûres d'elles, et savaient ce qu'elles voulaient. Il était fasciné par les femmes-femmes, plus que les femmes-enfants ou les femmes-mères. Il appréciait aussi un mélange de retenue et de puissance, de détermination et de pudeur, de cynisme et d'idéalisme. Une certaine culture, une indépendance d'esprit et une grande liberté, sans pour autant être adepte d'un féminisme hystérique.

Gabriel était assez complexe dans ses goûts et raffiné dans ses choix. Son enfance en Bretagne avait fait de lui un excellent marin, il avait une passion pour le bateau, il rêvait de faire un jour une transatlantique, il détestait l'art contemporain qu'il considérait comme une imposture intellectuelle, lisait peu de romans, mais beaucoup de livres de psychanalyse ou de psychiatrie, et il écoutait de la musique jazz féminine. Il était rationaliste, presque positiviste, avec une approche plutôt cognitiviste de sa discipline, mais il n'était pas réfractaire à Freud et Lacan. Il s'intéressait beaucoup à la linguistique. Il portait une attention particulière au langage et aux représentations mentales. Au théâtre, il aimait Molière et Marivaux plus que Shakespeare et Racine. Bien sûr, il avait tendance à mettre un peu les gens dans des cases, mais il s'intéressait à eux et avait une écoute très fine de leurs discours. Il était d'un tempérament calme et pondéré, d'une humeur égale, avec un esprit vif et incisif, quoique parfois un peu péremptoire.

Margaux allait en somme incarner, l'espace d'un instant, la femme idéale pour lui, celle qui aurait les mêmes goûts, qui aurait lu les mêmes livres, aurait les mêmes envies, avec ce petit quelque chose en plus, ce grain de fantaisie qu'il appréciait dans le sexe opposé. Une femme de pouvoir, de caractère, qui savait ce qu'elle voulait, tout en restant féminine... La femme des années quatre-vingt, comme dans la chanson de Michel Sardou.

C'était un jeu cruel, mais comment s'en sortir autrement ? Gabriel n'allait pas poursuivre leur relation virtuelle pendant longtemps, Juliette le sentait, il aimait trop rencontrer les gens pour s'en satisfaire. Dans son métier, il était en face à face, en prise avec le réel, et souvent avec la folie. Il avait besoin de la voir, de l'écouter, de la toucher sans doute. La toucher… cette idée ne lui plaisait guère. Elle en concevait de la colère et de la jalousie. Jalousie d'elle-même, puisque, en effet, c'était elle qui avait créé ce personnage et qui le faisait parler à sa guise.

Margaux avait attentivement écouté tout ce que Juliette lui disait au sujet de son ex. Ce qu'il aimait entendre, ce qui l'intéressait dans la vie, ses idées politiques, ses aspirations. Ce qu'il mangeait, ce qu'il détestait, ses vacances en bateau, son enfance, ses études médicales, l'année passée en Amérique, et sa participation à des voyages humanitaires en Afrique. Elle savait par le menu les moindres détails de sa vie, jusqu'aux journaux qu'il lisait, et les marques de ses chemises favorites. Elle avait appris par cœur les questions qu'elle devait lui poser, afin qu'il se livre et se confie à elle. Elle n'ignorait rien de ce qu'il fallait lui dire pour qu'il fût tout à fait conquis. Et puis Juliette l'avait prévenue, également, que Gabriel était davantage dans la réserve que dans le bavardage. Il faisait partie de ces gens qui n'aimaient pas parler d'eux. Il préférait écouter, et n'avait pas son pareil pour poser les questions à des endroits sensibles.

Il ne fallait pas qu'elle tombât dans ce piège, et qu'elle commençât à se dévoiler. Elle avait l'interdiction de boire, même un verre, qui l'aurait rendue un peu gaie, et l'aurait entraînée sur des sentiers dangereux.

Margaux avait révisé Marivaux sur Wikipédia, s'était documentée sur la PNL grâce à Google, et connaissait également toute l'histoire de Silvia, celle de Marivaux, qu'elle était supposée incarner, cette jeune femme qui se travestissait pour mettre son prétendant à l'épreuve, et voir s'il l'aimait vraiment, indépendamment de sa position. Cette fille qui se méfiait tant de l'amour qu'elle se refusait à tomber amoureuse d'un homme qui aurait pu la tromper par son propre statut social. Cette héroïne des temps modernes qui avait décidé de prendre son destin en mains, et n'entendait pas se soumettre à la loi dictée par la société. Pour finir par découvrir que la loi du désir aurait raison de sa volonté, et même de son amour-propre. Ainsi, remarqua Margaux, il faut parfois se travestir pour faire advenir la vérité, il est nécessaire de mettre un masque si on souhaite la trouver.

— Et pour le reste ? demanda Margaux à Juliette, au téléphone, juste avant d'arriver au Royal Monceau.

— Pour le reste ?

— Je fais quoi si ça se passe bien… Tu vois ce que je veux dire ?

— Pour le reste, tu fais ce que tu veux… Tu es libre, après tout ! Et lui aussi !

En fait de liberté, Juliette trépigna pendant toute la soirée en attendant le compte rendu de son amie. Que faisaient-ils ? Que mangeaient-ils ? Allaient-ils prendre un verre après ? Aller en boîte, puisque c'était le nouveau hobby de Gabriel ? Danser, peut-être ? Se prendre dans les bras ? S'offrir un baiser ? Des caresses ? Des murmures dans les oreilles ? Ou se rendre directement chez lui ? Elle s'en voulut d'avoir organisé cette rencontre, elle se dit qu'elle n'aurait pas dû se laisser aller à ce jeu, que c'était ridicule. Et que cherchait-elle à savoir, dans le fond ? La vérité, sans doute. La vérité sur lui, sur elle, et sur l'amour. Comme l'avait dit le professeur Constant, il y avait toujours ce fond de scepticisme qui la poussait à aller plus loin dans l'enquête sur l'amour, jusqu'à en devenir folle comme Othello.

Soudain, elle se figea. Et si Gabriel était réellement en train de tomber sous le charme de Margaux ? Cette idée la mit mal à l'aise. Ne plus avoir de ses nouvelles, l'imaginer avec une autre femme, en train de faire les courses avec elle, comme quand ils étaient ensemble, ou l'emmener au restaurant, dans son bateau même, en vacances, tout cela la dégoûtait. Il dînait avec une autre femme ! Et dire que c'était elle qui avait fomenté cela !? Cette idée lui parut soudain absurde. Pourquoi avait-elle agi ainsi et que cherchait-elle à savoir ? Pour quelle raison n'acceptait-elle pas de le perdre, alors même qu'elle n'était plus avec lui ?

Elle eut envie soudain d'appeler Margaux et de lui dire d'arrêter ce dîner, de prendre son sac et de partir sans un mot. Elle tenta de se connecter au mail de Gabriel, en utilisant un ancien mot de passe qu'elle connaissait, mais il l'avait modifié. Elle essaya alors plusieurs combinaisons, de chiffres qu'il aimait bien, avec sa date de naissance, mais cela n'y faisait rien. Elle regarda son Facebook. Il n'avait pas changé, il ne l'avait pas alimenté depuis leur rupture, peut-être n'y allait-il plus ? Elle les imagina soudain, en train de boire et de rire, enfoncés dans les fauteuils confortables et l'ambiance luxueuse du Royal Monceau, de boire encore, et, de fil en aiguille, il lui posait une main sur le genou et il approchait ses lèvres des siennes… Son cœur se mit à battre plus vite, elle eut envie de débarquer au restaurant, comme si c'était par hasard, juste pour voir où ils en étaient et arrêter l'irréparable. Et puis elle se ravisa, prit un verre de vin rouge, puis un deuxième… Et elle attendit.

Elle s'endormit tout habillée, dans son canapé, peu avant minuit, en repensant à l'événement de la veille. Elle avait passé un moment particulier, court, mais intense, dans les sous-sols de l'hôtel particulier. Anthony l'avait embrassée, et, avec une rapidité surprenante, ils furent là, debout, contre un mur, dans une étreinte plutôt sauvage. Elle ne savait plus trop qu'en penser. Elle avait tout imaginé pour leur première fois, mais pas cette scène, pas de cette façon, pas si vite. Elle était à la fois exaltée et humiliée de s'être laissée séduire et emmener. Elle qui s'était promis de ne plus succomber à l'amour, voilà qu'elle désirait le revoir et, en même temps, elle l'appréhendait. Elle était bouleversée par ce baiser, cette brève rencontre qui l'avait laissée en attente, comme si elle entrevoyait un champ de possibles, et qu'elle n'osait s'y rendre par peur de découvrir l'impossible. Elle avait un sentiment indéfinissable, entre la honte, le dégoût et l'envie. Et aussi le questionnement et l'espoir. Encore cette attente insupportable qui est, semble-t-il, le propre de l'amour. Elle s'était pourtant juré de ne plus être suspendue à un portable. Et voilà qu'elle l'était, qu'elle regardait toutes les cinq minutes s'il n'avait pas laissé un message sur iMessage, sur WhatsApp, ou Viber.

Vers cinq heures du matin, Juliette fut réveillée par la sonnerie de son téléphone. C'était Margaux, qui était en train de rentrer chez elle en Uber.

— Alors. Que s'est-il passé ?
— Eh bien…
— Dis-moi ?
— C'était… particulier.
— Raconte.
— Je ne peux pas… mon mari m'attend ! Je ne sais pas ce que je vais lui raconter. Je te dirai tout à l'heure, au bureau.
— Non ! Raconte-moi, même brièvement, mais dis-moi ?
— C'est que, moi-même, j'ai besoin de temps pour y réfléchir.
— Vas-y, je t'écoute… Vous avez passé la nuit ensemble ?
— Oui, mais, ce n'est pas ce que tu crois…

Margaux raconta plus tard à Juliette ce qui s'était produit pendant cette étrange soirée. Lorsqu'elle était entrée au restaurant du Royal Monceau, Gabriel était déjà là, qui l'attendait. Beau, avec son visage en partie dissimulé par une barbe qui faisait ressortir ses yeux verts et son sourire avenant, il portait avec élégance un costume gris cintré sur une chemise blanche. Il la reconnut immédiatement, l'invita à prendre place, dans la salle lambrissée, décorée de façon chaleureuse et contemporaine. Ils commandèrent un poisson cuisiné à l'asiatique, du vin, ils commencèrent à discuter, de tout et de rien, comme s'ils faisaient connaissance. Margaux suivait les instructions de Juliette. Elle prit un verre, et poursuivit à l'eau. Elle se montrait à la fois chaleureuse et distante, sûre d'elle et pudique, elle posait les questions qui étaient sur sa liste, sans toutefois s'aventurer en terrain inconnu. Elle tenta de le faire parler de lui, mais la conversation revenait souvent à elle, sans qu'elle se laissât prendre au piège des fausses confidences. Il lui demanda pourquoi elle avait choisi Silvia comme pseudo. Elle lui parla de Marivaux, et de la pulsion, cette force qui meut le sujet de l'intérieur, contre sa volonté, qui est en mouvement, anarchique, insaisissable, enfouie sous les strates de la bienséance et des conventions sociales, qui agit à l'insu du sujet, qui sait ce qu'elle veut alors que le désir ne le sait pas toujours… Elle avait appris son texte par cœur.

Bref, tout se déroulait à merveille, jusqu'au moment où il l'invita à prendre un verre au bar.

Elle accepta, elle allait commencer à attaquer en lui posant des questions indirectes sur Juliette, lorsque, devant un Mojito, il lui demanda de lui parler de son métier. Et là, tout d'un coup, elle eut un blanc. Elle se rendit compte qu'elles avaient tellement bien préparé le dossier psychologique et intellectuel, qu'elles en avaient oublié d'évoquer le métier de Silvia. Elle bafouilla, répondit vaguement, se troubla, finit par dire qu'elle était cadre, ce qui n'engageait à rien, et c'est là qu'elle apprit, à sa grande stupéfaction, qu'elle était hôtesse de l'air. Elle tenta de se rattraper en disant qu'elle était hôtesse au sol et donc cadre, mais il lui parla alors de ses voyages. New York, New Delhi, Berlin… ? Elle ne savait plus où elle avait été.

— Bien, dit-il. Alors maintenant, si vous me disiez vraiment qui vous êtes… Nous pourrions commencer par votre prénom.

— Je m'appelle Margaux, dit Margaux, toute penaude.

— Et Silvia, qui est-ce ?

Elle ne répondit pas. Elle avait juste envie de s'enfuir et de le laisser là, tout seul, devant son verre.

— Lorsque vous la verrez, dit-il avec un sourire, passez-lui mon bonjour.

— Que voulez-vous dire ?

— Juliette. J'ai compris que c'était elle à travers vous, dit-il.

— À quoi avez-vous compris cela ?

— Quand nous nous écrivions, à sa façon de s'exprimer. Il y avait certaines expressions qui n'appartiennent qu'à elle.

— Comme ?

— Comme « c'est chouette ». C'est une expression désuète que plus personne n'emploie. Ou encore : « de toutes les façons », au lieu de dire : « de toute façon ». Pour moi, le langage est une signature aussi forte qu'un visage. Je lis les paroles à cœur ouvert... je suis très sensible à la grammaire, et à l'agencement des mots. Certains sont idiosyncratiques. Le langage, certes, est valable pour tous, mais chacun a une expression, qui lui appartient en propre. Lorsque vous connaissez bien une personne, vous pouvez même dresser la liste de ses phrases favorites et de ses tics de langage. Et vous, depuis tout à l'heure, vous étiez dans un faux self, que je ne parvenais pas à percer. Et, tout d'un coup, j'ai compris ce qui manquait. Dans ma correspondance avec Silvia, nous évoquions beaucoup son métier, ses voyages... Et là, rien. C'était comme si ça n'existait pas. D'où ma question, qui n'était pas tout à fait innocente. À présent que nous sommes au clair avec tout cela, si vous me disiez qui vous êtes, en réalité ?

— Cela veut-il dire que nous nous arrêtons ici ?

— Non, au contraire, nous allons pouvoir commencer notre dîner.

Leçon 12

La déception amoureuse

— Voilà, monsieur Campani, je voulais vous dire que je ne peux plus continuer à travailler en *free-lance*. Vous me payez dans des conditions salariales, mais je n'en ai aucun avantage. Voilà quatre ans que vous deviez me proposer un contrat après une période d'essai. Et je ne vois toujours rien venir, malgré mes demandes claires pour un changement de statut.

Juliette avait pris son souffle avant de prononcer sa tirade. Son chef, installé dans un fauteuil derrière son bureau, la considérait à travers ses lunettes rectangulaires, d'un air goguenard. Elle avait pris place dans l'un des confortables sièges en cuir devant lui, et elle attendait sa réponse, dans un silence qui devenait de plus en plus pesant, comme s'il profitait de la situation pour instaurer une sorte de suspense qui n'avait d'autre objectif que de la mettre mal à l'aise.

— Je comprends, oui, dit-il au bout d'un moment. Je m'attendais un peu à ça. Alors on fait quoi, Juliette ? On arrête ?

— Ça fait presque quatre ans que je travaille pour vous, et je crois que j'arrive au bout du processus, sans rien voir à l'horizon. Je suis arrivée à un âge et un moment de ma vie où il est légitime de vouloir un peu de sécurité, de perspective d'évolutions, de primes et de treizième mois. En tous domaines, et en particulier dans celui du travail.

— Mais pour ça, il faut bosser, Juliette. Or il s'avère que vous ne faites rien. Je suis déçu, je ne vous le cache pas. J'attendais mieux de vous.

— Que voulez-vous dire ? Je travaille tout le temps. Il me semble que je vous ai donné entière satisfaction avec le lancement de nos produits « vous êtes prédestinés », qui connaissent un retentissement mondial. Les ouvertures de nos boutiques à Tokyo, New Delhi, Rio, et New York ont été des succès et je n'ai pas ménagé mes efforts. Ni à Paris, où j'ai des heures de bureau normales, ni à l'étranger où je me rends plusieurs fois par mois, à chaque fois que vous me le demandez.

— Certes, mais... Nous avons fait une petite inspection de votre ordinateur, et voici ce que nous avons trouvé.

Il prit l'un des nombreux dossiers qui se trouvaient sur son bureau, il l'ouvrit, et il lui tendit un paquet de feuilles imprimées au format A4.

— Regardez, dit-il. Ça vous rappelle quelque chose ?

Juliette eut la surprise de reconnaître sa conversation sur AdopteUnMec avec Sandor. Comment avait-il pu obtenir ces documents ?

Elle ne s'était jamais connectée sur le site de son travail.

— Vous remarquerez toutes les heures de connexion au bureau, fit Bruno Campani. Par ailleurs, je vous avais demandé de répondre à l'appel d'offres du 15 juin, et que vois-je ? Rien. Un dossier vide, Juliette. Vous n'avez rien fait, et ne rien faire ici, c'est tout à fait inadmissible. En conséquence de quoi, je vais devoir tout simplement mettre fin à notre collaboration, ajouta-t-il. Vous pouvez faire vos affaires et partir.

— Mais, monsieur Campani… Ce n'est pas ce que…

— Inutile d'épiloguer, Juliette. Votre candidature est irrecevable et nous avons décidé en haut lieu de nous passer de vos services. Nous vous remercions pour tout ce que vous avez apporté à l'entreprise, mais il est temps de nous séparer, et que chacun suive son chemin. Pour le reste, vous verrez avec la DRH les modalités de votre départ. Au revoir, Juliette.

Juliette sortit du bureau, le cœur écrasé, vexée, blessée dans son amour-propre, et révoltée par un sentiment de profonde injustice. Elle passa devant Margaux dans l'open space, les larmes aux yeux, sans un mot, elle ne voulait pas qu'elle la vît pleurer, elle se sentait humiliée. Elle avait tout donné, tout accepté pour cette boîte, et voilà comment on le lui rendait. Bruno Campani n'avait fait que l'utiliser à son insu. Elle était détruite. Et malgré tout, elle ressentait une sorte de soulagement à l'idée que cette épée de Damoclès qui la menaçait avait fini par trancher, tel un couperet. À vrai dire, elle avait compris que son chef n'avait jamais eu l'intention de l'embaucher, il l'avait exploitée tant qu'elle était assez stupide pour accepter cette situation, mais il n'avait sans doute jamais songé à la salarier. Comment avait-elle pu être assez bête pour ne pas le comprendre ? Quelle idiote d'avoir été la dupe de son petit jeu et de l'avoir supporté pendant toutes ces années pour rien. Elle était mortifiée d'avoir été remerciée d'un simple mot, sur une accusation fallacieuse.

Qu'allait-elle devenir ? Il faudrait à nouveau envoyer des CV, chercher du travail, et du travail, il n'y en avait pas... Elle se sentit perdue. Elle aurait eu besoin que quelqu'un l'attende chez elle et la prenne dans ses bras, mais elle ne pouvait même plus appeler ses parents, ni Gabriel...

Margaux se leva et vint la voir, alors qu'elle faisait déjà ses affaires, sans entrain, pour partir.

— Quoi ? dit-elle. Il a pas osé te virer quand même ?

— Tu vois bien que si.

— Pour quel motif ?

— Le motif, d'abord, qu'il n'a pas à me virer puisqu'il me payait en honoraires, qui étaient en fait des salaires déguisés. C'est très simple, pour lui. Il suffit de ne pas me donner de nouvelles missions.

— Eh bien, tu peux le faire valoir, ça, devant les prud'hommes ? Le salariat déguisé, c'est passible d'une lourde peine. Il te donnait la même somme tous les mois ?

— Oui, mais il a dit que je m'étais connectée à AdopteUnMec, depuis mon bureau. Or... je ne l'ai jamais fait, d'ici. D'ailleurs, toutes les fois que j'ai essayé, c'était impossible à cause des restrictions mises en place. Mises en place par...

Soudain Juliette eut une illumination.

— C'est toi, qui t'es connectée ? C'est ça ?

— Oui.

— C'est pas vrai ?!

— Je me suis connectée, oui, pour poursuivre la conversation avec Gabriel. Je suis désolée, Juliette, je ne savais pas qu'il espionnait...

— En te faisant passer pour moi ?

— Et toi, tu as bien utilisé ma photo, non, pour ton profil ?

— Donc il croyait qu'il était en train de continuer la conversation... avec moi, cette fois, pas avec... Silvia ? Tu t'es fait passer pour moi qui me faisais passer pour Silvia ?

— Oui.

— Mais... Comment as-tu pu me faire un coup pareil ?

— J'avais envie de savoir ce qu'il pensait de moi, Juliette. Je crois que je suis tombée sous le charme... Il s'est passé quelque chose, l'autre soir, que je n'ai jamais ressenti auparavant. C'est inexplicable... J'étais bien avec lui. Oh je suis désolée, pardonne-moi, j'aurais jamais pensé que Campani allait te coincer sur ces histoires de connexion. Je peux expliquer que c'est moi. Je vais tout lui dire, d'ailleurs. Tout de suite !

— Mais non ! De toutes les façons, il cherchait un prétexte.

— De toutes les façons, oui...

— Pourquoi tu souris ?

— Gabriel m'a dit qu'il te reconnaissait à ce tic de langage... du coup, je l'ai employé dans notre conversation.

— Qu'est-ce que vous vous êtes dit, au fait ? dit Juliette, en regardant fébrilement les feuilles imprimées par Bruno Campani. Qu'est-ce que tu m'as fait répondre ?

Alors, elle se mit à parcourir la conversation entre son avatar qui était devenu Margaux devenant elle-même, avec Sandor qui était Gabriel, donc lui-même.

— *Alors, ce dîner avec Margaux ? Tu as apprécié ?* commençait son amie.

— *Beaucoup. Margaux est une jeune femme très intéressante. Un peu perdue, écartelée entre son désir et son sens du devoir. Je pense qu'elle n'a pas encore la force de quitter son mari et de s'avouer qu'elle ne l'aime plus, à cause de ses enfants. Mais le jour où elle aura le courage de vivre sa vie de femme, elle va reprendre possession d'elle-même.*

— *Que veux-tu dire par là ?*

— *Elle a en elle une forte vitalité qui la pousse à chercher des amants, et en même temps, elle en est empêchée par sa culpabilité. Bref, elle lutte entre son ça et son surmoi. Ce n'est pas simple, pour elle, car elle a de fortes pulsions.*

— *Tu as l'air de l'avoir bien analysée... Un contre-transfert déjà ?*

— Elle n'est pas ma patiente. Et je suis libre. Je t'ai attendue, Juliette, je t'ai aimée au-delà de tout. En fait, à travers Silvia, c'était encore toi que j'aimais, mais je crois que ton cœur est ailleurs, désormais. J'ai l'impression que tu as tout oublié de nous, de moi. Tu ne veux plus me voir. Nous échangeons des SMS, ou cette conversation où nous sommes tous les deux masqués, mais tu refuses de me voir, et de voir qui je suis. J'ai l'impression d'être pour toi cet homme transparent qui t'attend à la même table, mais tu ne viens pas. Tu es devenue irréelle. Ou plutôt, virtuelle.

— Alors, tu voudrais te consoler avec ma collègue et amie ?

— Je n'ai pas dit cela. Mais je dois vivre ma vie d'homme, à présent. Et toi, ta vie de femme. Même si ce n'est pas ensemble.

— Je comprends... Je voulais juste savoir si tu étais tombé amoureux d'elle, car elle m'a fait comprendre que de son côté, il s'était passé quelque chose de fort.

— Tu souhaites faire l'intermédiaire entre nous ? C'est gentil, mais c'est inutile. Je sais où la joindre.

— De toutes les façons, tu fais ce que tu veux.

— Juliette, Juliette... pourquoi es-tu Juliette ? Ou peut-être ne l'es-tu pas ? Quels que soient tes choix, tes errances, tes failles aussi, ce qui fait que tu es toi, et que je suis moi, cette différence tellement difficile à accepter est pourtant à l'origine même de l'amour, c'est pourquoi je serai là, si tu as besoin de moi, n'importe où, n'importe quand.

— Moi aussi, Gabriel. À bientôt, j'espère.

— *À bientôt, Juliette.*
— *N'oublie pas d'appeler Margaux. Elle t'attend.*

Juliette eut les larmes aux yeux en lisant ces adieux qu'elle n'avait pas écrits, et sans doute pas voulus, ces mots qui n'étaient pas les siens, mais qui avaient l'accent de la vérité, et qui venaient de déchirer son cœur, tel un coup de poignard. Et cette phrase ridicule, en conclusion : *N'oublie pas d'appeler Margaux*.

— Tu m'as rompue avec Gabriel ? dit-elle.

— Chut. Tu vois bien qu'on nous écoute. Campani est à côté. C'est pas le moment de faire du grabuge.

— Tu m'as fait rompre avec lui ? hurla Juliette, en frappant sur la table. Sans me le dire ?

— Non c'est toi !... Enfin c'est lui. Bref, c'est vous. Tu vois bien ! Ce personnage, c'est toi. J'ai respecté la cohérence du personnage.

— La cohérence du personnage ? Mais qu'est-ce que tu connais au personnage ? C'est moi qui l'ai créé ! C'est MON PERSONNAGE !

— C'est ton personnage avec ma photo. Donc c'est aussi un peu MON personnage, cria Margaux.

— N'importe quoi ! Ce qui fait un personnage c'est pas l'apparence, c'est... le cœur, l'esprit, bref ce qui est à l'intérieur.

— J'ai respecté tout ça !

— Tu n'as rien respecté du tout ! Tu es une traîtresse, une menteuse, une manipulatrice !

— C'est qui la manipulatrice qui invente des personnages ?

— C'est toi qui l'as emmené sur le terrain de la rupture, poursuivit Juliette. Qui te dit qu'il voulait rompre, lui ? Tu lui as forcé la main, tu lui as fait croire que c'était ce que je voulais. Et maintenant…

— Je voulais juste savoir si j'avais une chance avec lui ! S'il m'avait trouvée intéressante, s'il désirait me revoir… Et puis il me semble que tu voulais rompre avec lui, non ?

— Non c'est pas ce que je voulais. Et si je le voulais, je désirais le faire moi-même. Rompre avec lui, c'est quelque chose d'intime et de délicat et je ne peux admettre que tu l'aies fait pour moi, soi-disant parce que c'est ce que je désirais ! Tu as rompu avec lui parce que ça t'arrangeait ! Parce que tu ne voulais pas m'avoir dans les pattes… Parce que tu l'aimes, et tu voulais qu'il soit libre, alors que toi, tu ne l'es pas et tu ne le seras jamais !

Juliette, dans un geste de rage, arracha la fiche de l'ordinateur et le poussa par terre avec tous les dossiers du bureau.

Elle s'échappa en trombe du bureau, sans même prendre ses affaires, le cœur en mille morceaux. Elle enfourcha un Vélib', refoula ses larmes et commença à rouler, n'importe où, dans la ville. Son chemin la mena jusqu'au Trocadéro, et sur le parvis du musée de l'Homme où les gens se pressaient pour admirer la vue sur la tour Eiffel. Elle redescendit vers les quais, emprunta le boulevard Saint-Germain et remonta la rue de Rennes, jusqu'à Montparnasse, qui lui rappela soudain Tokyo avec ses écrans sur le centre commercial, puis elle le contourna et pédala jusqu'au boulevard Saint-Michel, avant de poursuivre sur les quais de la Seine, sur lesquels elle se mit à rouler à toute vitesse, comme pour effacer ce qu'elle venait de vivre. Un vent fort lui fouettait le visage et balayait ses larmes.

Quelle descente ! Elle ne parlait plus avec sa mère, elle avait perdu son travail, sa collègue et nouvelle amie ainsi que son ex-amoureux transi d'amour pour elle, et elle n'avait plus de nouvelles de Jean-Luc Constant alias Anthony. Et de toutes ces catastrophes, celle qui lui semblait la pire était encore la dernière. Elle avait tenté plusieurs fois d'appeler Anthony par Skype, mais il ne répondait pas. Elle avait épuisé le crédit de ses cours, et lorsqu'elle s'était rendue sur le site Philoskype.com pour en prendre d'autres, elle eut la désagréable surprise de voir qu'il était en maintenance. Elle avait essayé son numéro de téléphone personnel, mais ses appels restaient sans réponse. Chaque jour, elle passait en Vélib' devant chez lui, et observait ses fenêtres dans l'espoir de l'apercevoir. Elle avait même attendu en bas de chez lui, plusieurs fois, pendant de longues minutes, sans résultat. Quel sens avait sa vie ? Elle avait entrepris une philothérapie pour se défaire de l'amour et celle-ci avait finalement débouché sur son contraire, puisqu'elle était tombée follement amoureuse de son professeur de philo.

Sans même le décider, elle arriva à nouveau devant chez lui. Son cœur sursauta, elle s'arrêta brutalement devant une voiture, manquant de provoquer un accident. C'était lui : il entrait chez lui, furtivement, elle n'eut même pas le temps de le héler, de courir pour le retrouver, ainsi donc il était là, et il ne la rappelait pas. Elle avait maintenant la certitude qu'il ne désirait plus la voir. Qui était-il ? Que faisait-il, en vérité ? Pourquoi ne lui répondait-il plus, ne serait-ce que pour lui expliquer ce qui s'était passé, et conclure la leçon autrement que par une étreinte, dans le backroom d'une étrange maison ? Ou peut-être était-ce la conclusion, ironique, de leur histoire ? Elle rentra chez elle, au comble de la perplexité et du désespoir.

Dans les jours qui suivirent, Juliette tenta de se connecter au site de Philothérapie, mais il était toujours inaccessible. Tout s'était évanoui dans la stratosphère, comme si cela n'avait jamais existé. Comme l'amour, la famille, l'amitié, le travail… Mais oui, ce n'était donc qu'une relation virtuelle, factice et pompeuse, ridicule. Et le pire, c'est qu'elle ne pouvait s'empêcher de penser à lui. C'était une obsession. Jean-Luc. Niels. Anthony. En fait, davantage Jean-Luc que Niels ou Anthony ; de déception en déception, au gré des noms.

Malgré sa désertion, le lendemain de leur fameuse rencontre, ou peut-être à cause d'elle, elle était toujours amoureuse de lui. Elle songeait à ses mains, ses yeux, son esprit si vif, sa façon de prononcer les mots, de les agencer avec grâce et bienveillance, et regarder en biais lorsqu'il réfléchissait. Elle aurait voulu qu'il lui donnât un cours sur le manque et le vide. Et encore, sur le désir, dont elle expérimentait les affres et les tourments. Elle avait beau se raisonner, se dire que c'était fini, que s'il avait voulu la rappeler, il aurait pu, elle ne pouvait pas s'empêcher d'avoir de l'espoir. Elle continuait de passer sous ses fenêtres, victime de sentiments contradictoires, parfois mortifiée, parfois en colère, mélancolique, ou simplement triste, et par des paradoxes déroutants, elle se sentait aussi gonflée de joie, de bonheur et d'orgueil d'avoir vécu une histoire si singulière. Il lui arrivait souvent de pleurer, sans qu'elle sût pourquoi. Elle lisait les notes des leçons qu'il lui avait faites, qu'elle connaissait maintenant par cœur, dont elle pouvait réciter chaque mot, chaque expression, pour tenter d'y déceler un message, un code, quelque chose qui l'aurait guidée sur la voie de la compréhension. Plus que jamais, elle s'interrogeait sur le mystère de l'amour, sur sa vérité, ses masques et ses mensonges, et plus elle y réfléchissait, moins elle avait l'impression d'y comprendre quoi que ce fût.

Surtout, il lui manquait. Son esprit lui manquait. Sa pédagogie, sa façon de réfléchir, de la faire penser, d'exalter la connaissance avant tout, de ne pas avoir de limites intellectuelles, d'être prêt à aborder tous les sujets et d'aller au fond des choses. Sa manière de développer une idée sur un plan dialectique, de gravir une montagne, d'un côté, puis de l'autre, et de surplomber le paysage en se disant que la vérité est de l'ordre de la contradiction, de l'action et de la réflexion, du même et de l'autre, en perpétuel mouvement : la vérité est cinétique. L'essentiel, c'était d'être là où on ne l'attendait pas. Ses cours lui faisaient défaut, plus que son être même. Elle aurait tout donné pour l'entendre, même dans une classe, ne serait-ce qu'une fois, évoquer les thèmes de la beauté, de la connaissance, de la contemplation, du bien et de tout ce qui forme l'apanage de l'amour, tel qu'il le concevait, elle en était certaine.

Dans la nuit obscure, l'abondante ténèbre, son amour devenait un incendie. Elle avait envie de se donner et de le posséder comme jamais. Elle voulait abolir toutes les distances, qui lui semblaient insupportables, et se servir de leurs corps pour qu'il ne reste qu'un seul être emboîté dans une intimité qui ne connaissait pas de limites. En un sens, elle ne s'était jamais sentie aussi amoureuse, en même temps qu'elle n'avait jamais été aussi loin de lui. Plus il lui échappait et plus il la possédait. Plus il semblait hors d'atteinte, et plus elle se rapprochait de lui. Par moments, elle imaginait se donner, dans une colère et un désarroi inassouvis. Elle en ressentait des délices intenses et inouïs. Elle passait d'un extrême à l'autre, jusqu'à la crainte de la fin de leur relation, et la certitude qu'il ne reviendrait jamais et que tout cela n'était qu'un fétu de paille, une mascarade.

Qu'est-ce que la vie, se demandait-elle, et ce que l'on en attend. La plage ? Le soleil ? Le vent ? L'amour ? Physique, érotique, sensuel ou consensuel ? Loin en tout cas de tout ce qui nous égare, et qui fait que nous perdons notre vie à la gagner : le travail, l'argent, les sollicitations quotidiennes, qui nous empêchent de penser. Elle continuait de découvrir des œuvres philosophiques, elle ne faisait plus que cela. Elle s'installait sur une chaise au jardin du Luxembourg et elle lisait, des après-midi entiers, puisqu'elle avait du temps. Lorsqu'elle avait besoin de conseils, le titre d'un ouvrage, ou une référence, elle se rendait à la librairie. Emmanuel était devenu son confident et ami. Elle ne voyait personne d'autre que lui. Elle lui parlait alors de Jean-Luc, de ses qualités, son intelligence, sa sagesse, sa façon de l'écouter et de répondre à ses questions les plus intimes ou les plus brûlantes. Son admiration et son amitié pour Emmanuel grandissaient chaque jour : il n'avait pas réponse à tout, mais il parvenait à traduire sa pensée en concepts, comme Jean-Luc, et à la rendre palpitante. Pour se consoler, il lui suggérait de faire une introspection salvatrice : peut-être s'aimait-elle à travers Jean-Luc ? Mais n'est-ce pas cela aussi l'amour, qui nous permet de nous aimer ? Plus le temps passait, et plus elle semblait l'idéaliser. Son absence était comme un vide, un trou, une présence qui ne la quittait pas.

Sur les recommandations de son libraire, elle avait commencé la lecture du philosophe Emmanuel Lévinas : « La relation avec le visage peut certes être dominée par la perception, mais ce qui est spécifiquement visage, c'est ce qui ne s'y réduit pas. Il y a d'abord la droiture même du visage, son exposition droite, sans défense. Il y a dans le visage une pauvreté essentielle ; la preuve est qu'on essaie de masquer cette pauvreté en se donnant des poses, une contenance. Le visage est exposé, menacé. » Elle qui aimait tant le visage de son professeur, aimait-elle réellement son apparence, ou bien tout ce qu'elle ne voyait pas ? Ses pensées, son être même, son âme, son cœur ? L'invisible dans le visible ? Nous qui pensons voir sommes peut-être les aveugles, se disait-elle. Les voyants, les visionnaires, les prophètes ont ce genre de perception, une vision au-delà de la vision. Ainsi donc « la vraie vie est absente. Mais nous sommes au monde. La métaphysique surgit et se maintient dans cet alibi. Elle est tournée vers « l'ailleurs », vers « l'autrement », vers « l'autre ».

Emmanuel lui avait également conseillé de lire Husserl qui, par la phénoménologie, démontrait que la chose ne pouvait se montrer pleinement. Il prenait l'exemple du cube dont on n'aperçoit que trois faces, ce que l'on nomme l'apprésentation, la façon dont la chose se présente. Si l'on appliquait cette remarque à autrui, on s'apercevait qu'autrui également est apprésenté. Jean-Luc s'était bien présenté sous ses trois faces : Jean-Luc, Niels, Anthony, mais était-il possible de voir la quatrième ? Ou en allait-il ainsi, à l'infini ? D'apprésentation en apprésentation ? Aimer, ce serait peut-être aimer l'autre, dans tout ce qu'il présente, et aussi dans sa part de mystère, de ce qu'il ne présente pas, sa face cachée. Aimer ce que l'on connaît, ce que l'on voit chaque jour, par routine, par habitude, ce serait commettre l'erreur intellectuelle de croire que l'on peut voir les quatre faces du cube, que l'on peut connaître l'autre, qu'on le connaît « par cœur ». Il suffit que l'autre se montre sous son altérité, pour que l'amour s'éveille. On aime, dans le fond, ce que l'on ne voit pas. Plus qu'Anthony, Niels ou Jean-Luc, elle aimait maintenant le mystère de cet homme, elle aimait sa fuite, sa disparition, elle désirait cet infini-là. Ce qui lui manquait, plus que sa vision, c'était de l'entendre. Elle en débattait souvent avec Emmanuel. Elle se rendait à la librairie presque tous les jours, autant pour discuter avec le libraire que par espoir de voir, ou de croiser Jean-Luc.

— Ce qui me manque, confia-t-elle à Emmanuel, un soir où elle était restée plus longtemps que d'habitude, plus que le voir, ce sont ses paroles. J'étais fascinée par son discours, ses leçons m'envoûtaient.

Il la regarda d'un air étrange.

— Vous pensez que s'il était, par exemple, défiguré ou tout simplement autre, vous l'aimeriez quand même ? demanda Emmanuel.

— Je crois que j'aime son âme. Platon a raison : on commence par aimer un corps, et on finit par aimer le Beau, le vrai… J'aime l'idée de lui, dans le sens où ce que j'aime avant tout, ce sont ses idées.

— Vous l'aimeriez, même s'il était laid ?

— Avec le temps, j'en ai la certitude. Je pense en être arrivée à cette forme pure de l'amour. Aujourd'hui, je sais que je l'aimerais même s'il était défiguré. Même s'il revenait en me disant, voilà, il m'est arrivé un accident, et je n'ai plus le même visage.

— Vous dites cela sans doute car il vous échappe, Juliette. C'est une étrange simultanéité du besoin et du désir, de la concupiscence et de la transcendance, l'avouable et de l'inavouable, qui constitue l'originalité de l'érotique, qui, dans ce sens, est l'équivoque par excellence.

— Il n'y a aucune équivoque dans mon esprit. C'est parfaitement clair.

— L'amour c'est le spirituel allié au matériel. Il s'exprime le mieux par la caresse, qui transcende le sensible, et qui consiste à ne se saisir de rien, comme dit Lévinas. Avez-vous connu cette forme de caresse avec votre professeur, Juliette, durant cette fameuse nuit ?

— Non, c'était beaucoup plus fulgurant et saisissant. Mais nous n'avons pas eu vraiment le temps. Et il disait que la caresse était une façon de s'approprier l'autre en le faisant chair.

— Lisez ceci alors, s'exclama-t-il en lui tendant *Totalité et infini* : *La caresse ne cherche pas à posséder. Il est vrai cependant qu'elle cherche. Cette recherche de la caresse qui se manifeste dans son mouvement même en constitue l'essence. Mais une recherche qui ne tend pas à une possession – elle est comme un jeu avec quelque chose qui se dérobe. Son essence est précisément dans la recherche : quand l'étreinte devient dans son paroxysme comme une possession, elle est morte comme si elle avait saisi ce qu'elle ne cherchait pas. C'est précisément que la caresse est une communion avec ce qui se dérobe à jamais et elle l'est en tant que recherche. Par là, c'est une relation avec autrui en tant qu'autrui. Non pas avec un objet qui devient nôtre et nous, mais avec ce qui tranche sur le monde de la lumière et en est à jamais caché. Autrui – c'est négativement le caché. Et l'Éros, c'est la communion avec le caché.*

— La communion avec le caché, murmura Juliette. C'est exactement ce que je ressens vis-à-vis de Jean-Luc.

— Vous voyez ce que cherche l'amour : ni la possession d'autrui et de son corps, ni la confusion, mais ce qui toujours m'échappe en promettant de se laisser saisir. Le désir métaphysique, comme vous le savez, tend vers l'absolument autre.

— Avec Jean-Luc, ou Niels, nous avons aussi parlé de l'amour d'une façon très métaphysique. Un jour, il a évoqué son rapport à la religion. Peut-être est-il entré dans les ordres ?

— Pourquoi cette idée ?

— Et vous, Emmanuel, croyez-vous toujours en Dieu ? Parfois j'ai l'impression que vous êtes resté un moine.

— Je ne sais pas si je crois, mais je crois que l'amour est une révélation, un événement, un avènement, du même ordre que la religion.

— Il peut être aussi une perdition.

— De soi, oui. Un dépassement océanique de soi.

— Je crois que je comprends... Je suis en train de dépasser l'amour charnel, terrestre par quelque chose de plus pur. De transcendant... Pensez-vous que Jean-Luc se soit dématérialisé pour laisser place à autre chose dans ma vie ?

Dématérialisé parce qu'effrayé par la tournure qu'ont prise les choses ?

— Il a peut-être été effrayé par votre exigence d'absolu. L'amour n'est pas à la portée de tous.

— Mais lui ! Il savait…

— Je dirais, pour faire un pastiche du beau texte de Rilke sur la création poétique : pour aimer, il faut avoir vu beaucoup d'hommes, et de choses, et avoir eu beaucoup de déceptions. Et d'espérances déchues. Il faut observer les animaux, et surtout les chiens, il faut avoir vu des villes, il faut favoriser l'éclosion d'une rose, et la regarder jour après jour s'ouvrir, avant de grandir, de s'épanouir et puis un jour se flétrir, et ce jour arrive plus tôt qu'on ne pense, et alors il faut aimer même son flétrissement car il a quelque chose de beau et de fragile, de dramatique et d'absolu. Il faut voyager par des régions inconnues, être ouvert à des rencontres, et se souvenir alors des jours d'enfance, il faut être allié à la mer, il faut avoir vécu sur un bateau. Et il est nécessaire d'oublier tout des nuits d'amour passées, pour rendre son cœur vierge et intact, au milieu des cauchemars et des déceptions, du cynisme et du capitalisme sauvage, garder toujours l'Idéal, ne jamais le perdre de vue. Alors seulement au milieu de la vie, une chose très rare arrive : la première lettre du mot *amour*.

— C'est étrange, vous parlez un peu comme lui.

— Comme Rilke ?

— Non. Comme Jean-Luc.

Leçon 13

Aimer, c'est philosopher

Juliette n'était pas passée à la librairie depuis plusieurs jours. Elle restait souvent chez elle, ou dans le jardin du Luxembourg, à lire. Elle sortait faire ses courses, acheter des vêtements dans les boutiques, elle se rendait au marché le dimanche. Elle s'était désinscrite de tous les sites de rencontre, mais elle avait réactualisé son profil sur Linkedin, et elle avait envoyé son CV dans plusieurs entreprises de cosmétiques et de parfums.

Elle n'avait toujours pas de nouvelles de Jean-Luc. Elle en avait eu de Margaux, qui avait commencé une thérapie avec Gabriel, et qui se demandait sérieusement si elle n'allait pas quitter son mari. C'était elle qui lui avait annoncé que Gabriel était parti faire une transatlantique en solitaire. Ainsi donc, il avait fini par la laisser, sans dire un mot, sans même la prévenir de son départ. Juliette en fut tellement attristée, qu'elle se dit qu'elle devait cette fois raisonnablement et définitivement renoncer à l'amour, à l'amitié, aux liens familiaux et tout ce qui s'ensuivait. Finalement sa philothérapie avait bien abouti et peut-être avait-elle réussi l'éducation au non-amour qu'elle poursuivait. Grâce à son impavidité, elle avait même réussi à pardonner à sa mère, avec laquelle elle avait repris des relations par FaceTime. Un jour, elle l'avait rencontrée par hasard, chez le coiffeur du quartier.

— Oh ma choupette ! s'était exclamée sa mère. Mon petit lapin, ça fait longtemps qu'on ne t'a pas eue ? Que se passe-t-il ? Tiens, tu as décidé de refaire enfin ta teinture ! Quelle belle idée ! Avec ta nouvelle tête, tu vas pouvoir retrouver un boulot, et tout ce qu'il te faut ! Comment va ton futur mari ?

— Mon quoi ?

— Le charmant garçon que tu nous avais présenté ! Tu devais organiser un déjeuner, rappelle-toi ! Et d'ailleurs, je te rappelle qu'il dirige une boîte de cosmétiques, c'est sans doute délicat pour toi de lui demander du travail...

— Oui, Maman, bien sûr, murmura-t-elle...

Un soir, en rentrant chez elle après avoir fait des courses, elle passa devant la librairie. Une agitation particulière attira son regard. Il devait y avoir une fête, une soirée, des gens buvaient et fumaient sur le trottoir en buvant des verres de vin. Emmanuel était entouré de clients du quartier et d'amis à lui. Dès qu'il l'aperçut, il alla à sa rencontre et lui proposa une coupe de champagne.

— Vous célébrez quelque chose ? lui demanda-t-elle.

— Si l'on veut. La fermeture de la librairie et mon prochain départ à New York.

— Oh, dit-elle, avec une émotion qui lui étreignit la gorge. Vous partez, alors, vous aussi ?

— Je ne tiens pas le coup face à Amazon. C'est devenu trop dur pour les petites librairies comme la mienne. Les seules qui survivent sont celles qui développent autre chose, qui deviennent des *concept stores*, et je n'ai pas la surface ni les capacités pour le faire. On m'a proposé un poste d'enseignant au lycée français de New York. Je me suis dit que c'était une chance à saisir.

— Vous allez enseigner la philosophie ?

— Je suis prêt à m'y risquer.

— Je suis désolée d'apprendre que vous partez, dit Juliette. Je ne pensais pas… ajouta-t-elle, avec un sanglot dans la voix. Pardonnez-moi, je ne pensais pas que cela m'atteindrait à ce point.

Une jeune femme s'approcha d'Emmanuel, et l'accapara pendant un moment, alors que Juliette tentait de refouler ses larmes. Même si elle était sevrée de l'amour, depuis la fin de sa philothérapie, elle restait très émotive, à fleur de peau.

Elle observa Emmanuel. C'était étrange, avec son costume gris, ses bretelles, et sa chemise blanche, cintrée, elle le trouvait élégant. Il ne lui semblait plus aussi laid qu'avant. Avait-il changé de coupe de cheveux ? Ses yeux brillaient avec animation, son sourire était séduisant, ses mains s'animaient avec grâce alors qu'il expliquait quelque idée à cette femme, dans un mouvement sensuel. Ou bien était-ce elle qui vivait une transmutation, une transformation du regard ? En tendant l'oreille, elle parvint à recevoir quelques bribes de conversation. Et même, elle resta un moment interdite. Il lui enseignait la philosophie platonicienne, dans des termes qui lui rappelèrent ceux qu'elle avait déjà entendus. Presque mot pour mot.

— Comme *Le Banquet*, disait Emmanuel, le sujet du *Phèdre*, c'est l'amour. Phèdre vient voir Socrate pour parler d'un maître de la rhétorique, Lysias, qui défend la thèse qu'il vaut mieux ne pas être aimé que d'être aimé. Selon Lysias, la passion n'a qu'un temps et l'ardeur s'éteint pour celui qui croit aimer, alors que celui qui n'aime pas aura assez de lucidité pour poursuivre la relation de manière durable, sans être aveuglé par le sentiment. Socrate voit en Lysias le rhéteur, un rival dans l'amour de Phèdre. Il s'agit donc de reconquérir le cœur de ce dernier en se montrant plus brillant que lui, plus intelligent, et meilleur philosophe. Pour cela, Socrate commence par définir l'amour comme appétit du plaisir. Or si cet appétit est disproportionné, il vaut mieux en effet ne pas être aimé. Cependant comment ne pas louer la folie amoureuse, telle qu'elle se déploie chez la Sibylle, ou chez certains poètes ? L'état amoureux est fou, mais il nous élève. Ainsi Socrate, dans une surprenante palinodie, montre que la folie est bénéfique, en tant qu'elle est à l'origine d'activités supérieures, comme la divination, l'initiation, la poésie ou l'amour. Mais pour comprendre la nature de cette folie, il faut avant tout réfléchir sur celle de l'âme, qui est immortelle car elle est à l'origine de son propre mouvement. Elle est comparée à un attelage ailé, avec un cocher qui commande deux chevaux, l'un, blanc et beau, qui désire s'élever vers les cieux et l'autre, sombre et belliqueux, qui est attiré par la terre. Celui qui est blanc et noble nous entraîne vers les hauteurs. Obéissant, il représente le cœur. Mais hélas, il chute vers la terre, car ses ailes ne sont pas assez fortes pour les maintenir en haut dans le Ciel des Idées.

« Ainsi ce dialogue sur l'amour nous enseigne-t-il l'essence de la réalité. Le corps est un tombeau pour l'âme qui l'empêche de vivre telle qu'elle est. Il faudra une conversion du regard pour contempler la réalité. L'amour consiste à se rapprocher de l'Idée, à travers l'être aimé, et par la passion, qui est d'origine divine. Par la contemplation, l'âme s'élève vers l'éternel, mais par le désir charnel, elle s'en éloigne. Dans la deuxième partie de l'œuvre, Platon critique l'écriture, par rapport à l'oral qui est plus apte à se rapprocher de la réalité. L'écriture dégrade la pensée philosophique, car elle la fixe dans sa rigidité, et elle est facilement manipulable et confiscable. Pour le philosophe, il s'agit au contraire, par le dialogue, de pénétrer dans l'âme de l'interlocuteur. Les vrais penseurs, en vérité, ne devraient jamais écrire une ligne pour ne pas figer leur pensée. Et le dialogue philosophique est l'acte amoureux par excellence.

Il plonge dans l'autre pour s'unir à lui et le faire accoucher d'un autre monde. Par le dialogue, l'âme s'élève ainsi jusqu'à l'Être, qui est un, et éternel, pensable, mais non visible. Il s'agit enfin de définir les conditions d'un discours vrai : ce n'est pas celui qui cherche à séduire ni à convaincre, mais à s'élever. Voilà donc un livre sur l'amour qui traite du discours, de l'âme et de l'écriture. Ce qui pose la véritable question de l'amour : celle du discours de vérité. La vérité est changeante, mouvante, dialectique et dialogique, ainsi donc est l'amour. Car l'amour et la vérité sont les deux faces d'une même montagne.

En entendant ces mots, Juliette tressaillit. Soudain, elle fut saisie d'un frisson, la lumière s'abattit sur elle tel un feu sacré, soudain elle comprenait tout. La différence entre les deux discours du même Jean-Luc, les notes qu'il devait lire lorsqu'il était sur Skype, le prompteur qu'il fixait vers le bas, ses regards vers la gauche quand il fallait répondre à une question, l'étrange scène érotique lorsqu'il lui avait demandé de déplacer sa lampe, et le branle-bas de combat qu'elle avait entendu, la sensation que c'était lui et pourtant pas lui lorsqu'elle l'avait vu au club Aphrodisia. Jean-Luc était double : *il était à la fois Emmanuel et Anthony.*

Emmanuel, sans s'apercevoir qu'elle était là, juste à côté de lui, poursuivait.

— … la philosophie, dit-on, est l'amour de la sagesse. Elle est dévoilement de la vérité, tout comme l'amour est révélation de la vérité de notre être profond. L'amour est une enquête philosophique sur soi et sur l'autre, et, à travers lui, l'être humain. Philosopher, c'est aimer, et aimer, c'est philosopher.

— La connaissance est donc le but ultime de l'amour ? interrogea Juliette.

— L'amour est initiatique, répondit Emmanuel en se tournant vers elle. Autrement dit c'est par l'amour que nous accédons à la connaissance. Il nous porte à la connaissance de soi, et de l'autre, du monde. Il est une révélation intellectuelle. Une expérience transcendantale, dira-t-on en termes philosophiques, c'est-à-dire qu'il a une capacité à nous faire découvrir le monde et ses valeurs, le vrai, le juste, le bon, le beau et tout ce qui organise la vie humaine.

Puis ils furent face à face, lui qui la regardait de ses yeux bleus, perçants et elle qui ne baissait pas le regard.

— Emmanuel ?

— Juliette ?

— C'est vous ? demanda-t-elle.

— Qui, moi ?

— Jean-Luc, c'est vous ? Vous avez imaginé de me séduire en ayant recours aux services d'un comédien. C'est bien cela ? Cyrano, bien sûr, la plus belle œuvre sur l'amour, la plus profonde, la plus terrible. On n'aime que ce qui est beau. On aura beau développer des trésors de pensée et de talent, on n'aimera jamais que ce qui est beau. C'est encore plus dramatique que de dire que l'amour dure trois ans. Ce lien irrémédiable, essentiel, consubstantiel que Platon a mis en évidence, entre l'amour et la beauté. Alors vous avez imaginé de payer ce comédien pour qu'il apprenne ces leçons ou plutôt qu'il les lise sur un prompteur, et vous étiez là, à côté de lui, oui, à lui souffler les réponses, c'est pourquoi il regardait toujours de côté lorsque je lui posais des questions, et c'est aussi la raison pour laquelle il ne voulait pas me rencontrer !

Emmanuel la fixa, intensément.

— C'est aussi lui qui m'a demandé de me déshabiller, et vous qui tentiez de le contrôler. C'est vous qui me parliez tout bas dans le noir au cinéma, et c'est lui qui m'a...

— Juliette, je vous aime depuis la première fois où vous êtes entrée ici, dans cette librairie. Mais je savais qu'il n'existait aucune chance que vous vous intéressiez à moi. Pendant dix ans, je vous ai aimée en silence. Je guettais chacune de vos venues. Mon cœur sursautait lorsque vous poussiez la porte de la librairie, et il chavirait en vous voyant repartir, sans savoir quand vous alliez revenir. Parfois il pouvait s'écouler des mois. Et j'attendais, j'attendais... Alors, oui, j'ai imaginé ce stratagème, lorsque je vous ai vue toute perdue après votre rupture. Je vous aime, depuis le premier regard. Depuis le premier mouvement, c'est irrationnel, fou, avant même que vous n'ouvriez la bouche, je vous aimais. Depuis notre première rencontre, je vis au rythme de vos visites. J'ai été ravi à moi-même, hypnotisé, fasciné. Ça m'est tombé dessus. Ça m'a dépassé, emporté, subjugué. Je n'ai rien pu faire…

— Vous disiez que c'était l'ennui qui mène à l'amour. Vous vous ennuyiez ici, dans votre librairie, après avoir quitté l'enseignement, puis votre séjour à l'abbaye, c'est la raison pour laquelle vous êtes tombé amoureux de moi ? N'est-ce pas, Emmanuel ?

— Je verrais plutôt ça comme un état crépusculaire. Après Caen, j'étais vide, disponible, en attente, peut-être. Je me suis aperçu que je n'étais pas fait pour la carrière monastique, en dépit de mon amour intense pour saint Jean de la Croix. Ce que j'aimais dans le christianisme, c'était l'amour. Mais l'amour au sens charnel, humain, sacré, mystique, l'amour de *L'Amant* de Marguerite Duras. Ou peut-être l'ai-je désiré, mais je ne l'ai pas cherché, je ne l'ai pas prévu, en tout cas, c'est venu, sans que j'y prenne part. L'amour est ce que nous n'attendons plus et, pourtant, l'amour est ce que nous attendons le plus. Je vous ai dit en début de leçon que la seule question philosophique était la question du suicide. Mais non, Camus a tort. La seule vraie question philosophique, plus importante que celle du suicide est celle-ci : Faut-il passer sa vie à deux plutôt que seul ? La seule vraie question philosophique, c'est la question de l'amour.

— Vous m'avez trompée, dit-elle. Non pas sur la réalité, mais sur la vérité. Que vous ayez dicté à Jean-Luc ce qu'il devait me dire m'importe peu. Mais pourquoi m'avoir laissée l'attendre, lui, pendant tout ce temps, au lieu de me dire que c'était vous ?

— Je n'osais plus vous dire la vérité. Je ne voulais pas vous faire du mal. Vous étiez tellement amoureuse. J'avais peur de vous blesser. Je pensais qu'il était préférable qu'il disparaisse de votre vie, et que vous puissiez simplement l'oublier.

— Vous ne m'auriez pas fait de mal, Emmanuel. J'ai compris depuis que j'aimais son âme, plus que son physique.

Elle fit quelques pas vers lui.

— Emmanuel ?

— Oui Juliette ?

— Allons-nous nous parler lorsque vous serez là-bas, à New York ?

— Oui, Juliette, si vous le souhaitez… Par Skype… N'est-ce pas ?

Juliette sortit de la librairie le cœur lourd. Lourd et léger d'avoir enfin vu la lumière. Elle revit tous les moments où elle avait parlé avec Emmanuel, sans comprendre que c'était lui. Elle avait l'impression de perdre Jean-Luc une seconde fois. Elle eut soudain envie de boire, de faire la fête, de sortir, de danser ou parler de tout et de rien avec ses amies, de voyager à nouveau, et de travailler, bien sûr, puisqu'il le fallait bien. Elle traversa le boulevard Saint-Germain et arpenta la rue de Seine, jusqu'aux quais. L'air était léger, une fraîche brise lui caressait la joue. Elle prit place sur un banc, devant la Seine qui brillait de mille reflets argentés. La tour Eiffel commença son apothéose. Elle eut l'intuition, alors, de ce qu'était l'amour : ce petit vent de printemps, cette bourrasque d'hiver, cette moiteur de l'été, tout ce qui vient murmurer à son oreille que la vraie vie est ailleurs, qu'il existe, au milieu de toutes les activités profanes, un espace sacré, réservé à quelques initiés, qui sont prêts à en expérimenter les délices et les tourments, les espoirs et les déceptions, les joies simples et les plus grandes extases qu'il nous est donné de vivre dans cette vie.

Elle consulta son téléphone, comme elle le faisait trente fois par jour, pour voir si elle n'avait pas reçu d'offres de travail sur Linkedin, et elle eut la surprise de voir un texto apparaître en bannière.

— *Bonjour Juliette, depuis notre rencontre improbable et charmante au jardin du Luxembourg, je n'ai cessé de penser à vous. Vous avez tout simplement fait sursauter mon cœur. De grâce, acceptez de me revoir, même pour une heure, un jour, ou toute la vie, si le cœur vous en dit ? J'ai revu vos parents, et notre mariage a lieu dans un mois, il faut hâter les préparatifs… Alors, Juliette, êtes-vous prête pour le plus grand amour de votre vie ?*

Bibliothérapie

En philosophie :

Le *Cantique des Cantiques*
J. L. AUSTIN, *Quand dire, c'est faire*
E. BADINTER, *L'Amour en plus*
R. BARTHES, *Fragments d'un discours amoureux*
G. BATAILLE, *L'Érotisme*
A. BRETON, *L'Amour fou*
A. CAMUS, *Le Mythe de Sisyphe*
M. CANTO-SPERBER, *Sans foi ni loi*
S. CAVELL, *À la recherche du bonheur, Hollywood et la comédie du remariage*
S. CAVELL, *Les Voix de la raison, Wittgenstein, le scepticisme, la moralité et la tragédie*
S. CHAUMIER, *La Déliaison amoureuse*
G. DELEUZE et F. GUATTARI, *Qu'est-ce que la philosophie ?*
FÉNELON, *Explication des maximes des saints sur la vie intérieure*
S. FREUD, *Trois essais sur la théorie sexuelle*
S. FREUD, *Observations sur l'amour de transfert*
R. GIRARD, *Mensonge romantique et Vérité romanesque*
R. GIRARD, *Géométries du désir*
G.F. HEGEL, *Phénoménologie de l'esprit*

E. Illouz, *Pourquoi l'amour fait mal*
N. Jeammet, *Entre toi et moi*
S. Kierkegaard, *Le Journal du séducteur*
J. Lacan, *Le Séminaire*, livre VI, Le désir et son interprétation
A. Lancelin et M. Lemonnier, *Les Philosophes et l'Amour*
J. Le Brun, *Le Pur Amour de Platon à Lacan*
E. Lévinas, *Totalité et infini*
Madame Guyon, *Œuvres mystiques*
Ovide, *L'Art d'aimer*
Ovide, *Remèdes à l'amour*
Platon, *Le Banquet*
Platon, *Phèdre*
R.M. Rilke, *Lettres à un jeune poète*
D. de Rougemont, *L'Amour et l'Occident*
Saint Paul, *Première Épître aux Corinthiens*
P. Salomon, *La Sainte Folie du couple*
J.-P. Sartre, *L'Être et le Néant*
A. Schopenhauer, *Le Monde comme volonté et comme représentation*
L. Vincent, *Comment devient-on amoureux ?*
L. Wittgenstein, *Recherches philosophiques*

Et des histoires d'amour :

Tristan et Iseult
J. Austen, *Orgueil et préjugés*
J. Austen, *Raison et sentiments*
H. de Balzac, *Le Lys dans la vallée*
J. Barbey d'Aurevilly, *Une vieille maîtresse*
S. de Beauvoir, *L'Invitée*
F. Beigbeder, *L'Amour dure trois ans*
E. Brontë, *Les Hauts de Hurlevent*
B. Constant, *Adolphe*
A. Dumas fils, *La Dame aux camélias*

M. Duras, *Le Ravissement de Lol V. Stein*
M. Duras, *L'Amant*
G. Flaubert, *Madame Bovary*
A. Gorz, *Lettre à D.*
M. Houellebecq, *Plateforme*
Madame de La Fayette, *La Princesse de Clèves*
S. Márai, *Métamorphoses d'un mariage*
Marivaux, *Le Jeu de l'amour et du hasard*
C. Millet, *La Vie sexuelle de Catherine M.*
A. de Musset, *On ne badine pas avec l'amour*
Abbé Prévost, *Manon Lescaut*
J. Racine, *Phèdre*
J. Racine, *Bérénice*
É. Reinhardt, *Le Système Victoria*
W. Shakespeare, *Roméo et Juliette*
Stendhal, *Le Rouge et le Noir*
T. J Tejpal, *Loin de Chandigarh*
L. Tolstoï, *Anna Karénine*

Table

Leçon 1. *Philosophier, c'est aimer* 7
Leçon 2. *Le banquet* 33
Leçon 3. *L'origine de l'amour* 57
Leçon 4. *L'amour qui dure* 85
Leçon 5. *La passion* 127
Leçon 6. *La trahison amoureuse* 175
Leçon 7. *Le désir* 201
Leçon 8. *La rupture amoureuse* 233
Leçon 9. *La séduction* 241
Leçon 10. *La méprise* 257
Leçon 11. *Le jeu amoureux* 273
Leçon 12. *La déception amoureuse* 283
Leçon 13. *Aimer, c'est philosopher* 303

12147

Composition
NORD COMPO

Achevé d'imprimer en Espagne
par CPI BOOKS
le 3 avril 2018.

Dépôt légal : avril 2018.
EAN 9782290140840
OTP L21EPLN002188N001

ÉDITIONS J'AI LU
87, quai Panhard-et-Levassor, 75013 Paris

Diffusion France et étranger : Flammarion.